大鱼文化传媒　大鱼文学

白夜未明
作品

你成功
引起了
我的注意

贵州出版集团
贵州人民出版社

图书在版编目（CIP）数据

你成功引起了我的注意 / 白夜未明著. -- 贵阳：贵州人民出版社，2016.9（2020.3重印）

ISBN 978-7-221-13429-5

Ⅰ. ①你… Ⅱ. ①白… Ⅲ. ①长篇小说–中国–当代 Ⅳ. ① I247.5

中国版本图书馆 CIP 数据核字 (2016) 第 192718 号

你成功引起了我的注意

白夜未明 著

出 版 人	苏　桦
出版统筹	陈继光
选题策划	大鱼文化
责任编辑	蒋　莉
流程编辑	潘　媛
特约编辑	千月兔
封面设计	枝　桠
内页设计	米　籽
出版发行	贵州人民出版社（贵阳市观山湖区会展东路SOHO办公区A座　邮编：550081）
印　　刷	三河市华东印刷有限公司
开　　本	880×1230毫米 1/32
字　　数	273千字
印　　张	9.5
版　　次	2016年10月第1版
印　　次	2016年10月第1次印刷 2020年3月第2次印刷
书　　号	ISBN 978-7-221-13429-5
定　　价	48.00元

目 录
Contents

第一章 /001/
盗文狗滚出

第二章 /017/
这是开挂的节奏哇

第三章 /034/
一定是我打开总裁的方式不对

第四章 /051/
天凉了,让游戏公司破产吧

第五章 /069/
这么幽默肯定不是你

第六章 /087/
你最无情,你最无义

第七章 /106/
所以你要以身相许

第八章 /123/
我肤浅给你看

第九章 /140/
走向人生巅峰

第十章 /156/
少女心炸裂的声音

目 录
Contents

第十一章 /173/
这一坛陈年老醋我先干为敬

第十二章 /192/
818那个精分的官博君

第十三章 /211/
你这磨人的小妖精

第十四章 /230/
这个女友有毒

第十五章 /248/
我依然相信爱情

第十六章 /265/
大概因为爱情

番外一 /282/
是不是哪里不对

番外二 /286/
还能更蠢一点吗

番外三 /290/
傅家西小公主

番外四 /293/
那引以为傲的自制力

第一章 盗文狗滚出

简安安是一名作者。

详细点儿来说,是一名奋斗在晋江文学网言情频道的小透明作者。

作为一个小透明作者,她做过最多的梦就是一书成神,然后走上人生巅峰迎娶高富帅。然而很多本书过去了,她从小真空变成了小透明,在大神遍地走粉红不如狗的大晋江,依然默默无闻。

请允许我们为她点上一根蜡烛。

不过简安安前阵子开了本新书成绩倒是不错,收藏五千多,在网站首页月榜上挂着,隐隐约约有熬出头的迹象。她很重视这本新书,就算再忙再累也保持日更,而且每一条读者的评论都会回复,但读者的评论总是有好有坏,红文遇到极品的概率会更大。所以当简安安看到新坑下面多了一条负分长评后,第一感觉就是——我是不是要红了?

粗略一看,这条长评应该有五千字左右,从第一个字喷到了最后一个字,竟然逻辑清晰语句通顺没有一句重复多余的话。仔细拜读完全文,如果忽略这条长评其实是喷她的,简安安简直想给这名读者的文采点一个赞,只可惜晋江并没有这种点赞的按钮,只好作罢。

整个晋江网上收到过负分长评的作者简安安不会是第一个,当然更不可能会是最后一个,所以她很淡定。不过淡定不代表毫无反应,至少在心中她还抱有幻想,一直追文的读者小天使们应该早就帮她回喷了过去,而她只用做一个安静的作者,继续高贵冷艳着。

然而理想很丰满,现实很骨感。

简安安淡定的表情在看到长评下一长串读者跟评后，终于忍不住破功！谁吃饱饭没事干写的负分长评，不想看点关闭弃文就好，废话怎么那么多！

她又点开作者后台，发现原本一天可以涨两百收藏的新文今天一整天只涨了不到五十个，顿时心中一阵警铃大作。不行，读者会被这条负分长评给吓跑的！

她深吸一口气，立刻决定用自己的聪明才智喷回去力挽狂澜，但当她捋起袖子准备开启豌豆射手模式时，却发现这个读者的长评竟然严谨到一点儿刺都挑不出来。

挑刺失败，简安安将目光移向了读者名，打算另辟蹊径。

这名读者ID画风颇为清奇，叫路人甲，还是个没有读者专栏的路人甲。依简安安晋江码字三年的经验，这个读者百分之八十是看盗文的，还有百分之二十的可能性是同行竞争恶意抹黑，但看这条长评的内容，后者的可能性不大。她这本新书已于昨日正式加入VIP，负分长评所吐槽的内容正是她昨天更新的V章，但这条评论发在了第一章底下，可想而知……

喷喷——

简安安看着长评，冷哼一声，看盗文也敢来文底下找存在感，一定是家里盖房子缺砖头了！

盗文，自网络文学诞生之初就相伴而生，可以说屡禁不止，是最令作者们头疼肝疼心疼的存在。作者们码出三千字的一个章节平均需要两个小时，读者看完这个章节平均只用两分钟，而盗文网站用软件盗走这一章，不过几秒钟的工夫。

几秒钟后，作者付出的心血就会一文不值，所以只要是个网络作者，对于盗文都是非常深恶痛绝的。

不花钱看V文还来喷作者！简直不能更嚣张！

鉴于简安安从前是个毫无存在感的小透明，这种情况她也是第一次遇到，所以在她写了删、删了又写后，最终决定上作者论坛求助。

晋江论坛又称小粉红，以其独特的匿名模式著称，掐架战斗力一流。自从一个月前被基友科普过以后，她简直像是打开了新世界大门一般，有事儿没事儿就喜欢上论坛逛逛，看八卦看得不亦乐乎。不过晋江论坛各区画风各不相同，稍微画风清奇一些就会被喷，所以简安安一般只看碧水——也就是作者论坛。

她打开碧水，手指在键盘上飞快敲击，很快就以"要点脸行吗"为ID发表了一个新帖子。

主题：818那个看盗文还写长评喷我的读者
盗文狗来我文底下找存在感，怎么喷回去才带感？
№ 0 ☆☆☆要点脸行吗于2015-10-0100:00:00 留言☆☆☆

帖子发布成功后，简安安顺手新建了一个文档，随时准备收集备用。

一分钟后，帖子开始出现回复，对于盗文狗，大家的态度向来如同秋风扫落叶一般残酷，更何况是来文底下找存在感的盗文狗，更是犯了众怒。

于是乎，万丈高楼平地而起。

简安安头一回发帖子就如此火爆，也是万万没想到。来自五湖四海的作者们开始为她出谋划策，让她饱受负分长评摧残的心灵重新有了温度。

壮哉我大碧水！

她激动地将碧水妹子们的建议逐楼查看，又复制了许多机智毒舌的回复，最后终于想好了怎样回应那条负分长评。

帖子里虽然人才辈出，但对于负分长评的回复无非也就那么几种——

高冷型：已阅。

暴躁型：爱看看，不爱看滚！

淡定型：哦。

机智型：You can you up no can no BB。

……

众多回复中，有一条受到一致好评，堪称简单粗暴对付盗文狗一击必杀之绝技，加上标点符号，层主只留下了六个字符——

盗文狗滚出！

完全不是简安安的说话风格，但这六个字符让她眼前一亮，怎么看怎么顺眼。她仿佛看到自己站在了道德的制高点，无情挥下名为裁决的指挥棒，然后千军万马奔腾而出踏平了那条可恶的负分长评。

嘴角勾起一抹淡淡的微笑，简安安迫不及待地打开作者后台，把键盘敲得啪啪作响。回复完毕后那叫一个神清气爽，一口气更一万不费劲儿！接下来的时间里，她除了在自己的帖子里蹦跶外，又一如既往软萌地回复了其他读者的评论。

等到时针指向"9"，她背后一凉，才发现自己忘记了一件很重要的事情。

今天的更新还没写！

对于有存稿的土豪作者来说，一天不写那很正常，可对于她这种从来不知存稿为何物的人来说，不码字等于断更等于读者弃文。更何况她刚刚入V一天，正是最重要的时刻却断更了，简直就是找死！

一条负分长评对作者的伤害有多大，简安安可算是知道了。

就在这时，一个QQ弹窗直接跳了出来，对话框中血红血红的一排大字："码字！"

如此剽悍的敲人方式，她用脚趾头也能想出是谁。此人笔名蔓蔓青萝，同为晋江码字工，是简安安在三次元认识的同好，两人臭味相投，很快就一见如故，混成了好基友。

安安：今天的更新还一个字都没写，手动再见……

蔓蔓青萝：闷声作大死，你不是刚入V吗？

安安：今天被人喷了负分长评，心好累。

蔓蔓青萝：等着，我帮你喷回去！

安安：不用啦！我刚刚已经很解气地回复过了！

蔓蔓青萝：所以刚刚那个碧水帖子是你发的吧？

安安：你为何如此机智？

蔓蔓青萝：其实，我是一个黑客。

安安：……

蔓蔓青萝：你还不赶紧码字等什么呢，如果断更信不信会有更多的读者来给你刷负？

安安：我信！我信！所以快来拼字！

蔓蔓青萝：好的，十点报数！

跟蔓蔓青萝约好码字之后，简安安就再也不敢流连忘返于碧水论坛，立刻打开电脑锁定了三千字开始写文。就在此时，本故事的另一个主角恰巧翻开手机，看到了简安安给他留下的绿字回复——

"盗文狗滚出！"

傅思远皱了皱眉，滚出他明白，可盗文狗是什么意思？

时速两千的简安安在断更压力下爆了手速，只用了一个小时就码了三千字出来。她揉了揉略酸痛的手指，把这三千字从头到尾浏览一遍，检查完错别字跟病句之后，打开了作者后台更新。

新章节发布的同时，将链接同步到了微博上。

暖玉生烟是简安安的笔名，出自李商隐的《锦瑟》——蓝田日暖玉生烟。

其实并没有什么深刻的含义，只是在她试过无数个笔名都被系统告知已经存在后，终于有了一个注册成功的。她当时看着暖玉生烟这四个字简直有股泪流满面的冲动，连带着对李商隐的好感度也噌噌上涨。

不得不说暖玉生烟这个笔名还是很文艺很美好的，在简安安的印象中至少有三个读者夸奖过，还有读者说跳坑就是因为作者笔名很好听。

在成为晋江文学网的作者之后，简安安又注册了同名微博账号。虽然她的微博跟笔名一样很透明，但连续几本书完结后，也培养了一批死忠读者，只要她发微博都会在底下评论点赞。

新文成绩不错也吸引了很多新读者，微博粉丝数前几天突破了一千大关。当然跟大神动辄数万的粉丝不能比，可哪个大神不是从小透明一步一步走过来的呢？她始终期待着自己成神的那一天。

发完微博，简安安打开对话框敲蔓蔓青萝报数。

安安：三千。

蔓蔓青萝：手动拜拜……

安安：不要转移话题，快说你码了多少！

蔓蔓青萝：哭。

安安：我明白了……

蔓蔓青萝：其实我真的很想码字的，但是你知道的，旧文完结后我就一点码字动力都没了。

安安：笑而不语。

蔓蔓青萝：我现在就开始码字！

发完这句话后，就看到蔓蔓青萝的头像变成了灰色，想来应该是断网码字去了。简安安看时间还早，于是也打开文档打算存点儿稿子。怎知蔓蔓青萝刚刚灰暗下去的头像瞬间亮了，而且还给她来了好几个窗口抖动，顺便附上了一句话——安安！快看微博！你红了！

虽然很想问她说好的码字呢，但看她这么激动的样子，简安安还是决定先看一眼微博再说。结果不看不知道，一看吓一跳！作为一个小透明，她是没有关闭消息提醒这个习惯的，所以当她打开手机后，立刻就被微博发出的各类消息提醒给闪瞎了眼。

此时此刻简安安心中只有一个想法：幸亏是静音状态。

手机已经完全不能看了，简安安关机重启，趁着开机后的一小段时间以迅雷不及掩耳之势关掉了微博消息提醒。

世界终于恢复了正常。

她深吸一口气，打开网页版微博准备一探究竟。

三千一百条转发，两千两百条评论。

小透明简安安惊呆了，这到底是怎么一回事？要知道她不过是个粉丝数刚刚超过一千的小透明，怎么可能被转发评论这么多？

她心口一紧，连忙戳开自己最新发布的微博，热门评论第一条点赞数上千，ID 旁还带着 V 认证。

用行话来说，简安安这是被大 V "翻牌子" 了。

然而简安安并没有感觉到多高兴。

@傅思远：我想问作者，正版读者被雷可以要求赔钱吗？

简安安心情略复杂……

傅思远在微博上大名鼎鼎，简安安自然是听说过的。

作为童远传媒总裁，傅思远经常出现在热门微博中，随随便便一条微博的评论转发就可以超过她所有微博的数据。未婚英俊多金，都是贴在傅思远身上的金灿灿的标签，吸引着无数网友前赴后继地围观。

可以说，傅思远就是霸道总裁文现实款男主。

在今天之前，简安安从来没想过自己能跟这货产生任何联系。她难以想象傅思远那样一个存在，是如何摸到晋江文学网，又是如何点开她的小说的。

她心中不由自主浮现一句耳熟能详的话——

女人，你已经成功吸引了我的注意力。

哕……

一阵恶寒飘过，吓得简安安立刻关上了微博，而此时的蔓蔓青萝已经开始在对话框内刷屏，看起来像是比简安安本人还要激动。

蔓蔓青萝：是傅思远是傅思远是傅思远！他是我老公你知道吗！我关注他好久了！你懂我现在的心情吗！你说，你到底写了什么吸引了他的注意力，我明天就开坑日更一万！

蔓蔓青萝：人呢，不会躲被窝偷笑去了吧？

蔓蔓青萝：啊啊啊啊！你快出来，我已经承受不来！

为了避免蔓蔓青萝抓狂，简安安终于冒了个泡泡。

安安：你老公真多。

蔓蔓青萝：你终于肯出现了，傅思远在我老公排行榜里排第四，你要是想要的话就拿去喽。

安安：让我一个人静静，别问我静静是谁……

蔓蔓青萝：真情实感地说一句，我觉得你这次肯定会火的，傅思远粉丝一千多万，就算有十分之一的人点进你的文章链接你都火了。

安安：你确定他的粉丝不会给我刷负？

蔓蔓青萝：我忘记这茬了，不过黑红也是红啊！你看晋江哪个大神没被黑过，人家钱照赚名照出。

蔓蔓青萝所言不虚，现在这个年代最怕的不是被人黑，怕的是人家连黑都懒得黑你，那才是真悲哀。

简安安来晋江两年，完结过三本小说，微博粉丝数也不过刚刚上千，而傅思远一个评论，就让她瞬间涨了好几百的粉丝。

简直可怕！

简安安当然明白什么叫名人效应，如果她把握好这次机会，很有可能就此走红，永远摆脱小透明。作为一个网文作者，很多人写作的初衷都是想跟更多人分享自己的故事与脑洞，她自然也不例外。可是随着跟网站签约入V，当作者们开始从写作中获取收益后，一切就此改变。

她承认晋江存在着许多不问名利一心码字的高尚作者，但也不否认大多数作者是平凡如你我他的普通人。对全职作者来说，写文是他们的爱好，同时也是他们生存的一种方式，而简安安的梦想，就是成为一名全职作者。

想要全职写作可不太容易，就算是大神都不是人人敢轻易尝试，更何况小透明。她从大二开始写作，可大四毕业还是迫于压力去找了工作上班。说到底她写文的收益还不足以支撑全职写作这个梦想，只能为了生存继续干着不怎么得力的工作。

朝九晚五，回到家中还要开电脑码字，说不累是不可能的，但她知道，如果自己不继续写下去，那么自己的梦想就永远不会有实现的那一天。她一直在等待机会，但当所谓的机会真正来临时，她又有些迟疑了。

简安安重新打开微博网页，那条看似平平如常的微博转发量已经突破五千朝着一万大关狂奔而去。盯着电脑屏幕足足半分钟，她深吸了一口气，决定回复——

@暖玉生烟：要钱没有，要命一条！

傅思远微博粉丝观光团顺着微博链接戳到了晋江文学网，五分钟前还能戳开，五分钟后网站开始显示错误。无数妹子汉子在电脑／手机屏幕前怒吼，什么破系统竟然这么不耐用！

作为一个商业文学网站连这点儿流量都扛不住究竟是怎么混到现在还没倒闭的，简直可以称得上互联网史上十大未解之谜。

有人开始在微博上骂街，主页君无辜躺枪忙得晕头转向，简安安却十分没有同情心地笑了。

这还是破天荒头一回，她觉得晋江服务器容易抽搐这个毛病是如此可爱迷人，然而事实证明她还是太年轻，大门关上了窗户还开着。

很快就有观光团发现晋江手机站依旧坚挺着，而且不登录刷负什么的，比起网页版还要好用一百倍！于是乎，在强大的观光团面前，简安安彻底败退了。

这一天，2015年10月1日，将注定成为暖玉生烟写作生涯中最为浓墨重彩的一天。

她创造了一个纪录：晋江史上负分最多的作者。

然而这一切只是因为一条转发微博。

在众多负分评论中，有一位读者的评论格外引人注目——

作者的题材很独特好喜欢，文笔流畅，女主男主人物设定也很戳我萌点。

然而我还是打了"-2"。

人生有时候就是这样毫无理由，你说对吧，作者君？

看完这条负分，其他的负分简安安已经毫无心情去看了。她能理解傅思远的粉丝，毕竟傅思远是很多人心目中的男神，但她不理解傅思远。

按照常理，霸道总裁应该在夜深人静的时候由仆人倒上一杯82年的拉菲，然后翻开一本散发着高大上气息的《人性，太人性的：自由灵魂之书》，最后再抽一根雪茄在烟雾弥漫中眯起双眼，任由高处不胜寒的落寞感将自己包围。

明明这样才符合傅思远的啊！

看狗血言情小说的总裁究竟是什么存在，简安安简直难以想象。

难道说，是被盗号了？

简安安心道，如果真是被盗号，那么盗他号的人简直对自己爱得深沉。冒着被人肉被围攻甚至被告上法庭的危险盗了傅思远的号，只为吐槽她的小说，用"拼"这个字已经无法形容。除非她自己为了红不择手段梦游盗走了傅思远的号炒作自己，否则真的想不出其他人做这件事的理由。

简安安逼迫自己冷静。

她努力将这件事从头到尾串联起来，终于从傅思远转发的那条微博中发现了一点端倪。

傅思远：我想问作者，正版读者被雷可以要求赔钱吗？

第一个关键：正版。

第二个关键：被雷。

这两个关键联系到一起，简安安想起了那条已经被无数负分评论刷到犄角旮旯的负分长评……

然而还没等她想清这条负分长评跟傅思远之间的联系，她的思绪就再度被基友的QQ弹窗给打断了。

蔓蔓青萝：安安，速去碧水，你被挂了！

安安：今天注定是个不平静的夜晚。

蔓蔓青萝：哈哈哈哈！你这绝对是要火的节奏，求抱大腿！

安安：我文底下的负分连起来都可以绕地球一圈了，都惨成这样了还被碧水挂。

蔓蔓青萝：对不起，我笑了，不过你知道你为什么被挂吗？因为有个新注册用户给你砸了十万块人民币，所以刚刚晋江才系统崩溃了。

安安：……

一波未平一波又起，简安安觉得自己这颗脆弱的小心脏都要被玩儿坏了！十万块人民币，按照晋江规定霸王票收益网站作者五五分成，也就是说简安安能拿到五万。

要知道她三本完结文的所有收益加起来都没有五万块，而这个土豪一出手就是十万！

有钱就是任性！

简安安感动得热泪盈眶，她以为她只是个小透明，毫无存在感地自生自灭着。没想到在她看不到的地方，竟然有这么一个土豪默默地爱着她、关注着她，在她受到傅思远的粉丝围攻最脆弱不堪一击的时候给了她最好的安慰。

在网络文学史上，有过这么一个厉害的大神叫梦入神机。他的粉丝被称作神机营，在梦入神机大神开新文之际，神机营营主达成了网文史上第一个亿盟成就。

所谓亿盟，换算成人民币，就是一百万。这一百万里，梦入神机可以分到五十万。有多少作者写一辈子，都挣不了五十万，而梦入神机大神只写了一章就拿到了不止五十万的收益。这个数字简直是一座丰碑！吸引着无数大好青年遁入网络文学的深坑中。

当然了，这个故事发生在男频小说站，众所周知男性读者向来出手豪爽，是晋江妹子们所望尘莫及的存在。而在大晋江有个霸王票总榜，所有签约作品只要曾经收到过霸王票就能上榜排名，排行榜前十金光闪闪的大神之光无比耀眼。

但从今天起，霸王票排行榜将迎来一名空降小透明——暖玉生烟。

十万人民币砸下去，让《长生劫》瞬间成了霸王票总榜第一，排名第二的大神作品跟它还差大概七万块。

简安安几乎能够想象此时热闹非凡的论坛，可是虽然被挂了，但是心里还有点儿开心是怎么一回事？她绝不承认是因为那五万块的"软妹币"，绝不承认，绝不……

她想，要不明天加更一章好了，万一土豪看开心了，又给她砸十万霸王票，那岂不是好事成双？

顶着观光团巨大的压力，晋江程序员这次十分给力地在半个小时内修复了错误。晋江恢复访问后，简安安第一时间打开《长生劫》的界面，打算截图土豪读者的霸王票记录发微博感谢，然而当她打开网页一看，那个投给她十万块人民币的土豪读者ID居然是……

路人甲什么的，她其实真的一点都不想看到这个ID。

戳开路人甲ID，读者专栏只订阅了《长生劫》一本小说，只给暖玉生烟一个作者投过霸王票。

如果忽略掉那逆天的霸王票，简安安会以为是自己开了小号。

然而作为一个银行存款连一万块都没有的穷人，这个小号她根本开不起。

简安安看着路人甲的读者专栏，突然产生了一种不样的预感。

当她打开后台评论时，不祥的预感成真——投霸王票时，系统会默认两分好评，但也不排除有人刻意捣乱，不嫌麻烦地偏偏要将"+2"分改成"-2"分。

路人甲正是这样一名闲着无聊的读者。

十万的霸王票，足足一千个深水鱼雷，每一个都是负分……

路人甲，请你收下作者君的膝盖！

不说这十万"软妹币"，光是这连续一千个负分，一般人也没这个毅力打下来。如果简安安有这个毅力，估计早就日更一万走上人生巅峰了，然而她并没有，所以她是个小透明。

路人甲的所作所为，简直就像是在示威：我不是看盗文的，所以我有权利给你打负，作者你无话可说了吧？

简安安表示，她确实无话可说。

她只是感到万分沮丧，甚至开始怀疑人生……

也许当初路人甲在她文底下匿名打负的时候，她就不该留下那六个潇洒的字符。

然而现在一切为时已晚。

感谢晋江服务器延迟，简安安截到了自己挂在首页榜单的最后一张图。她原本以为自己努力一把说不定可以爬到前三名，却万万没想到今天会收到如此之多的负分评论。

这么多"-2"，绝对足够让她从首页月榜掉下来。

负分长评算什么，看在那五万块钱的分上，她忍了！

掉下月榜算什么，看在那五万块钱的分上，她依旧忍了！

所以说，钱是个好东西。

她得到了钱，读者喷了个爽。

简安安以为这就是故事的结局，然而……

午夜十二点钟声敲响，收藏夹准时换榜。

所谓收藏夹，全称乃晋江全站新入V作品千字收入排行榜，每日一换。赶上国庆假期这样的日子，很多作者会扎堆入V，所以收藏夹就显得格外拥挤。

好比说今天，足足有36本作品上榜，收藏夹总共六页。很多读者连第二页可能都不看,更别说是第六页,所以作者们削尖脑袋也要挤到第一页凑热闹,可第一页就那么六个位置,你上了我就上不了。

于是乎,争斗就这么产生了。

简安安从前最好的成绩是第二页第一,二十四小时下来涨了七百个收藏。《长生劫》的 V 前数据不错,预计可以排到第一页,但第一页第一这个位置简安安还是不敢想的。

不是她对自己的文没有信心,而是同天入 V 的大神太厉害,光是作者收藏上万的,今天夹子上就能看到两个。

一个是言情圈子有口皆碑的老牌大神,开文第十一天就直接空降首页月榜,V 前收藏一万二,末点两万。

另外一个则是来自于纯爱圈,作收超两万的超级大神,死忠粉遍布晋江。

纯爱大神这本书跟以往比起来算是小扑街,但瘦死的骆驼比马大,照样有七千收藏,甩开小透明好几条街。照理说今天的收藏夹应该是两位大神之间的排位战,可现在,排行第一的文竟然是……

简安安几乎可以预见碧水此时热闹非凡的场景。

收藏夹换榜后瞬间,碧水连着刷新三个帖子:

今天的夹子好微妙,是我的错觉吗?

理性讨论:寒江雪是不是扑街了,被洛梵虐就不说,连作收七百的小透明都能虐?

人民币玩家真厉害!

寒江雪,作收两万的纯爱超级大神。

洛梵,作收一万出头的言情大神。

"人民币玩家"指的大约就是简安安这个小透明了。

躺着也中枪的简安安表示:我真的不是人民币玩家啊!

注定不平静的夜晚更加热闹起来,如果说十二点前这场看不见硝烟的大战主战场还在微博,那么自从收藏夹换榜后,主战场就正式转移至晋江。

且不说那十万块霸王票带来的冲击有多大,光凭寒江雪和洛梵两位大神在晋江稳固的神格,就足够简安安这小透明吃不了兜着走。

简安安戳开第三个帖子，小透明脆弱的心灵受到了一万点暴击。她不是没有见识过碧水妹子冷嘲热讽的功力，只是当这个攻击技能砸到她身上的时候，简直身心俱疲。

如果她真的是人民币玩家为了收藏夹排位买了订阅，那么她还能安慰一下自己出来混都是要还的，问题是她压根儿没买，无缘无故被人冤枉真的很憋屈。

越往后拉越生气，结果她头脑一热，正准备捋起袖子回复，却在下拉过程中看到了这样一则回帖：

说人家是人民币玩家请拿出证据来好吗？没有证据瞎说什么？

首先，收藏夹排位比的是网页千字收益又不是作者收藏，小透明排在大神前面这事儿又不是第一次出现，很稀奇吗？

其次，虽然第一只有五千收藏，但是楼主你怎么不看末点，三万末点排第一很正常好吗？

最后，我不信你们不知道微博观光团的事。

层主条理清晰字字珠玑，直接扭转了整个帖子的走向，最亮的不是内容，而是层主ID。

在碧水论坛，作者用笔名真身上阵的情况极少，除了个别不懂事的小新人。简安安聚精会神地看着层主ID，弱弱地用双眼皮问了一句：是本尊吗？

然而层主再也没出现过，直到简安安刷出了这样一条微博——

@寒江雪：免鉴定是本尊。

大神英俊潇洒霸气侧漏！简安安瞬间沦为脑残粉。

戳开寒江雪的主页，"互相关注"四个字直接让脑残粉陷入眩晕状态三十秒。

而将她从眩晕状态下拯救回来的依旧是基友的弹窗。

蔓蔓青萝：再见……

安安：我跟你讲！寒江雪大神刚刚在碧水亲身上阵帮我说话了！

蔓蔓青萝：手动拜拜！

安安：她还关注了我的微博，你说我是不是该截图发表点儿什么感言之类的？

蔓蔓青萝：女神居然还关注你的微博！我每天在她的微博底下打滚卖萌连个牌子都没被翻过！

安安：肯定是你勾搭的方式不对。

蔓蔓青萝：算你狠！抢走我老公排行榜第四还不够，连第一都要抢，我从前也是太甜了。

安安：寒江雪是女人吧？

蔓蔓青萝：女人怎么了，雪雪比男人帅多了有担当多了！

简安安想了想寒江雪方才在碧水霸气地真身回帖，对蔓蔓青萝的这句话表示无比赞同。

安安：决定了，我要晒关注！

蔓蔓青萝：人家也好想被雪雪关注。

安安：有我关注你还不够吗，小妖精？

蔓蔓青萝：苟富贵勿相忘，你要是成了大大，请记得大明湖畔还有一个蔓雨荷在等你。

安安：蔓雨荷是什么东西哈哈哈……

蔓蔓青萝：这些都不重要，重要的是以后要经常翻我牌子，让女神知道我的存在。

安安：你也有今天。

蔓蔓青萝：你不懂我心里苦，都一点了，安安快睡觉，明天我还要出门玩儿。

安安：去哪儿？

蔓蔓青萝：寒江雪明天在漫展签售我要去排队，晚了可能就轮不到我了……

安安：那你快睡吧。

互道晚安后，对方的头像彻底暗了下去，简安安坐在电脑桌前，只有万籁俱寂的夜晚陪她。时间已经不早，虽然是国庆假期不用早起，但过了二十岁后身体就很抗拒熬夜，于是她最后看了眼电脑，准备关机睡觉。

睡觉前刷微博，她很信守承诺地晒了关注。

另一座城市，傅思远半躺在床上同样拿着手机刷微博。

好巧不巧,第一条就是来自暖玉生烟。

@ 暖玉生烟:被关注了好开心。

微微勾起的嘴角在点开大图后瞬间僵硬——寒江雪是谁?点开寒江雪的主页,拥有一千多万粉丝的傅思远不禁陷入思索,难道他的关注还不如一个十万粉的小透明来得值钱?

第二章
这是开挂的节奏哇

窗外有淅淅沥沥的雨声传来。

假期的早晨本就容易令人犯懒,更何况天公不作美还飘着小雨,简安安将自己裹在被窝里,一点儿起床的意思都没有。

今天是国庆长假的第二天,还有整整五天的时间留给她肆意挥霍,一想到这个简安安更不想起了。

不过美好的时光总是短暂。

九点钟整——

"安安,怎么还不起床啊?"

简安安将头蒙在被子里,假装没听到。

半个小时后——

"安安,快起床吃饭,都十点了!"

简安安抬起沉重的眼皮看表,距离十点明明还有半个小时。

"我不吃了,再睡会儿。"

隔着一个房间的距离,声音过小过大都不妥,但经过二十年的练习,她早已练成了跟母亲隔空对话的不传绝技。

约十分钟后,被窝里的简安安听到锁门的声音,松了一口气。如果简母不出门,她最多睡到十点就得从被窝里被拉起来,但简母出门了,她睡到下午都没问题——其实并不是有多困,只是不想起床而已。

这不,简母一出门,她就从枕头边摸出了手机。刚刚开机,连着三个未接来电就冒了出来,而这三个未接来电来自同一个人:资产阶级剥削者。

大清早的，老板给她打了三个电话，什么情况？简安安还没考虑好要不要给老板回电话，就看到手机指示灯又闪烁了两下，原来是老板发现电话打不通后又转战微信。

资产阶级剥削者：起了没？

安安：还没……

资产阶级剥削者：能打字就算起了，你收拾一下一会儿去机场帮我接个人。

安安：老板，你知道什么叫放假吗？

资产阶级剥削者：知道啊，不就是加班嘛。

简安安顿时无语凝噎。

安安：人性何在？

资产阶级剥削者：有加班费。

安安：我最近有钱，不缺你那点儿加班费。

资产阶级剥削者：安安你不爱我了，从前看星星看月亮的时候叫人家小甜甜，现在新人换旧人，竟然连加班费都不要了。

安安：有话好好说，千万别卖萌，那画面太美，我不敢看。

资产阶级剥削者：只要你肯去接机，一切都好说！

安安：难道公司除了我就没别人了吗？

资产阶级剥削者：你觉得其他人那形象能出门见人？

简安安的眼前瞬间浮现公司程序员的脸，作为颜值担当的她简直压力山大，轻轻地叹了口气，她觉得自己似乎没有什么拒绝的理由。

一来她今天的确没事儿干，二来吃人嘴短拿人手软，别人的面子她可以不给，衣食父母的面子她还是要给的。

安安：几点？

资产阶级剥削者：安安最棒安安最美安安我喜欢你。

安安：能不能说重点？

当初要是知道老板是这样的，她绝对不可能进公司！

资产阶级剥削者：飞机十一点到，你接到人后直接送酒店，我在酒店门口等你们。

安安：然而我还不知道我要接谁。

资产阶级剥削者：他特别好认，你就找人群里最高贵冷艳的那个，肯定错不了。

安安：……

在简安安的强烈要求下，无良老板给她发过来一张照片。

全身照，五官算不得清晰。

从身材比例来看，他的身高绝对超过了一米八，还拥有一副模糊像素也抵挡不住的英俊模样。裁剪合体的名贵西服将他的气质衬托得更加出类拔萃，光是看着照片，就能让简安安感觉到一阵心跳加速。

毫无疑问，这样的男人无论走到哪里都是男男女女追捧的对象。

紧迫的时间不容简安安多加幻想，虽然从她家里到机场只需要半个小时的车程，可她现在还在床上。飞快地爬起床洗漱，十五分钟后出家门，然而就是这样的速度，还是晚了。

一路小跑到机场大厅，难为她这个路痴竟然没跑丢。

大厅里的人很多很杂，简安安左看右看找不到人急得额头冒汗，正准备打电话向老板求救，就听到身后传来一道低沉的嗓音。

"五分钟。"

简安安愣了愣，下意识地道："什么？"

声音的主人走到简安安面前，指了指左手上的手表："我说，你晚了五分钟。"

简安安抬起头，男人的样貌略眼熟，可不就是方才照片上的那个人。

简安安有些尴尬："抱歉，刚刚路上有点儿堵车。"

"这个理由留着给你老板报告。"

说罢，男人无情转身，只留给简安安一个严肃的背影。

简安安嘴角抽搐两下，心道老板所言不虚，此人的确是人群中最高贵冷艳的那一个，而且高贵冷艳得浑然天成。

他走过的地方，人群都会不自觉让开一条通道，或倾慕或艳羡的眼神投在他身上，而他毫无半点不自在地昂首阔步，硬是把机场大厅走出了红毯风范。

只是苦了他身后的简安安，拉着巨大的行李箱举步维艰。

好不容易走出机场，男人看着停在自己面前的出租车露出微微惊讶的神情。

"没有专门接机的车吗？"

简安安只好道："我不会开车。"就算她会开车也根本无车可开。

那男人深深地看了简安安一眼，沉默着替简安安拉开了出租车的门。虽然他没有说什么，但简安安明显感觉到自己头上多了两个字——废柴。

不过她对这人的印象还不算太坏。

也许是因为他长得帅，毕竟这是一个看脸的世界。

上车之后，本以为会一路沉默的男人却突然开口："昊书人在哪里？"

"老板说他在酒店门口等我们。"

简安安心道，听说此人跟老板是好朋友，但是除了都很有钱以外似乎没什么共通点。

听到简安安的回答，男人只是微微点了点头。

一路畅通无阻，从机场到酒店门口，五十分钟的路程司机师傅只用半个小时就开到了。简安安付过车钱，正准备去拿后备厢的行李箱，却发现男人已经将行李箱拿了出来，也许是明白她那点儿力气根本不够。不过他也没有提很久，因为很快酒店的服务员就走过来换了手。

办完入住手续后，服务员直接将行李箱送进男人的房间里，男人却没有回房间休息的打算。

"他人呢？"

"我现在就给老板打电话。"

简安安原本想，等到了酒店后自己就可以撒手不管，奈何无良老板不知去了哪儿，根本看不到人影，她正准备掏出手机，却被男人制止。

简安安有些疑惑，却看到男人用手指着酒店门口一个模糊的身影。那模糊的身影越走越近，面容也变得越来越清晰，不是老板又会是谁。

"可算把你给等来了！"

人未到声先到，看到多年好朋友的任昊书脸上挂着灿烂无比的笑容。

"等我？那你为什么不去接机？"

任昊书拍了拍男人的肩膀，笑道："哎哟哎哟，要不要这么小心眼儿，我可是派了本公司头号女神去接你，还嫌不够啊？"

"头号女神"，简安安只觉得后背一凉，被人从头打量到尾。

男人虽然没有发表任何评论，但从那个眼神里，简安安仿佛听到他轻蔑地说：这就是你们公司的头号女神？

简安安窘迫地笑笑："老板说笑了，呵呵。"

"我是那种随便开玩笑的人吗？"任昊书一本正经地替简安安解释，"你不能跟你公司比，你那是娱乐公司，里面的员工都是靠脸吃饭的，而我们公司全是靠才华吃饭的，你说对不对啊，安安？"

"娱乐公司……"简安安有些愣怔。

为什么她又有一种不祥的预感？

任昊书意味深长地笑了笑："是啊，你应该听说过，童远传媒。"

"童远传媒的总裁难道是傅思远？"

看到简安安一脸见到鬼的表情，两个男人一起笑了。

男人道："我就是傅思远。"

五雷轰顶！

傅思远！那个在微博上翻了你牌子的傅思远，那个看盗文还写长评喷你的读者。

简安安心情复杂地看了傅思远一眼，然后道："傅总好。"

"咦，这情节发展不对啊！"任昊书露出一副深沉脸，"这个时候不是应该撒花欢呼然后扑倒男神求合体吗？"

求合体是怎么一回事！老板你当着傅思远的面说这个难道一点都不觉得羞耻吗！

额前冒出三根黑线，简安安觉得继续待下去她很有可能忍不住要以下犯上……

"呵呵，老板你真爱说笑。"

任昊书笑眯眯道："我这个人没别的优点，就是幽默感一直比别人好，你说对吧，思远？"

傅思远一点儿面子也不给他，直接戳穿现实："有没有幽默感我

021

不清楚，但论脸皮厚度你要是排第二就没人敢排第一。"

　　简安安默默在心中给傅思远点了个赞。她以为自己掩饰得很好，但眼尖如任昊书，还是发现了她微微点头的动作。

　　"安安你竟然叛变，心好累，我再也不相信爱情了……"

　　简安安无情地推开试图往她肩膀上靠的老板："既然老板你已经没事了，那我就先走一步，加班费记得打我卡上。"

　　"你我之间的情谊，竟然敌不过区区几个加班费！"任昊书一脸深受打击的样子。

　　"老板你又说笑了。"

　　废话，要不是为了加班费谁国庆假期不在家休息吃饱了撑着跑去接机！

　　"我不听我不听，安安你必须陪我一起吃午饭才能治愈我无比受伤的心灵。"

　　"不是有傅总陪你吃吗？"简安安无奈，她上辈子肯定是欠过老板钱，这辈子才会在他手下饱经摧残。

　　任昊书嫌弃地看了傅思远一眼："两个大男人有什么好吃的，看着他那张老脸我都吃不进去饭，当然是要跟软萌软萌的妹子一起吃饭才有意思。"

　　"软萌软萌的妹子"，简安安再度无辜躺枪。

　　简安安很想用"妈妈叫我回家吃饭"这个百试不爽的理由推辞，然而还没开口，就听到无良老板继续道："午饭与加班费同在，不吃饭就没有加班费，你自己选吧。"

　　简安安："……"

　　为了加班费，简安安硬着头皮去蹭饭。

　　作为一个吃货，这其实应该是很开心的一件事，但是就如同老板所说，看着对面傅思远那张脸，简安安就能联想起自己文章底下那一连串负分，根本吃不进去！

　　简直心痛得无以复加。

　　不过见到傅思远本人后，简安安总算理解了微博观光团如此疯狂的理由：比他有钱的没他长得帅，长得比他帅的没他有钱。

这样一个逆天存在，注定会吸引很多无知少男少女前赴后继、飞蛾扑火。就连简安安自己，看在那五万人民币的分上，也很难讨厌这个人。

不过他到底是怎样摸到晋江看文的，这可能是一个千古谜题。

简安安跟在两人背后，用探究的眼神打量着傅思远——

他的西服好服帖——这是仔细研究后得出的第一个结论。

他的腿好长，比旁边的老板长了一大截——这是第二个结论。

还没等简安安继续研究出第三个结论，傅思远却突然停下了脚步。

"这是什么？"

简安安跟任昊书都顺着他手指的方向看去，发现那里站着一个穿着层层叠叠公主裙的"洛丽塔"。

任昊书道："大惊小怪，地球人真没见识，是LO娘啦。"

"谁问你这个，我说的是LO娘身边的宣传单。"

宣传单上，"寒江雪"三个烫金色的大字格外突兀。

简安安一下子就明白了。

昨天听蔓蔓青萝说她今天要来漫展参加寒江雪的签售，应该就在这里。

简安安道："这里在办漫展，有作者来办见面会签售什么的。"

"寒江雪在作者里面算是很有名吗？"看来傅思远至今对那条微博耿耿于怀。

简安安挠了挠头，不知道该怎么回答他："应该是吧，我不太清楚，不过如果不出名的话也不可能办签售。"

"微博十万粉就能办签售，长见识。"傅思远的眼神流露出一丝不屑。

"嘿嘿嘿，我发现了什么，你怎么对她微博有多少粉丝这么清楚，是不是看她的小说了呀？"任昊书笑得意味深长，一脸"我什么都懂你不用解释"的表情。

傅思远没读懂这个笑容，一本正经道："还没看，有时间去看看。"

"去看去看，我手机上有她的文包，找不到资源我可以传给你。"

简安安风中凌乱。

谁能告诉她老板为什么会看寒江雪的小说？看小说也就罢了，毕竟这都是 2015 年了，就算老板是 Gay 她也没什么不好接受的。

可老板看的是文包，是文包啊！

你说老板这么有钱一人，连矿泉水都指定喝十块钱一瓶的那种，看一本书五块钱都不舍得掏，这合理吗？这合理吗？

"以后不要看文包，会被人骂盗文狗。"傅思远对此深有体会。

任昊书很有经验地道："纯看文不说话不会有人骂的，除非你脑抽看了盗文还要去作者文章底下找存在感，那真是天上地下没人救得了你。"

傅思远沉默了……

他绝不承认那个犯过脑抽的人就是自己！

更不承认后来恼羞成怒砸了十万块进去洗刷盗文狗冤屈的人还是自己。

他决定，让这件事彻底消失，永远不要被任昊书知道。

说起来，如果没有任昊书，傅思远可能永远不会去看网络小说，更不会去看暖玉生烟这么一个小透明的网络小说。那天两人聊天的时候抱怨现在的编剧太不负责，写出来的剧情要么俗不可耐八百年前的老梗还在用，要么就雷人雷出新高度什么乱七八糟的东西都往剧本里面塞。

公司投资影视剧，傅思远作为总裁是要签字把关的，然而那些剧本放在眼前他连多看两眼的兴趣都没有。虽然烂剧本宣传包装一下也能挣钱，但总是拍出烂片子整个公司的信誉度都要被清零了。

任昊书开游戏公司，多多少少跟剧本也有点儿关系，他可比傅思远机智多了，早早就打开了网络小说这一新世界大门。与乏善可陈的剧本相比，浩如烟海的网络小说简直是一座资源宝库。

在任昊书的强烈推荐下，傅思远半信半疑地打开了一本网络小说。本意是挖掘好剧本好作者，但看着看着，他竟然完全忘记了自己本来的目的，融入到小说的世界中。

没错，这本小说就是简安安的新作《长生劫》。

《长生劫》的开篇无疑是非常吸引人的,不然作为一个小透明的简安安也不会有五千个收藏。

简安安的文风算是轻松搞笑那一类,但她有一个毛病,喜欢神转折。其实也算不得神转折,因为大纲是早就写好的,她只是按照自己本来预想的剧情发展走,但读者可不管什么大纲,他们看到的只是被震惊了一脸的剧情……

一开始对这本书有多喜欢,神转折后对这本书就有多恨。

傅思远越看越生气,本想直接看结局,却发现这本书竟然正在连载。连载中等于结局未定等于还有挽回余地。

为了自己心爱的角色不再被虐,傅思远一时冲动搜到晋江,写下了五千字长评企图挽回作者脱缰的剧情,却不小心暴露了自己看盗文的事实,被作者用"盗文狗滚出"几个字符造成会心一击。

知道盗文狗是什么意思后,傅思远顿时感到自己的人生多了一个抹不掉的污点。

网文圈潜规则:盗文狗无人权。

傅思远就算说得再有道理,他是个看盗文的,所以作者骂他骂得理直气壮。

为了挺直腰杆说话,傅思远注册了晋江账号,订阅了VIP章节后还给作者砸了十万块钱霸王票。这点儿小钱对他来说不算什么,不过在网文圈已经算是很大一笔数目。

可作者对此毫无反应……

作者甚至还在他关注作者微博后,晒了另外一个人的关注。不晒关注没什么,但距离傅思远关注作者已经过去十二个小时,他依然处于单向已关注状态。

这真是一个悲伤的故事。

"安安!"

熟悉的声音传来,简安安回头一望,死党蔓蔓青萝正站在漫展门口向自己挥手。

任昊书吹了声口哨,坏笑道:"看来午饭又有一个软萌软萌的妹子相伴了。"

简安安对此不做任何评价。

纪曼见到了心爱的女神,正是满腔激动无人倾诉,刚刚准备发消息分享喜悦心情,就看到简安安在漫展门口傻站着。一路小跑飞扑到她身边,纪曼边扑边号:"我跟你说,雪雪太太太……太美了!不愧是我老公排行榜第一名,性格超级软萌易扑倒,求合照根本无压力!我简直幸福得要晕倒了!"

傅思远忍不住插嘴问道:"雪雪是谁,寒江雪?"

纪曼这才反应过来简安安并不是一个人傻站在漫展门口,她身边似乎还站着两个……

男人?什么情况,三人行?

划掉划掉,安安绝对不是那种水性杨花的女人!

纪曼努力将不纯洁的脑补情节从脑海中赶出去,正想回复那人说"是啊是啊就是寒江雪大人",扭头却发现男人的脸孔略面熟。

"傅傅傅……"

"傅思远!"

见她傅了半天没傅出个下文来,任昊书很好心地帮忙。

"你还没回答我的问题。"傅思远有些不满。

"雪雪就是寒江雪没错,让我冷静下先。"纪曼深吸一口气,看了看傅思远又瞅了瞅简安安,难以置信这两个人是怎么扯上关系的。

明明昨天还在微博上互相对立,今天就直接约会见面!剧情进展得太快它就像龙卷风,直接吹得纪曼这个观众风中凌乱。

看死党的神情飘忽不定,简安安知道自己若是再不解释就跳进黄河也洗不清了,连忙开口:"傅总是我们老板的好朋友,老板早上有事我去接的机,我也是刚刚知道他就是大名鼎鼎的傅思远。"

"老板好朋友",重音;"刚刚知道",特别重音。

"原来如此……"纪曼心跳的频率终于恢复了正常,她惊魂未定地拍了拍胸口,然后从包里拿出一本书递给简安安,"拿去,知道你懒特别帮你要的雪雪特签。"

简安安是个言情写手,但在看文方面可谓不拘一格,寒江雪大神的小说她是本本必追，虽然迷恋程度没达到某人那种疯狂状态，不过也还是很开心，尤其是这本小说还是她最钟爱的一本。

然而拿到特签还没高兴过三秒钟，就听到傅思远说："你刚刚不是说你不认识寒江雪吗？为什么要说谎？"

这个……

你听我解释……

简安安硬着头皮道："我看过她的小说，但对这个作者不怎么了解。"

这个解释连她自己都不信。

傅思远："哦。"

任昊书："哦。"

哦哦哦你个头啊哦！外表还维持着冷静，内心深处却早已开始咆哮，此刻简安安的心情几乎是崩溃的。也许从一开始她就不应该答应老板接机的无理要求！

如果她当初没有答应去接机这个无理要求，那么她就不会遇到傅思远，如果她没有遇到傅思远，她可能就不会在漫展中心门口遇到蔓蔓青萝，如果没有遇到蔓蔓青萝，她现在的形象可能还是优雅高贵的。

从傅思远的眼神里，简安安明显感觉到继"废柴"这个标签后，"说谎精"三个大字被狠狠钉在了自己头上。

感觉气氛不太对，纪曼同情地看了一眼简安安，然后很有基友爱地表示："看你很忙的样子，安安我先走一步啊。"

"别呀，妹子吃过饭没？一起去吃，人多才热闹。"说完任昊书补充，"吃完饭四个人刚好还能凑一桌麻将，多好。"

槽多无口，四个人凑桌麻将，三个人的话是要斗地主吗？

还没等简安安说什么，深度麻将爱好者顿时眼前一亮，频频点头："好呀，好呀！"跟男神一起吃午饭打麻将，这个梗她简直可以开心到明年。

纪曼越发觉得今天是她的幸运日，老公排行榜第一名的寒江雪跟第四名的傅思远都被她见到了本尊，而且还能跟傅思远一起吃午饭打麻将，如果发到微博上去不知道要拉多少仇恨值。要是雪雪也能跟她吃午饭打麻将就好了，她肯定会更开心的。

027

这边纪曼在庆祝幸运日，那边简安安开始算老皇历，她觉得自己最近一定犯过太岁，不然这么倒霉简直没道理。神奇的是，每一次倒霉都跟傅思远脱不开关系，为了拯救自己已经负分的运气值，简安安决定：珍爱生命，远离傅思远。

简安安开始找借口："老板，我突然想起家里还有点儿事，就不跟你们一起吃饭了。"

"不要不要不要！"任昊书连说三个不要，把头摇得像拨浪鼓，任性得完全不像一个三十岁男人，"安安不吃，我也不吃。"

简安安毫无同情心地微笑，"不吃你就饿着吧。"

"加班费。"一计不成又生一计，看来任昊书实在是不想跟傅思远两个人共进午餐。

刚刚收了五万块"软妹币"的穷苦作者秒变土豪，大手一挥："我最近不缺钱。"

"三倍加班费。"

"都说了我……"

"五倍。"

"我是真的家里有事儿。"

"十倍。"

"去吃点儿什么好呢，老板你觉得火锅怎么样？"

傅思远鄙视地看着这两个人："钱多了烧得慌。"

简安安表示：路人甲你根本没立场说这句话……

在十倍加班费的引诱下，简安安毅然决然地走上了陪吃陪喝陪……麻将的康庄大道。

这进展有些不对呀！

不过经过这么一下午的相处，简安安算是看出老板跟傅思远的关系还真是不错。这两人都是传说中的拼爹党富二代，从出生起就含着金汤勺，一路走来顺风顺水几乎没遇到过什么波折，虽说交朋友不看颜值不问财富，但相同背景出身才会有更多的共同话题，友谊才能维持得更加长久。

两家算是世交，任昊书跟傅思远从小学起就是同班同学。任昊书比傅思远大两岁，从小就比较调皮捣蛋，念小学本就迟了一年还因为成绩跟不上留级一年。不过也正是因为这样，任昊书在班里混得十分得心应手，那时候傅思远长得瘦瘦小小，看起来很好欺负，又高又壮的任昊书就一直罩着他。后来读初中的时候两人又被一同送去英国读书，留洋的日子更是焦不离孟孟不离焦，除了女朋友一切都可以共享。

渐渐地，两个人长大了，情况完全反了过来。瘦瘦小小的傅思远像是吃了"长得快"一样迅速长高，智商惊人的他更是凭借努力拿到了剑桥MBA，自此走上男神道路。比起他来，任昊书就显得有些逊色，他从小不喜欢学习，即便是来了英国也没有因为多吃了几包炸薯条基因突变，全靠老爹赞助进了所谓的名校，混完本科文凭出来就不声不响飞回国内，发誓再也不读书。

任昊书在英国的时候喜欢吃油炸食品身材完全是横向发展，再加上他懒得收拾自己，站在傅思远身边简直就是人间惨剧，赤裸裸的对比导致后来只要跟傅思远一起出现，妹子们的眼睛就完全不往他身上看。渐渐地，他就不怎么乐意跟傅思远同框出现，直到后来减肥成功，这种情况才有所改善。

任昊书不喜欢读书，但他喜欢玩儿游戏喜欢跑车喜欢年轻漂亮的妹子，简直就是富二代标配，他家的钱比傅思远家还多，够他挥霍好几辈子。虽然他身上毛病挺多，人却很好，也没有一般富二代那种有几个臭钱就看不起人的架子，跟谁都能聊到一起去。

傅思远则相反，从小接受精英教育的他对自己的人生有一番详尽的规划。

多少岁拿到文凭，多少岁开公司，多少岁资产过亿，什么人能做朋友，什么人不值得交往……这些也都清清楚楚地刻在他脑子里随时提醒。

任昊书经常嘲笑傅思远活得太累，人生哪有什么应该不应该，觉得开心了就去做不开心了就放弃，像他这样肆意放纵自己才是生活，傅思远却一笑置之，依然我行我素，按照自己的人生规划有条不紊地前进着。

在他的人生规划里，绝对没有看网络小说这一项内容，然而有一天他不小心打开了它，又忍不住写了一条长评，最后还一发不可收拾地发了一条微博。

有什么东西被毁掉了……

简安安外表看起来是个软妹子，实际表现也的确是个软妹子。

两圈麻将过后，任昊书对软妹子有了新定义。

哪有软妹子打麻将打得这么好的啊！两圈下来他一把都没和过不说，好不容易和一把还被上家截和！

任昊书喜欢打麻将，但是不代表他喜欢光输不赢，连着输了两圈后直接忍不住耍赖不玩儿了。

"这不科学，安安你说你是不是跟你家基友有暗号，一个负责喂牌一个负责和牌，赢钱五五分？"

简安安淡定微笑："老板，请不要怀疑我们之间纯纯的友谊。"

"那为什么我每把都不和牌，你每把都坐庄？"任昊书一脸难以置信，始终觉得简安安是靠作弊和的牌。

"你不和牌怪我咯？"

纪曼在一旁补刀："安安是棋牌小天后，我们赢不了是正常，能赢才是失常。"

"棋牌小天后，真有意思。"傅思远面无表情地将麻将推进自动麻将桌，一本正经道，"不玩儿这个，我们来换一种玩儿。"

任昊书分明从傅思远的眼睛里看到了熊熊燃烧的战意……

傅思远这人不仅好胜，还很好面子。

就比方说他其实是不会打麻将的，但是为了面子他硬是装作自己打得很认真。一边静静地装，一边观察场上其他三人的打法，两圈下来总算把麻将的规则搞清楚了。

不过光是搞清楚还不足以打败简安安，因为傅思远发现，麻将这东西，除了技巧以外手气也是很重要的。

"换一个换一个！安安手气太好了我们根本打不过！"任昊书在一旁起哄，如果不是看傅思远打得太认真他早就想说这句话了。

而且棋牌小天后什么的，简直就是明晃晃的挑衅！

棋牌小天后简安安第三次无辜躺枪。

然而胜利的愿望是美好的，失败的事实却是残酷的。

简安安用亲身经历证明：运气也是实力的一种，而且是非常重要的一种。

围棋：傅思远 VS 简安安

不会下围棋的傅思远被完虐，一局下来白子被吃得只剩个位数，人间惨案！

象棋：任昊书 VS 简安安

无良老板弃车保帅，怎料螳螂捕蝉黄雀在后三面叫吃无路可退，泪奔退场！

飞行棋：傅思远、任昊书 VS 简安安

棋牌小天后一路狂跳运气极佳，霸道总裁霉运当头至今未扔出六点开局，天道无情！

三局三胜，简安安用铁一般的实力成功捍卫了自己棋牌小天后的称号。

"为什么这里没有西洋象棋？"傅思远各种不服。

简安安顺口就道："因为爱情。"

傅思远深深地看了简安安一眼，神情复杂。

人生赢家傅思远还是第一次输得这么惨，虽然这只是棋牌，虽然他还不怎么会玩儿这些棋牌，但输了就是输了，无可争议。

这似乎是他人生中的第二个污点，来自于一个刚刚毕业的游戏公司职员。

而此时的傅思远还不清楚，他人生中的第一个污点，其实也是来自于这位刚刚毕业的游戏公司职员。

游戏公司职员简安安提议："或许我们可以开发一种游戏，将市面上比较火的各类棋牌游戏都放进去，可以选择好友模式也可以选择陌生人 PK 模式。"

"我记得有几家游戏公司做过这个项目。"游戏公司老板任昊书难得正经一回。

"做过是做过，但他们全是网页游戏大厅模式，像现在这种朋友聚会不可能人人开一台电脑玩儿吧，也太不方便了。"

傅思远沉声道："不错，现在手游是大势所趋，公司的确应该考虑发展这方面的业务。"

"喂喂喂，你一个娱乐公司总裁不操心明星出轨找小三跑来操心游戏圈形势，是不是手伸得有些长了。"

"呵呵——"傅思远冷笑一声勾起嘴角，"某人是不是忘记了，如果忘记了我也不妨提醒你，上个月我们打赌你输了，赌注正是对方公司的百分之五十股份。"

任昊书直接惊呆："还有这事儿我怎么不记得了，你不是蒙我吧？"

"手机上还有视频证据，要我放给你看吗？"

"不用了谢谢……"

简安安同情地看着老板，刚想开口安慰一番，却又见老板头发一甩，露出一个扬扬得意的笑容。

"那你不就等于我公司的第二个老板？以后公司有事儿你可不准推辞。"

等等，这进展不太对吧！

傅思远点了点头："我这次来就是为了这件事，虽然你不缺钱，但既然都开了公司，就要好好发展下去。"

等等，傅思远你的口气像是要接管整个公司的节奏啊！

"有你在肯定没问题，哥相信你的实力。"任昊书笑嘻嘻地拍了拍傅思远的肩膀，完全没注意到旁边简安安的表情已经一变再变。

百分之五十的股份说送就送，简安安不知道是自家老板人傻钱多，还是傅思远面冷心黑连兄弟的钱都坑。要知道，任昊书的游戏公司规模虽然算不得太大，好歹注册资本也上了千万，在业内占据不小的份额。

如果是那种两三个人的工作室百分之五十的股份算不了太多，老板一辆跑车估计都不止这个数，但这么大一个游戏公司股份说赌就赌说送就送，老板你就算再怎么钱多任性也要有个限度吧！

本来简安安还觉得，自己啥都没干拿十倍加班费是不是有些过分，现在才知道相比傅思远的所作所为，她简直就是可爱的小天使。

果然有钱人的世界她不懂。
　　傅思远手上有公司百分之五十的股份，意味着他现在在公司的地位跟任昊书处于平起平坐状态，也就是说，简安安头顶又多了一位新老板。
　　嗯，这位新老板看起来很精明，一点都不好糊弄的样子。
　　手动再见。

第三章
一定是我打开总裁的方式不对

短短一上午,就被新老板贴上"废柴"加"说谎精"两大标签的简安安表示——是时候考虑跳槽了。

"你也不能把所有事情都交给我操心,童远那边我暂时还不能撒手,不过我一周会空出两天的时间来A市。"

傅思远的童远传媒总部在B市,无论是经济发展水平还是国际化程度,B市都比A市强很多,两人的家庭势力也主要在B市。按理来说将公司开在B市是最好的选择,人脉关系网全是现成的,然而任昊书为了躲避家里人的管教,特地将公司开在了与B市相邻不远的A市,图的就是个自由快活。

更何况游戏公司对地点要求不算很大,程序员们只要有台电脑就能办公。B市天高皇帝远,没那么多人情往来值得任昊书去打理,他每天想几点上班就几点上班,游戏公司挣到的钱除了维持公司正常运转外,都被他拿去给妹子买跑车买包包买衣服了。

悲伤的是,每当妹子们拿到他的包包跑车衣服后,都不约而同地选择了分手。

老板的悲惨情史,向来是公司前台们津津乐道的谈资。简安安来公司加上实习期不过半年多,老板身边的"女票"就如走马灯一样换过三个,每一个都是大长腿锥子脸,手上提着爱马仕小香包。

任昊书冲简安安得意地眨眨眼:"怎么样,我兄弟人不错吧。"

简安安打了个寒战,不敢在新老板面前造次。

"何止是不错,简直是非常不错,老板跟傅总之间的兄弟情有如滔滔江水延绵不绝，令在下佩服得五体投地。"

"既然如此，以后思远来Ａ市你就负责去接机吧，反正你们也熟了对不对？"

简安安被无良老板的逻辑惊呆。

什么叫熟了，什么叫以后你就负责去接机吧？

从见到傅思远第一面起到现在，刚刚过去五个小时，这五个小时里简安安跟傅思远吃过一顿火锅，打过两圈麻将，战过一盘围棋。顶多算是初步认识了一下，从我认识你你不认识我的程度有了质的飞跃，距离熟这个字，应该还是有很远的距离吧？

"呵呵，老板你又说笑了，我只是一个小小的剧情策划而已，接机这种大事交给我你怎么能放心。"

言外之意老板请让我做一个安静的剧情策划好吗！

"这话是怎么说的，你的实力我放心，你看今天的任务就完成得不错。"任昊书笑眯眯地看着简安安，嘴角的梨涡若隐若现，硬是把平平无奇的五官演绎出了几分可爱的感觉。

然而简安安看着无良老板的笑脸，嘴角抽搐数下，却怎么也笑不出来。她就知道，那十倍的加班费不是那么好拿的……

就在简安安苦苦思索该如何回绝无良老板的时候，傅思远发话了。

"她不会开车。"

简安安如获大赦般点头："对对对，我不会开车，傅总远道而来不辞辛苦地为本公司发展图谋划策，老板你怎么忍心让傅总坐那种低档的出租，还是奔驰小跑比较符合傅总高大上的气质。"

"奔驰小跑？"

傅思远微微抬起下巴，曲线优美的脖颈让简安安不由自主愣住了神。那瞬间简安安觉得，让这样一个堪称完美男神的存在去坐出租车，的的确确是自己失责。

任昊书伸手在简安安眼前晃晃，试图吸引简安安的注意力："想哪个野汉子呢这么出神？"

野汉子？

简安安微笑："想你……"

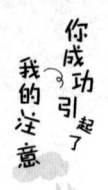

"什么,你暗恋我这么久我竟然都不知道?现在给你三秒钟的时间让你给我表白。"任昊书掰着指头语速飞快,"三、二、一开始!"

"滚就一个字,要我说几次!"

好说歹说,总算让老板打消了让自己负责接机的念头。身心俱疲的简安安一个人走在回家的小路上,看着头顶忽然亮起来的路灯,才惊觉国庆假期的第二天就要这么过去了。本来想趁着放假在家多写几章存稿,看样子又是泡汤的节奏。她又想起自己今天是在收藏夹上,也不知道数据涨得怎么样了。

想到这里,简安安不由得加快了脚步,几乎是一路小跑回到了家里。跟爸妈打过招呼后直接进房间开电脑,联网后打开晋江后台作者控制面板,小透明顿时像被打了鸡血。

收藏上万了!

评论也上万了!

收益竟然也上……千了!

看到数据的那瞬间简安安以为是自己眼花,使劲儿揉了揉双眼然后再看,数据没变。她跑去用凉水洗了把脸让自己冷静下来回来继续看,数据依然没变!

红红火火恍恍惚惚。

简安安第一次感觉"红"这个字距离自己如此之近。

来晋江两年,她完结过三本小说,总共数据加起来都没这本这么好!于是她心情激动地开QQ,破天荒给纪曼使用了弹窗功能。

安安:啊啊啊啊啊啊啊啊!我跟你说,我可能要红了!哈哈哈哈哈哈哈哈哈!

蔓蔓青萝:刚刚回家,什么情况?

安安:【截图】。

蔓蔓青萝:天!大神请受小的一拜!

安安:快告诉我这一切是真的,我来来回回看了三四遍还是不敢相信。

蔓蔓青萝:你现在需要冷静。

安安：然而我现在根本冷静不下来，好害怕是晋江抽了把我抽到了其他作者的后台里。

这样的抽法并不少见，简安安总觉得在晋江混的作者们都需要有一颗坚韧不拔的小心脏，以应对晋江无时无刻不千奇百怪的抽法。

蔓蔓青萝：淡定！少女你以后可是要成为大神的存在！怎么可以被如此小小的数据吓破了胆！乖安安，告诉我你后台其他文的数据正常不？

简安安重新点开作者后台刷新数据，发现除了《长生劫》的数据略逆天外，其他文的数据完完全全就是小透明水平。她放下了半颗心，这种情况应该是没抽，而且经过最开始的冲击后，稍微用点儿脑子分析就会觉得这样的数据简直再正常不过。

首先《长生劫》本身文水平就不错，没上夹子前就五千多收藏排在收藏夹第一，一般情况下涨上两三千收藏都属于正常水平。而简安安涨了五千多，估计还要加上昨天晚上微博观光团跟碧水战斗帖的功力。

简安安十分清楚，酒香不怕巷子深的年代早就过去了，一篇文能红，质量肯定是第一要求，却不是唯一要求。有一大把好文被埋没在土堆里不见天日，能出头的只是极少数。

信息大爆炸时代，曝光率才是文能不能红的关键。

区别是，好文给了曝光率就真的能红，烂文给了曝光率可能会是黑红。她不清楚自己这本《长生劫》算不算黑红，但毫无疑问它是彻彻底底红了一把，甚至红出了晋江。

而这一切，都要归功于路人甲——也就是傅思远。

傅思远的影响力远比简安安想象中要大得多。想象一下，一个地级市的总人口有多少？像她所生活的 A 市不算流动人口差不多有八百多万。而傅思远的微博粉丝数，足足有一千四百多万，就算去掉一半的僵尸粉，也还有七百万。

一个名人大 V 的微博，信息扩散能力几乎盖过卫星电视台。

这是一个非常可怕的数据。

相信傅思远对这一点也十分清楚，名人效应这种东西傅思远玩儿

037

得比谁都顺溜。他转发简安安的微博，一方面是实在忍不住吐槽，另一方面又何尝不是想帮作者一把呢？

不过某人的想法究竟是怎样，恐怕只有他自己最清楚了。

简安安坐在电脑桌前聚精会神地看着屏幕，时不时发出几声诡异至极的笑声。晋江网页淡绿色的荧光打在她白皙素净的脸上，这画面多少有些拍摄恐怖电影的感觉，还好房间里没别人，否则肯定会被吓哭。

刷完作者后台刷碧水，看到首页飘着的好几个帖子都跟自己有关，她除了感慨一句人红是非多外已经没有太多感想。匿名论坛的战斗帖很常见，几乎隔三岔五就要来上个一回，与之前不同的是，这一次她本人站在了暴风眼处，感受着来自四面八方的狂风暴雨袭击。

当碧水想扒一个人的时候，这个人八辈子前干过的黑历史都会被双眼皮小天使贡献出来，甚至好朋友之间互相插刀的事情也不是没出现过，然而这一回当他们想扒暖玉生烟时，却发现暖玉生烟这个小透明实在是太透明了，别说黑历史就连存在感都很弱……

简安安从来是埋头码字，除了纪曼，就没跟其他作者打过交道，在编辑群里从未发过言，作者回复里除了么么哒就是亲亲，微博上几乎都是更新提醒……

这样一个小透明，完全没有扒的价值，没有令人扒的欲望。

然而碧水妹子是谁？那可是堪称网络福尔摩斯的存在，没有什么细节能逃出她们的火眼金睛。这不，扒着扒着，有人就在《长生劫》文底下发现了这么一条画风清奇的长评……

主题：只有我一个人发现吗……

楼主刚刚去看了下最近很火的文，咳咳。

负分真的令人叹为观止，首先对作者表示一下同情，然后机智的楼主君就看到了这么一条负分长评。

【此处省略长评五千字】

第一眼看过去，这读者太闲得无聊了，写了五千字跟论文差不多的长评喷作者，第二眼我看到作者回复，"盗文狗滚出"简直大快人心。

楼主以为盗文狗就这么被骂走了，但事实证明楼主真的太甜了嘤嘤嘤。

盗文狗不但没走，而且还光明正大地回来了！

他不仅光明正大地回来了，还一口气扔了作者一千个深水！虽然是负分，不过这不重要。

一千个深水啊！

一千个！

深水！

你们感受到楼主深深的怨念了吗？要是有人肯给楼主的文砸一千个深水，把楼主的文积分刷成负楼主都不会有半句怨言好吗？

好吧，这依然不是重点。

重点是，你们难道不觉得这一对儿很萌吗？

PS：楼主十分坚定地认为，写长评的读者就是傅思远！

№ 0 ☆☆☆单身狗慎入于 2015-10-0211:30:02 留言☆☆☆

在首页一大堆战斗帖中，这个从里到外冒着粉红泡泡的帖子格外引人注意，帖子热度蹭升极快。中午发的帖子到下午就翻了页，虽然楼跟到后面歪得不像话，但毫无疑问又让简安安火了一把。

也正是看了这个帖子，简安安才意识到她竟然也有吸引 CP 粉的一天。

虽然说，事实完全不像楼主描述的那么萌，甚至还有些虐。简安安回复了楼主一句不要想太多，然而她的回复很快就被淹没在无数的粉红泡泡中，连个水花都没激起来。

楼内群众气氛一直很好，一直盖到第三百五十楼的时候，有人留言：

呵呵，碧水什么时候被一群盗文狗给占据了，就算是傅思远也不能否认他的确看了盗文的事实吧？

上面一群跪舔，也是微醺。

帖子炸了。

微博也炸了。

不仅在碧水有人喷傅思远，微博也有人开始骂了。

傅思远作为一个公众人物，竟然看盗文！要知道傅思远的人设一直是霸道总裁，高高在上的那种，看盗文什么的，未免也太"low"了吧！

傅思远最新一条微博下边简直是重灾区。

除了每天雷打不动喊老公的，摩拳擦掌去找暖玉生烟撕的，碧水组团来围观的，专业黑他的也挺多。很快就有人整理好了整件事情的来龙去脉，曝光在微博上，从路人甲负分长评扒到那一千个深水鱼雷。

在那条长微博里，傅思远是一个可耻的土豪盗文狗，仗着作者小透明没话语权写负分长评喷作者，被作者骂"盗文狗滚出"后恼羞成怒，充值十万打脸作者。不仅如此，他还在微博上挂了作者，引导粉丝给作者打负，导致文章积分迅速下降掉下月榜。

傅思远是粉丝一千四百万的大V，而暖玉生烟只是一个粉丝刚刚破千的小透明。

简直就是活生生的一出恃强凌弱！

长微博的语气极为愤慨，而且在他极富引导力的语言描述中，让阅读者感觉傅思远已经毁掉了暖玉生烟的整个写作生涯。如果不了解整个事实，光是看这条长微博的话，傅思远根本就是罪不可恕，就连简安安自己看完长微博也觉得有些迷糊，照这条微博的描述程度，自己应该早就哭天抢地才是，应该没有心情坐在电脑前悠闲地刷论坛刷微博。

然而作为整件事唯一的受害者，大约？简安安并没有感觉到自己的利益遭到了多大的侵犯。盗文这个事儿，她跟所有的作者一样厌恶，自己辛辛苦苦写出来的文字被盗文网不费工夫地盗走，付出没有得到相应的回报，感觉真心一片都喂了狗。

看盗文的读者千千万万，一般只要不来文底下找存在感的，作者们都睁一只眼闭一只眼，权当这些人不存在，来找存在感的，例如路人甲这种也都会被不留情面地喷走。

不过傅思远这个情况跟一般盗文狗还不太一样，他是从来没接触过网络小说的。人生绝大多数时间在国外度过的傅思远，对网络小说盛行多年的VIP制度毫不清楚，自然是别人给他什么他就看什么。

俗话说，不知者无罪。

在广大的盗文读者中，有一部分读者就如同傅思远这样，对盗文是什么东西一无所知，甚至连作者在哪个网站更新都不太清楚。这些读者如果加以引导，是很有可能走向正版阅读的。

惭愧地说一句，当简安安第一次接触网络小说时，看的同样是盗文。那时候她正值高三压力山大的时期，每天窝在被子里用她的小破手机看网文，几乎是她唯一的娱乐消遣活动。

带领简安安进入网文世界的同学是看盗文的，传给简安安的文包自然也是盗文。直到上了大学，有了自己的笔记本电脑，萌生了自己码字的愿望，她才发现自己从前看的那么多小说全是盗文，自此洗心革面重新做人。

对比来说，傅思远当然不会缺那千字三分钱，他的问题是看了盗文还要打负，而且在微博上挂了简安安。有人捏着这件事找傅思远讨说法，而且最可怕的是，那个长微博博主还打算借着简安安的名字讨说法。

简安安想起傅思远那双深沉的眸子，顿时后背一寒。

找新老板讨说法什么的，她还想不想在公司混了！更何况，傅思远给她砸了五万块人民币，原谅简安安是个见钱眼开的俗人，让她去黑傅思远臣妾实在做不到。

如今那条长微博已经转发过万，#傅思远盗文#上了热门话题榜。

简安安戳开热门排行，发现不知何时起热门上还多了一个#替暖玉生烟讨回公道#的话题。

她这算不算是阴错阳差上头条？

众明星网红挤破脑袋都想上的那个头条，简安安上去了后唯一感觉竟然是微博粉丝唰唰涨，比小说的收藏涨得还要快。大约是群众都期待看好戏的缘故，简安安的微博号一下子多了上万个粉丝。她首页第一条微博下评论转发通通上了万。

很多人给简安安评论，还有一部分选择发私信。

除了某些心情激动的傅思远脑残粉外，也有几条私信的画风不怎么对……

傅思远盗文狗：作者你好。

简安安认出此人就是发长微博手撕傅思远的博主，鉴于之前那个长微博她看得微醺，这条私信她也拿不准该不该回复。犹豫了老半天，还没打定主意，结果对方很快又发来一条私信。

傅思远盗文狗：希望你转发一下我首页置顶的长微博。

暖玉生烟：还是不了……

傅思远盗文狗：为什么不？明明受到了欺凌却选择息事宁人，这就是你的选择？

隔着电脑屏幕都能感受到对方的怒气冲冲，简安安真是不知道傅思远到底怎么得罪了这个博主，值得博主费这么大工夫去黑他。

想了想，她决定用一种礼貌的方式回绝博主。

暖玉生烟：我只想安安静静地码字。

傅思远盗文狗：这跟你码字有什么关系？只是转发一条微博而已。你知不知道现在这个话题的讨论度有多火，如果你转发了我的那条长微博发表自己的观点，我保证你会迅速上热搜第一。

暖玉生烟：我上热搜第一干吗？

傅思远盗文狗：见过笨的没见过你这么笨的！上热搜第一就等于有关注度有话题度，凭你现在这样傻写什么时候能出头，你以为你是大神啊到处有编辑求着出版，到时候这文火了，你能挣到的钱是你现在挣的多少倍你清楚吗？

简安安觉得这个博主的语气不太对劲儿，什么叫你这样傻写，什么叫你以为你是大神……她原本以为这个博主说不定是她的脑残粉什么的，看到心爱的作者受欺负想给作者讨回公道，虽然手段偏激了点儿但用心还算是好的。

不过现在看来，显然不是这么一回事儿！看清了事实后简安安顿时不想继续跟博主聊下去，她关掉对话框打算开小黑屋码字，怎知那博主不依不饶继续私信。

傅思远盗文狗：人呢，怎么不回复？

傅思远盗文狗：你别怕他打击报复，有专业的公关团队站在你身后替你想办法，你只需要扮演好受害人的角色就行。

又过了几分钟，简安安还是没有回复博主，博主有些着急了。毕竟时间就是金钱，这会儿要不趁着话题度正热的情况拿下暖玉生烟，等到了明天这个话题就是一文不值。

　　傅思远盗文狗：真是服了你了，把支付宝账号给我。

　　傅思远盗文狗：给你转十万配合炒作，这下你总愿意了吧？

　　简安安无语凝噎，这么快就露出真面目，这个博主到底是把自己的智商估计得太高了，还是把她的智商估计得太低了？

　　十万块配合黑一个大V，看起来还挺明码标价业界良心的，但是黑人这种事儿，简安安还真不稀罕去做，给再多的钱也没用。炒作话题表面上看起来是对简安安有利，她得到了知名度还能白拿钱，但是仔细想想，纯炒作暖玉生烟这个作者对博主来说是一点儿好处都没有，天下没有白吃的午餐，博主就这么大无畏肯出十万块帮自己？

　　说是为了公道正义，谁信谁傻。

　　简安安很想问这个博主，黑傅思远对他有什么好处？但又一想，傅思远身份特殊，肯定有许多商业竞争对手等着看他的笑话。毕竟从回国开办公司至今，他这一路走得顺风顺水招了不少人羡慕嫉妒恨。不仅公司开得好，他开通微博后也是嗖嗖地涨粉，堪称微博第一网红，上热门比吃饭还频繁……

　　这样的一个人会遭人恨，太正常不过了。只是简安安没料到的是，自己这件事会被当成靶子，而且对方还有让她当出头鸟的意思。

　　这个锅她可不敢背！她就是一透明码字工，每天指望着写文收益跟加班费改善生活质量，没那么大的雄心壮志去跟人抗争到底。且不提傅思远是她新上任的老板，光说这件事始末，她也不觉得傅思远犯了多大的错值得被黑成这样。

　　简安安是个很实际的人，这点她从不否认。

　　如果傅思远只想打负分只想引导粉丝喷她，完全没必要扔那十万块钱。就算他再有钱也不是这样随便法，毕竟他不是任昊书那样的二货，而且没有他的话，《长生劫》绝对火不到现在这种程度。

　　简安安很清楚自己在晋江的地位，依《长生劫》一开始的数据走向，她努力一把爬分频金榜应该问题不大，可是现在的《长生劫》，就算是首页金榜第一她也有勇气冲一冲。

　　这些曝光率都是傅思远带来的，她不信傅思远不知道。

所以说，本质上傅思远应该是暖玉生烟的一个粉丝，只是确实被小说内容伤了感情，才忍不住发负分长评。

简安安怀着迟疑的态度戳开了傅思远的微博首页，突然发现对方不知在什么时候竟然关注了自己，她随手点了关注对方，然后发私信给他。

暖玉生烟：有人出钱让我黑你。

一般情况下，像傅思远这种大V的私信基本被翻到的可能性很小，除非互相关注后才能出现在私信列表。她倒是不担心这条私信傅思远看不到，只是傅思远说不定被老板拉出去玩儿了，什么时候回复不好说。

一边等回复一边刷作者后台，简安安发现今天一个白天下来打负大军的攻势已经减弱，很多追文小天使开始了爱的补分活动。本来长评列表里只有路人甲留下的那条负分挑刺评，现在还多了好几条正面长评补分，让她越刷心情越好。

五分钟后这条私信有了新回复。

傅思远：今天的更新呢？

暖玉生烟：……

霸道总裁秒变催更读者什么的，一定是她打开的方式不对！

暖玉生烟：你知道有人黑你吗？

傅思远：已经八点了你还没更新，难道是不想要全勤小红花了？

暖玉生烟：连全勤小红花你都懂。

傅思远：所以你到底什么时候更新？

暖玉生烟：手动拜拜，不提更新我们还能继续愉快地玩耍。

傅思远：不要玩耍快去码字。

暖玉生烟：除了码字跟更新这两件事以外，我们之间难道就没别的话可以谈论了吗？

傅思远：比如？

暖玉生烟：有人掏钱请我黑你的事儿。

傅思远：哦。

傅思远：我们还是继续讨论更新的话题吧。

……

忍不住想黑新老板了怎么办？

简安安很难想象微博背后，这个半句话不离更新的催更狂魔，就是她今天中午见到的霸道总裁，就如同她很难想象任昊书因为一个赌注将半个公司给了傅思远一样。

有这么一个不靠谱的正老板，还有一个表里不一的"傅老板"，简安安默默地为自己未来的职业生涯点起一根蜡烛——神啊，请你务必保佑我在公司土崩瓦解前混成小粉红！

通常来说，在网站连载小说，作者收藏 0～500 区间的被称作小真空，500～1000 区间的是小透明，1000～3000 可以升级为大透明，而作收 3000 以上的才堪堪被称作小粉红。

小粉红是简安安对自己全职写作的最低要求，如果连作收 3000 都达不到，她宁愿被无良老板坑到死也不愿意放弃工作。网络写手的生存空间就那么丁点大，就算混成小粉红，敢断更一个月以上的回来基本也就没人认识你了。

然而如果简安安没记错的话，昨天她的作收还是七百多，货真价实小透明一个。

简直泪流满面……

某人正哭着，耳边却传来三声敲门声："安安，妈给你做了红烧排骨，快来吃吧。"

红烧排骨……听到这四个字的瞬间，简安安咽了口口水！换作平常，她估计早就扔下电脑飞奔至客厅开始享用美食，然而她低头看了看肚子上的小肉肉，顿时倒吸了一口凉气。

"晚上不吃了，我减肥。"心在滴血。

减肥……多么痛苦的两个字啊。

"你终于发现自己需要减肥了，我还以为你不知道自己胖呢。"

简安安抽了抽嘴角。这台词不对，说好的母女情深呢！

"你看看你，都长这么大岁数了还没谈个男朋友，知不知道你小学同学连娃都抱上了！"

所以……不是亲生的吧？

045

被母上大人打击了一脸血的简安安化食欲为动力，对着电脑啪嗒啪嗒一阵猛敲。她的时速本来就不算慢，写到顺手时更是按键如飞。

从八点半到九点半，一口气写了三千五百字出来，简安安心满意足地看着劳动成果，露出了一个惬意的笑容。照例捉完虫后更新，她发现由于在收藏夹神器上，《长生劫》本日的VIP收益已经破千。

大神之光普照大地，小透明感激涕零！

一天赚一千，一个月就能赚三万，这么算下来距离走上人生巅峰迎娶高富帅的日子越来越近，她仿佛看到了高富帅男神在对面向自己招手……

然而等她仔细打量高富帅男神的五官时，却发现怎么看怎么像那个看盗文还写长评喷她的霸道总裁……

不是这样吧！

码字结束后已经躺平的简安安忍不住打开手机，翻出老板早上发给她的照片。照片里男人的五官算不得样样出彩，组合在一起却有一种贵气逼人的感觉。他的身材很匀称，多一分则壮少一分则瘦，当那双深邃的眼睛紧紧盯着你看的时候，她相信绝大多数女人会沦陷进去。

总而言之，有钱人长成这副模样简直是作弊。

记得网络上有一个段子是这么说的，当一个该有的什么都有的高富帅出现在你面前时，你能给他什么？

最佳答案是你的微信号。

简安安当然没给傅思远自己的微信号，不过她不给不代表另外一个人也不会给。所以当她看到微信提醒傅思远要加她为好友时，惊呆了。

谁能告诉她这是什么情况？

据说，傅思远是一个注重隐私的高冷总裁，他的微信里只有五十个好友。

又据说，这五十个好友的平均身家都上亿，堪称史上最强大朋友圈。

还据说，有妹子悬赏十万人民币求傅思远的微信号，没求到。

简安安看着手机屏幕上的微信头像，觉得自己像是在跟一大堆人民币做朋友。

点击确认添加的那瞬间，传说中只有五十个好友的微信里多了一个人,平均身家瞬间被拉低两百多万,简安安诚惶诚恐。

傅思远:我通过了你的好友验证请求,现在我们可以聊天了。

简安安有些纠结,老板加她微信,她到底要不要打个招呼?还没纠结多久,对方就很干脆地发来了一条消息。

傅思远:听说你在写小说?

啪嗒——手机砸在了简安安的脸上,鼻梁骨一阵酸痛!她忍痛捡起手机,看着傅思远发过来的消息倒吸一口凉气。

安安:听谁说的?

傅思远:昊书。

安安:老板是在跟你开玩笑,不要相信他,我的工作是游戏剧情策划,虽然跟写小说很像,但其实还是有很大区别的。

傅思远:公司的网络监控显示你经常登录晋江。

简安安有种手撕任昊书的冲动,无良老板你一个星期来不了公司一回,就这一回你要跟我过不去查我的摸鱼记录吗!更何况她都是中午休息的时间登录的,那个时间按照规定干啥都可以,谁承想就这样都要被无良老板暗暗窥屏。

简安安气得肝疼,发誓以后再也不在公司电脑上登晋江。不过现在简安安只关心自己可怜的马甲君是不是已经掉了,虽然看傅思远的语气好像还不知道她就是暖玉生烟本人。

简安安想了想,决定装死到底。

安安:我都是中午休息时间登上去看文,真的没有摸鱼。

傅思远:别怕,我不是怪你摸鱼,而是有事想请你帮个忙,如果你不了解晋江作者那就算了。

安安:其实还是有些了解的,什么事需要帮忙?

傅思远:那好,你帮我写一篇文章反驳这篇长微博。

紧接着傅思远就给简安安发来一条微博链接,正是简安安不久之前看到的那篇傅思远盗文狗写的……

简安安顿时无语凝噎。

安安:光反驳就行了,有啥要求没?

傅思远：不要用我的语气写，半个小时后发我。

安安：好的，保证完成任务！

傅思远说"不要用我的语气写"，就证明这条长微博就算写出来肯定也不是由傅思远本人来发。其实也很正常，傅思远是什么身份，跟一个刚刚注册没多久的职业黑子撕简直太掉价，但就这么搁置不管也不是个事儿，因为对方摆明了要黑他，如果不做出点儿反击对方还以为童远传媒的公关是吃干饭的。

相信童远传媒的公关部门肯定已经开始活动，不过他们混的是娱乐圈，对网文圈的事情不怎么懂，如果贸然写长微博指不定就要露出马脚，所以才把写长微博的事情交给了她。

鉴于今天在傅思远面前将形象分刷成了负数，这一回简安安决定充分发挥优势，力挽狂澜。

半个小时后，一篇图文并茂的洗白长微博新鲜出炉，简安安看着自己呕心沥血的作品，觉得自己只是做一个剧情策划简直是浪费人才。

该微博内容如下——

其实，一开始让我写这条洗白长微博的时候，我是拒绝的。

什么？你竟然问我为什么？

这还用问吗，当然是因为我觉得这种事情根本就没什么好洗白的！我家男神从头白到尾，根本没有需要洗的地方好吗！

附男神帅图一张！

不过鉴于还是有很多不明情况的围观群众，所以我决定还是要把这件事好好地说上一说。

首先，先说看盗文这事儿，一开始看到#傅思远盗文狗#这个消息我简直要笑死了好吗，简直是本年最佳笑话好吗！

如果我没记错的话去年的《福布斯》富豪排行榜男神是进入了前一百的，具体资产我不说明请自行去百度。

这样一个亿万富豪，竟然会付不起千字三分钱的小说VIP？

好吧，事实证明我的脸最后被打得很肿，因为男神他，确实看了盗文……

本来吧，看盗文这事儿也没什么，你偷偷摸摸地看没人会说你，只是男神傻就傻在竟然看了盗文还去原文下面写评论喷作者，我仿佛已经预见了悲剧的诞生。

接下来，故事的发展果然如同我预料的一般，作者君用"盗文狗滚出"给男神幼小的心灵造成会心一击，直接减血一万。

不过，我们男神的吐槽之魂已经觉醒，又岂是如此容易熄灭的！

被作者提醒后，终于意识到了自己其实是一个可耻的"盗文狗"的事实，如果这个时候男神就此消失，这件事估计也就完了。

然而男神表示：你们都太年轻了！

这事儿它完不了！

男神他竟然去注册了个晋江账号！这还不算什么，注册完男神直接充值十万人民币！

什么，你问我是怎么知道的，我当然是亲眼看到的啊！

看下图。

路人甲的专栏

最近订阅的作品（1/2）

《长生劫》原创 - 言情 - 架空历史 - 爱情轻松连载中 8645153, 540, 9382015-09-02

霸王排行榜

暖玉生烟无敌霸主

————我是震惊的分割线————

颤抖吧！凡人！

你们以为我掏不起那千字三分钱吗？你们以为我写长评只是为了高贵冷艳吗？

其实我只是为了炫富。

咳咳，上面的划掉，我们正经点。

我觉得没必要抓住这件事上纲上线的，男神他看了盗文没错，可是他知错就改了呀！

不但补订了作者的VIP章节，还砸了作者十万块的霸王票（强行科普：十万块里作者可以拿到五万块"软妹币"的分成）

十万块能看多少本网络小说我就不说了，你们自行换算。

那个黑帖，硬是能把十万地雷说成男神羞辱人的证明我也是无语了，见过羞辱人的还没见过这样羞辱人的。

如果砸钱算是羞辱人的话，我很想对博主说：

请不要大意地用钱来羞辱我！羞辱得越多越好！越多我越开心！

最后我想对无辜卷入的作者君替我家男神道个歉。

这货看起来高冷，其实是个傲娇来着。

负分什么的估计他是真的被作者君你的剧情虐了一脸血，这个我无能为力。

我能做的就是给作者你多补几个正分，支持正版。

希望作者你继续加油码字，不要被外界的风风雨雨所干扰，写出更加棒呆的作品，到时候男神肯定还会砸你霸王票的！

再附男神帅图一张结束！

第四章
天凉了,让游戏公司破产吧

业界良心这个词就是为简安安量身打造的有没有!

感动中国第一好作者有没有!

简安安不由自主大发感慨,命运何其无常,你永远不知道下一秒会发生什么,昨天晚上的这个时候她心里还在想着如何带感地喷走路人甲,今天晚上她竟然帮路人甲写了洗白长微博。

朕就是这样随性的汉子。

感慨完后,简安安将图片导到手机上发给傅思远,五分钟后有了回复。

傅思远:这是你写的?

安安:是我写的,有什么不对吗?

傅思远:没什么不对,写得很好。

安安:【害羞】。

傅思远:我本来以为你在公司是个花瓶,没想到你还挺能写的,呵呵。

安安:呵呵,傅总说笑了,哪有像我这么丑的花瓶……

简安安的内心几乎是崩溃的,她知道自己在傅思远面前表现得不算好,但她想不到傅思远竟然是这么看待她的!什么叫花瓶,花瓶是个摆设,她是个人类好吗!

自嘲的消息发过去后,简安安迟迟收不到回复,以为今天这事儿就算完毕了打算洗洗睡。没想到过了五分钟后,傅思远发来了一条消息。

傅思远：不丑。

还没来得及高兴三秒钟，简安安又收到了第二条补充说明。

傅思远：就是有点胖。

简安安胖大的心灵受到会心一击！她努力平稳呼吸，告诉自己对方是她的老板，绝对不可以跟老板作对，这才忍住没回复"胖怎么了，吃你家大米了吗"。

其实她心里清楚，常年窝在电脑前码字的她没积攒下多少读者，倒是积攒下许多肥肉。自己身高不过一米六三，体重却已经直奔一百一而去。站在普通人里算凑合，但对于见惯了娱乐圈身高一米七体重九十的傅思远来说，真的算有些胖。

简安安很痛苦地捏了捏肚子上的肉肉，下定决心从明天开始减肥。倒不是因为傅思远的一句话，只是随着身体脂肪堆积太多，她能明显感觉到自己的行动已经变得比以前迟缓许多了，而且肥胖对身体也不好，容易生病。

还有一个私心就是，《长生劫》现在话题度被炒得这么热，到时候出版肯定是没问题的。说起出版就想到签售，她作为一个妹子，还是很希望自己能以最漂亮的样子出现在大众面前的。

平静下来以后，简安安拿起手机回复傅思远。

安安：人艰不拆。

傅思远：关于减肥昊书可是这方面的专家，从一百八减到现在，你可以问问他减肥秘诀。

安安：一百八？原来老板还有这么不为人知的另一面。

傅思远：嗯，他不为人知的一面还挺多的。

安安：傅总很了解的样子。

傅思远：我跟他从小一块儿长大。【截图】你文章写得不错，已经上热门了。

安安：能用上就好，我也是第一次写这种东西，没什么经验。

傅思远：以后多累积点儿经验。

安安：什么意思？

傅思远：意思是公司的官博以后交给你打理。

安安：等等……为什么我从来没听说过公司还有官博这种异次元生物？

傅思远：刚刚成立没多久，没听说过很正常。

安安：什么叫刚刚？

傅思远：字面意思【微笑】。

简安安看着傅思远发来的微笑表情，越看心越凉。她本来以为，有任昊书这么一个不靠谱的老板，已经是十分不幸，然而在傅思远走马上任后的第一天，她只想痛哭流涕挽回任昊书！你快回来，我一人承受不来，你快回来，公司因你而精彩……

傅思远新官上任三把火，这第一把火，就烧到了简安安头上。

在傅思远得到公司百分之五十股份以前，她在公司干游戏剧情策划的活，对于写手出身的简安安来说，那就是小菜一碟，脑洞堪比黑洞，从来就没有过灵感枯竭的一天。同岗同事需要两三天才能完成的工作，她一个小时就能搞定，而且还让人挑不出一点不对来。

由于工作效率太高，在忙碌的公司中简安安显得格外悠闲，承包了喂猫铲屎等一系列杂活。众所周知，任昊书每个礼拜只来一次公司，然而每次当他来公司都看到简安安在逗猫，时间一长他也觉得不对劲儿。

这个妹子的工作难道是喂猫？他怎么不记得公司有这么一个职位？如果搁一般的老板，估计早就借机发挥让简安安收拾收拾滚蛋了，然而二般的老板如任昊书，可不舍得让公司唯一一个长相看得过去的妹子离开。

他本来想，颜即正义，只要能让人看着心情愉悦每天摸鱼也不算什么。结果他后来又发现，这个妹子不仅长得好看，写出的游戏剧情也好看。尤其是某次紧急加班，目睹妹子为了早点回家半个小时搞定工作的任昊书简直心服口服。

他不是迂腐不化的老板，一开始创建公司的时候就曾保证过，只要员工能完成任务，剩下的时间可以想玩儿就玩儿想回家就回家。虽

053

然这条规定大部分时间属于废弃状态，不过自此之后任昊书就记住了公司里有简安安这么一号人物存在倒是真的。

简安安用自己的惨痛经历告诉我们，被老板记住可不是什么好事。任昊书毕竟是个剥削者，手下的员工工作效率快固然好，不过员工总闲着没事干，岂不是显得他这个老板很没面子？

所以为了充分发（压）挥（榨）员工价值，任昊书为简安安安排了很多加班。

比如说——遛猫。

又比如说——接机。

虽然这些加班是有加班费的，简安安还是感觉很不爽，导致她后来直接将任昊书的微信备注成了现在的"资产阶级剥削者"，但是比起傅思远来说，任昊书这个剥削者显然不够分量。

任昊书时代，简安安顶多就是去接机，不可能天天有这样的任务等着她，傅思远一上来就让她管理官博，简直每分每秒都不让她闲下来的节奏。正如她前面所说过的，公司原本是没有官方微博这种东西存在的，因为任昊书本来开这个游戏公司就属于自己钱多任性闹着玩儿，但是当傅思远进驻本公司后，她隐隐约约嗅到一丝变天的气息。

虽然变不变天跟她这个打工的没多大关系，但如果公司朝着正规方向发展，在简安安成为全职作者之前对她来说也不失为一件好事。

所以对管理官微这件事儿，她吐槽了几句后也就这么接了下来。她很清楚，连遛猫接机这种事都有加班费，管理官博绝对不可能是白干活……

官方微博的事情暂且放在一边不提，简安安的那条洗白长微博确实又火了一把。童远传媒公关发力那可不是粉丝之间打嘴炮战，实打实的金钱人脉较量，对手瞬间就被打得跪下唱征服。这么一来一往下来，傅思远的名气没怎么受损，而简安安作为无辜躺枪的作者，笔名书名在大众面前飘了整整两天，想不火都难。

一个最直观的证据就是《长生劫》作为一个新入V没多久的文，竟然爬上了首页金榜而且位置还不低。傅思远翻她牌子之前碧水曾经有帖子预计十一黄金周期间的金榜，百分之五十的人压洛梵，剩下百分之五十的人压寒江雪，没人能想到这两本连分频金榜都还没上得了的时候，简安安的《长生劫》已经爬上了首金。

根据纪曼的估计，论单日收益《长生劫》差不多已经是全站最高，只是由于简安入V没多久，收费章节总共才六章，这才没冲上第一名。

所以为了趁热打铁，从十月三号起，简安安就被纪曼强押在电脑桌前码字。早上八点钟就被连环夺命电话叫起，九点钟开始码字，码完一章简单吃个中午饭，休息休息继续码。下午再写一章，写完出去运动运动身体，晚上继续来战……

这么一来简安安每天更新的字数朝着一万大关奔去，很快就站在了金榜第一的位置笑傲群雄。

然而连着两天下来，简安安崩溃了！她幻想中的全职生活，应该是像寒江雪女神那样，每天轻轻松松更新三千字，全国各地跟基友面基旅游。到了她自己的时候，就得每天面对着电脑写得昏天黑地，连她这么喜欢码字编故事的一个人，都开始觉得有些厌倦了。

于是打算刷刷微博缓一缓，没想到刚刚打开微博，一条好友私信就冒了出来，简安安点开一看，居然来自寒江雪！

简安安对寒江雪的印象不错，觉得她不仅小说写得好，为人也十分正直，早就想勾搭了。

第一次跟自己喜欢的大大说话，简安安敲键盘的时候手都有点儿抖。

寒江雪：亲爱的，在不在？

暖玉生烟：在在在！雪大有何事找我！

寒江雪：噗哈哈，还以为你退博保平安了，没想到秒回。

暖玉生烟：我刚刚开微博雪大的私信就来了，真是深深的缘分。

寒江雪：看来我运气不错。

寒江雪：说正经事儿，你这篇文的版权还在不？

简安安看着寒江雪发来的私信内容，稍微愣了一下，然后才回复。

暖玉生烟：在，雪大你想买吗？

寒江雪：差不多是这么回事儿。

暖玉生烟：感觉我马上就要走上人生巅峰迎娶高富帅了！

寒江雪：迎娶谁？傅思远吗？

暖玉生烟：……

寒江雪：哈哈哈妹子你真萌，我决定正式吸纳你成为我后宫中的一员！

暖玉生烟：后宫？难道我不是你的唯一？

寒江雪：小妖精，企鹅号发我。

简安安再度戳开寒江雪的ID确保是本尊后，将企鹅号丢了过去，很快两人加上了好友。

寒江雪：我公司最近缺书缺作者，约吗？

安安：雪大你难道不是全职？

寒江雪：我写纯爱，赚的那点儿钱也就买个包包吧。

安安：我果然太过于天真。

光看寒江雪的微博，真的是所有作者梦寐以求的生活，难怪雪大每天只更新三千字，人家压根就是写着玩票的。不过事实也正如寒江雪所说，想靠写作赚钱，只凭爱是不行的。

且不说纯爱本就属于小众文化，在IP的全版权运作如火如荼的当下，大多数纯爱作品还只能赚网上VIP收益，加上盗文猖獗，就算是大神级别的作者想靠这个为生也略困难。虽然近两年来网络小说的版权运营状况有所改善，可改善的也是极少数大神，寒江雪的作品也出版了好几本，可作为作收两万多的大神，她的书甚至卖不过言情作收三千的小粉红。

这些事情简安安在论坛上看过，当初也没细想，现在听寒江雪这么一说，才恍然大悟。不过寒江雪也不靠写文的收益吃饭，论坛上恶意的揣测估计她也就笑笑不说话。

跟寒江雪又聊了许久，简安安算是明白了寒江雪勾搭自己的意思。两人差不多，都是大学的时候开始接触写作，只不过寒江雪家庭条件要比简安安好上一百倍，所以毕业后寒江雪可以选择自己想要的生活。除了在网络上码字外，家里给寒江雪资助创办了一家图书公司，有专门的人管理，她只用闭着眼睛收钱就行。

寒江雪很低调，在微博上从来没提过这件事，不过如果有特别喜欢的作者或作品，她就会主动勾搭出版。有钱任性的好处就是，这家公司明面上只跟大神约稿，但实际上出了好多本真空作品。

简安安写言情，自然听说过这家公司的大名。碧水有专门"八"出版公司的楼，不管哪家公司都有人看不惯有人黑，但寒江雪的公司是公认的好，不仅价钱公道而且非常尊重作者，很多作者想签这家公司，包括简安安在内。现在得知这家公司的老板竟然就是寒江雪，某人心里就更加向往起来。她跟寒江雪初步确定了合作意向，只等国庆收假后晋江的编辑上班再商讨详细的事宜。

说实话，能走到今天这一步，是简安安想都不敢想的事，但她接受得很坦然。

不想成神的作者不是好作者，她始终相信自己有出头的那一天。

而傅思远的出现，无疑加速了这个进程。

时间一晃而过，国庆七天假期眼看着就要收尾，漫天是叫苦的上班族、学生党们的大肆哀号。简安安整整在家窝了六天，八号早晨闹铃响起的时候，她差点生出辞职的念头。

但是这个疯狂的想法注定只能是想法。

简安安一到公司就发现不对劲了！前台姑娘的低胸上衣都快低到腰了！秘书部妹子脸上的妆都能媲美阿凡达了！就连技术部的那群糙汉子程序员都一个个捯饬得人模狗样，露出八颗牙微笑。

"这到底是什么情况啊？"简安安随手拉住一个同事八卦。

那同事一脸喜色，眉飞色舞地道："你不知道吗，傅思远要来我们公司了，他现在是我们公司的副总了。"

原来是傅思远要来公司，难怪大家都这么激动！她原本以为傅思远会顶替任昊书总裁的位置，总算那货还有点儿良心，只当了个副总裁。

不过即便如此，简安安还是见识到了傅思远突破次元壁的无限魅力！本公司上到老总任昊书，下到清洁工阿姨，在公司门口站成了整齐的一排欢迎傅总大驾。

在众多精心打扮的妹子中，简安安的牛仔裤T恤衫帆布鞋格外突兀，平日里跟她关系还算不错的男同事说她："你看看人家再看看自己，没觉得有什么不对吗？"

"哪里不对了？"

男同事恨铁不成钢地摇了摇头："难怪你是只单身狗。"

"单身狗怎么了？单身狗没吃过你们家大米吧？"简安安义正词严地批判该同事，毫不留情地戳穿了他虚伪的假面，"再说了，你不也是单身狗吗！单身狗何必跟单身狗过不去，有本事你举起火把与孜然烧遍天下情侣啊！"

"就算我是单身狗，我也是一只精致的单身狗，哪像你活得如此糙。"

真是活久见啊！今天竟然被一个汉子鄙视活得不如他精致？然而当她抬起下巴将该男从头到脚打量了一圈后，硬生生将回击的话憋了回去。

他说得好有道理，她竟无言以对！相比之下，她真的是……略显粗糙啊。她决心离这个可怕的精致男远点儿，以免自己羞愧得想在地上挖个地洞钻进去。

简安安几乎使出挤公交的看家本事来，才终于挪移成功，眼看着该男终于远离了自己的视线范围，她松了一口气，可这口气还没松完，她就感觉到脚后跟一个不稳，差点摔倒在地。

"Sorry，是谁的脚？"

"我。"

咦？声音略耳熟？

简安安转过头，傅思远的冰山脸近在咫尺。

"傅总……怎么是你？"

"为什么不能是我？"

简安安觉得自己整个人都不太好了！好不容易靠着洗白长微博在傅思远面前刷了一回好感，还没热乎几天就被她自己给踩没了。

现在问题来了，继续这样好感为负下去，她在这家公司还有前途吗？

简安安紧张得舌头都有些打结："我……我真的不是故意的，你要相信我。"

傅思远表情不变："我知道，那你现在可以把脚拿开了吗？"

简安安瞬间平地起跳，将身体潜力发挥到了极致，事后那名嘲讽过她的男同事走到她身边，一脸的不可思议。

"行啊你简安安，没看出来你还是个隐藏'boss'，居然想出这种别具一格的攻略方法。"

"攻略个毛线，好感都快被我刷成负数了！不被KO已经是我上辈子烧高香的后果了。"

男同事继续道："你我之间何必再装，说吧，你故意打扮成这副清水出芙蓉的样子，还'一个不小心'踩到总裁的皮鞋，究竟是从哪本小说里学到的招数，改天发给我看看。"

简安安微微一笑，随口报出一个名字来："霸道总裁的××岁小娇妻。"

"这个名字听起来挺那啥呀。"

"滚蛋，看你的岛国片去！"

简安安身心俱疲地送走该男同事，看着办公桌上堆积的工作长叹一声。长假过后的第一天总是难熬，尤其是对比前七天每天睡到自然醒的幸福日子，朝九晚五的上班生活显得格外难熬。

七天没上班，很多工作都被积压了下来，虽然她的工作效率够快，但处理这些杂七杂八的事情也废了不少心神。一直忙活到中午才算完，肚子饿得咕咕叫的简安安不敢作死不吃，跟同事们一起去写字楼外面吃中饭。

趁着上菜的时间，简安安打开了手机。晋江倒是一如既往地和谐，打负微博观光团经过一整个国庆长假的沉淀，很快消失在了茫茫人海之中。偶尔有个别人没走，也是因为被她的小说吸引了注意，追文追得欲罢不能。

旁边的女同事眼尖，一下子就看到了《长生劫》三个字。

"安安你也在追这本小说吗？"

简安安迅速关掉手机，顺着女同事的话道："这文写得还挺有意思的。"

没想到当她说完，女同事像是见到亲人一样抓住了她的小臂，吧啦吧啦说了一大堆话："总算让我找到一个同好啊！我追这本书老久了，从作者开坑起就追，结果没想到前两天被傅总翻了牌子后此文突然火了，来了好大一拨喷子，我当时特别怕作者弃坑不写还给作者砸了地雷，幸好作者不是个玻璃心。"

"你还砸过地雷？"简安安觉得很惊喜，毕竟三次元中遇到一个看正版小说的妹子实在是太不容易了，而且这妹子还是自己的读者。

"是啊，我看正版的，你不会是看盗文吧？"

简安安连忙摇手以示清白："怎么会呢，我的号都是高V了。"

女同事冲简安安友善地笑笑："别怕！我没网络上那些人那么极端，就纯问问而已，再说了就连傅总都看过盗文，还有啥不敢说的。"

简安安道："嗯哪，傅总最近因为这事儿还挺火的。"

"噗哈哈哈，说起这事儿太逗了，我感觉作者肯定有一颗十分强大的心脏，才能接受傅总接二连三的嘲讽。"

"接二连三……"

简安安觉得自己好像错过了些什么。

女同事惊讶地看着她，说："你不知道吗，昨天晚上傅总又转了暖大的微博，说什么'作者你剧情崩坏得这么厉害，你的大纲知道吗'之类的话，笑死我了快。"

简安安沉默，傅思远喷她喷上瘾了还！她原本以为前一阵子的盗文狗事件，会让傅思远引以为戒，没想到这货压根是死不悔改！没完没了啊，简直不能忍！

可她就一小透明，能拿傅思远怎么样呢？简安安有些后悔了，早上踩某人的那脚应该重点儿，免得他闲得没事干发微博吐槽。不过她没想到的是，报复傅思远的机会来得如此之快，而且这个"报复"还是官方授权，名正言顺……

　　作为一个霸道总裁，傅思远走到哪儿都会有专人拍照。他到天河游戏走马上任第一天，童远传媒的总裁御用摄影师也跟着来了，一大堆人围着傅思远合影，公司的人都围在一边看热闹。

　　拍照然后发微博宣传，这是傅思远给天河官博设计的第一步露脸计划，有大V加成，官博知名度上升是迟早的事。然而众所周知，照片这种东西现在基本等同于"照骗"，就算是傅思远也不例外。

　　为了找到更好看的角度，摄影师给傅思远的凳子底下垫了两本书，拍出的照片里总裁大人英俊神武，明显比身边的路人甲乙丙们高出一截。傅思远本人一米八五，已经算是不低，而为了照片效果，垫书也是情有可原。

　　这书垫得很隐蔽，就连围观群众有很多都没注意，外加摄影师角度找得好，凳子腿完全被桌子给掩饰住了，除非你从背面看才能看出破绽来。

　　总裁御用摄影师的水平非同一般，中午拍完照下班前修过图的成品就出来了，当然也跟傅思远本人不需要太多修图有很大关系。

　　大约七点钟的时候，童远传媒官博发表了傅思远在天河的一系列美图。毫无例外地上了热门，评论转发里全在号叫"老公帅我一脸血"，自带水军加成，而简安安接手官博后的第一件事，就是转发本条微博。

　　转发完后，简安安本来以为这件事就这么过去了，结果又收到老板任昊书的微信。

　　资产阶级剥削者：给你提供一张素材。

　　简安安点开大图一看，正是今天中午傅思远在公司那组图的背面照，尤其是垫在凳子下的书，清晰可见。

　　安安：这样真的好吗？

　　资产阶级剥削者：这个官博归你管，你随意发挥。

　　安安：发啥都行吗？

资产阶级剥削者：行啊，自拍也行。

安安：我明白了。

吃过晚饭后，傅思远照例刷微博，看到童远传媒发出的照片后他没转发，只是点了个赞，然而当他戳进刚刚成立不久的天河游戏官博后……

@天河游戏：拿去，你们要的霸道总裁，官博君随手捏一张就堪比专业摄影师！

内容很正常，照片却……

一定是我打开官博的方式不对！

傅思远第一时间打开微信，截图给任昊书看。

傅思远：什么情况？

昊书书书：谁发的找谁去。

傅思远：没有你的默许她敢发？

昊书书书：我什么都不知道，什么都不懂，什么都不管。

傅思远：……

他就知道跟任昊书说这件事不会有任何结果，所以他直接戳开了简安安的头像。

然而戳开头像后，他却有些犹豫。

他难道是想指责简安安吗？好像并不是那种感觉，但如果不作出任何表态的话，也不太对。正在他犹豫不决的当下，只见手机屏幕最上方的名字突然变成了"对方正在输入中"。

傅思远挑了挑眉，这是打算负荆请罪的节奏？

安安：【截图】。

安安：照片是老板发我的，截图为证。

安安：我是无辜的！

傅思远：你是帮凶。

安安：我主动投案自首，可不可以从宽处理？

傅思远：我的原则是坦白从严抗拒更从严。

安安：我觉得自己还可以挽救一下……

傅思远：那就再给你一次机会去发一条微博解释清楚。

安安：好的总裁大人！

五分钟后，傅思远再刷微博，果然看到天河游戏官博有一条更新。傅思远觉得，这次应该没什么幺蛾子，所以就点了个赞。于是乎，关注他的一千多万粉丝的微博首页就同时出现了这么一条消息——

傅思远赞过。

@天河游戏：凳子底下的不是书，是本来就有的装饰品！凳子底下的不是书，是本来就有的装饰品！凳子底下的不是书，是本来就有的装饰品！（立刻发微博解释清楚，不然你明天就不用来上班了）

这条微博很快飘上了热门，转发数过五万，评论数更是突破十万大关。天河游戏本就在业内有些名声，上热门后很多游戏粉都关注了官博，外加傅思远的光环加成，官博粉丝数很快就超过了简安安的作者号。

作为一个公司的官方宣传平台，公司内部自然是有专人负责营销传播的，然而设计好的宣传手段还一个都没用上，简安安就硬是凭着傅思远的一张偷拍照把官博送上了热门。

上热门说起来容易，实际操作起来却很困难。想想看，微博活跃用户总数两亿以上，人人都想红人人都想上热门，无数个公关盯着那排热门排行榜。砸钱买粉自然也是可行的，不过却吸引不来真正的粉丝，大家看看也就过去了。而简安安前后两条微博都转发过五万上了热门第一，不知道给公司省了多少宣传费，就连童远传媒的公关部也不得不承认，天河游戏这一招实在是厉害。

虽然有踩着自家总裁上位的嫌疑，看微博底下的评论走向却格外和谐。粉丝们纷纷表示，原来傅思远这么接地气，简直萌萌哒，同时对天河游戏的官博君点起了蜡烛，祈祷她还能活着见到第二天的太阳。

第二天一早，简安安正常上班，一到公司就被叫去总裁办公室问话。

秘书妹子同情地看着她："你胆子也太大了，两位总裁现在都很生气。"

简安安惊愕:"不会吧,我开玩笑的,这也要生气?"

秘书妹子拍了拍简安安的肩膀,然后叹了口气:"你自求多福吧,咱们公司以前氛围的确很轻松,跟老板开玩笑毫无压力,可是今时不同往日,傅总的性格跟任总完全不是一挂的,他站在办公室里连空调钱都省了。"

"我会不会被炒鱿鱼?"简安安哭丧着脸,完全不想进办公室听训话。

她会发那条微博,一来是觉得好玩儿,二来也的确是受到了任昊书暗示的影响,而且她总觉得,傅思远这个人的确很优秀很完美,但就是缺少了一点儿人气儿,微博内容除了跟暖玉生烟互动的两条吐槽都很一本正经。

"应该不会吧……不过我也说不清楚,这得看老板的意思。"秘书妹子替简安安敲了两下门,不由分说将人推了进去,小声道,"加油,主动承认错误或许能从轻处理。"

总裁办公室简安安并不是第一次进,但心情这么紧张还是头一回。她忐忑不安地走到老板的办公桌前,看着两位总裁如出一辙的冰山脸,心里咯噔一下……

就连任昊书这个共犯也摆出一脸"你该当何罪"的表情,还能不能愉快地玩耍了!她揣摩着总裁的心理活动,犹豫该怎么开口解释才合适的时候,任昊书率先开口了。

"你知道你这次犯了什么错吗?"

简安安小心翼翼地回答:"因为我发微博跟傅总开玩笑?"

"错!再想!"

在任昊书掷地有声的问话中,简安安开始在脑海中审视自己前几天,有没有得罪过这位总裁。可是想了半天也没想出,任昊书虽然无良了点儿,但是跟她的关系还算是不错的,她更多的时候把他当作一个损友来看,而不是老板。

简安安低头沉默,办公室的温度一下子冷到了极点,反倒是傅思远在一边有些于心不忍,开口替她说话:"你不要太凶,她虽然发微博前没跟我商量,但是这两条微博的效果不错,作为官博她还是很称职的。"

简安安感激地看了傅思远一眼,万万没想到他会帮自己说话!她原本以为,任昊书肯定会站在她这边,没想到最后站在她这边的竟然是傅思远。这倒让傅思远在自己心目中的形象顿时高大了,传说中的冰山总裁也没那么不近人情,还是很能开玩笑的。

傅思远说完话后,任昊书虽然还是一脸严肃,却明显有些憋不住笑:"你最大的错误就是发微博的时候没告诉我!让我不能第一时间看到傅思远的笑话哈哈哈哈哈哈哈哈……"

魔性的笑声顿时传遍整间办公室,连办公室外的秘书妹子都被震撼到了!

总裁办公室里究竟发生了什么?为何老板会笑得如此丧心病狂?说好的员工跟老板掐架呢?

门外众人一脸迷茫……

"噗——"简安安没忍住笑出了声。她就说,逗比老板今天怎么可能突然改性,而且明明他们俩是共犯来着!

任昊书捂着肚子笑得根本停不下来,差点没躺在地上打滚了。简安安看着傅思远一脸无语的表情,好心安慰道:"傅总别生气,老板这人就是这样,习惯就好。"

不过傅思远到底是见过大风大浪的,很快就平静了下来。

"我早该料到。"

这家伙其实本来就没生气,相反,在看到天河游戏官博底下的评论后还觉得简安安是个人才,作为一个非专业人士,竟然能想出这种营销策略来。谁知早上来公司提起这件事,任昊书立刻表示这事儿不能忍,并且还一定要找简安安来问话。

傅思远好说歹说,任昊书都铁了心要一展他老板的威严。

结果……

呵呵……

傅思远觉得，这家游戏公司能活到今天真的是因为命好，同理任昊书。

"你继续笑吧，我要去赶飞机了。"

任昊书这才收敛了笑容，擦干眼角笑出的泪水，挽留道："别呀，你别这么小心眼，继续留下来我们一起玩耍啊。"

傅思远冷酷地瞥了任昊书一眼："你以为谁都跟你一样，童远那边还有事情等着我处理。"

"哦，有正事那就没办法了，那这样吧，让安安送你去机场。"

"为什么是我？"

任昊书笑嘻嘻地拍了拍她的肩膀，然后道："因为爱情啊！"

"……"她又想手撕老板了怎么办？

送傅思远去机场的活儿并不算轻松。

简安安坐在副驾，而傅思远坐在后排，五分钟后，她终于忍不住偷瞄了一眼镜子，看到的却不是想象中孤傲的侧脸，而是一双深不见底的黑色眼眸。

糟糕，偷瞄被发现了怎么办！

她连忙转过头佯装看窗外的风景，假装什么都没发生过。

"为什么偷看我？"

简安安嘴角抽搐两下，刚打算乱扯两句糊弄过去，就听到背后的男人又补充道："不许说因为爱情。"

"那……"简安安灵机一动，"因为你有太极急支糖浆！"

如果后排坐的是任昊书，绝对会给简安安点一百个赞，然后这件事就这么过去了，然而后排坐的是傅思远，所以剧情的走向就……

"要急支糖浆做什么？是嗓子不舒服吗？我没有随身携带糖浆的习惯，你忍一下，等到了机场药店应该可以买到。"

简安安："……"

明明傅思远就坐在自己身后不足三米的地方，可为什么她觉得两人的距离像是隔了一条银河那么远？

"等等——"傅思远像是突然想到了什么,从随身携带的包里翻出了一个小铁盒递给简安安,"这是薄荷糖,也有缓解的效果。"

他微微直起身子,修长有力的胳膊跨越了几乎半个车厢的距离,简安安甚至不用回头,仅用眼角的余光就可以瞥到那修剪整齐的指甲以及骨节分明的手指。

如果在总裁文的世界里,作者可能会这么描述——

"这是一双掌控着全球经济命脉的手,翻手为云覆手为雨……"

可现在,这双手里拿着一盒薄荷糖。

简安安不敢回头看他的表情,也不敢告诉他,自己刚刚只是开了一个玩笑。

她慌忙接过铁盒子,指尖不受控制地发颤。有那么一刹那,她感觉自己的手指触到了另外一个人的手指,被触碰过的地方开始发烫,烫得她只好用冰凉的铁盒降温。

偏偏铁盒上还残存着上一个人的温度,温度不但没有降下来,反倒有愈演愈烈的趋势。她微微低下头,从盒子里拿出一颗薄荷糖塞进嘴巴里,薄荷冰凉的味道终于让她恢复了些许冷静。

"谢谢傅总。"

傅思远觉得有些奇怪,简安安的声音怎么突然间就小了一个八度,他以为她是嗓子不舒服,于是继续道:"身体不舒服可以跟公司请假,我跟吴书绝对不是那种只知道压榨员工的老板。"

"嗯,我知道你们都很好。"是真的很好。

傅思远微微一笑,很善良地道:"这盒糖你拿着放包里吧,以后说不定还能派上用场。"

那股莫名其妙烧起来的温度一直徘徊不去,不仅是手指,现在就连脸也开始发烫。简安安深吸一口气,将头靠在靠枕上,万般庆幸自己没有跟傅思远一起坐在后排。

看到她这样,傅思远以为她是身体不舒服想休息一下,便没有继续出言打扰,然而透过出租车干净透亮的后视镜,他却看到镜子里的女孩儿双颊粉红,正一脸纠结地将他刚刚递给她的薄荷糖盒子贴在脸上。

　　傅思远先是愣了愣，回过神来嘴角却忍不住上扬了几个弧度。

　　他从来都很清楚自己的吸引力。

　　从初中起就有女生告白追求，到了大学更是连男生都想主动献身，每发一条微博会有无数人在底下求爱……所以当他看到她发出那样的微博时，还有些难以置信。第一个疑问是，简安安难道不怕他吗？第二个疑问是，简安安难道不喜欢他吗？

　　后来他看到第二条微博，才发现简安安的确不怕他，但应该也不是讨厌他。而刚刚那幅画面，让他确信简安安不但不讨厌他，甚至跟一般女孩儿一样是对他有好感的。

　　这个发现让他有些得意，又有些开心。

　　不管是谁，他当然希望自己被人喜欢，因为这样就等于是对他这个人的认可，代表他很优秀。然而二十八个年头下来，喜欢过傅思远的人实在是太多了，原本因为被喜欢而产生的开心感，逐渐随着年龄的增长消失不见，如果今天不是简安安，他几乎要忘记这种感觉。

　　很奇怪。

　　简安安这个女孩儿，看上去明明也不是那么优秀，外表顶多算是清秀，甚至身材还有些圆润，却能让傅思远产生一种"能够被她喜欢是一件很幸福的事情"的感觉。

第五章
这么幽默肯定不是你

傅思远下车后的第一件事,是去找药店买糖浆。

尽管简安安一再强调,薄荷糖已经起到了效果,不用买糖浆了,可他还是很坚持地去买了。

作为"病号",简安安被留在大厅里看行李。

大约十分钟后,傅思远回来了,手里还拿着一盒糖浆,简安安扫了一眼,竟然还真是太极的。

"买回来了,给你。"

简安安双手接过糖浆,感激涕零:"谢谢傅总!傅总大恩大德小女子永世难忘!"

傅思远面无表情地抬了抬下巴:"喝吧——"

简安安眨了眨眼:"我已经好多了。"

糖浆那个味道她从小就受不了啊!喝下去简直要人命啊!

"不行,薄荷糖治标不治本,万一你一会儿在路上又难受怎么办?"傅思远态度很坚决。

简安安只好提议:"没事没事,我带着它回去,如果感觉不舒服到时候再喝也来得及啊!"

按照两人的交情,都说到这个份上了,傅思远应该不会再多说什么,可今天的傅思远也不知吃错了什么药,对简安安这个员工格外关心,简直老板爱爆棚。

"不好,等你回去了我怎么知道你喝没喝?"傅思远摇了摇头,坚持让简安安喝糖浆,"身体不舒服不能讳疾忌医,特地给你买回来

069

的急支糖浆,你必须喝光我才能放心。"

喝光……

简安安看着手中六百毫升的急支糖浆,倒吸一口凉气。

喝光她会挂的吧!但是看傅思远现在这个态度,大有一种她不喝他就不走的趋势。

简安安苦着脸做最后的垂死挣扎:"傅总,你飞机快起飞了……"

傅思远马上道:"没关系,错过飞机还能坐下一班,你的身体最重要。"

简安安盯着他的眼睛半晌说不出话来,从对方的眼神里只传递出一个消息,今天她要是不喝下这瓶急支糖浆就别想走了。

"好,我喝……"

简安安打开急支糖浆的盖子,一股悲凉的气息由内而外散发出来,她不由得想吟诗一首:风萧萧兮易水寒,壮士一去兮不复还……

哕——急支糖浆的味道真是逆天!到底是谁发明出来的这种反人类的糖浆,她保证不打死他好吗!

小半瓶急支糖浆下肚,简安安一脸生无可恋,一边的傅思远却悄悄勾起了嘴角,露出了欣慰的笑容。

"加油,还有半瓶,如果喝完了,等我下周回公司可以继续从机场帮你带。"

"……"不必了,真的……

而后,霸道总裁傅思远潇洒地转身离去了。

简安安忍住想吐的冲动,目送他离开自己的视线,飞速地在机场里寻找卫生间倒掉了剩下的半瓶,然后又在水龙头下漱口无数遍,吃了好几颗薄荷糖才压住了那个逆天的味道。

终于松了一口气的简安安从卫生间里走出来,刚走没几步就看到了一家药店,药店门口有一台超大的液晶显示器正在循环播放广告。

这不是重点,重点是广告内容是如此熟悉,如此,令人迷醉……

妹子:"为什么追我?"

豹子:"我要太极急支糖浆!止咳、消炎、化痰,我当然要它!"

简安安已经看到了自己悲惨的未来。回到公司,她把已经空空如也的急支糖浆瓶子放在办公桌上拍照，引来了同事的围观。

"不是吧安安，这你也要拍？"

简安安微微一笑："你不懂，这是傅总临走前送我的一份礼物，当然要拍照留念。"

"傅总？"女同事瞪大了眼睛，震惊道，"是我知道的那个傅总吗？"

"对，就是他。"简安安咬牙切齿。

女同事顿时炸了："天哪，快把瓶子给我摸摸！这可是傅总摸过的瓶子！"

傅总摸过的瓶子，为什么感觉这么一言难尽？

"你随意……"

"还是热乎的！"女同事抱着瓶子，脸上洋溢着幸福的笑容，"果然是傅总摸过的瓶子，感觉还有傅总身上的味道，好香。"

"你确定是好香？"简安安忍不住吐槽。

女同事努力吸了吸鼻子道："我最近感冒。"

"你真幸福……"

被糖浆味道熏了一路的简安安感慨良多。

"如果你愿意把这个瓶子送给我，我会更幸福。"女同事期待地看着简安安，眼睛里像是有星星在发光。

"这个……"简安安有些犹豫。

"什么这个那个的，安安我就知道你人最好了，一个瓶子而已就送我吧，拜托拜托！"

这个女同事跟简安安的交情算不上有多好，但同一个办公室的抬头不见低头见，一般她要什么东西简安安就直接给了。

一个空瓶子而已，说起来的确没什么大不了的……

简安安轻轻点了点头。点头的瞬间，女同事便欢呼一声拿走了瓶子，连句谢谢都不曾留下，她看着原本摆放瓶子的地方空荡荡的，不知为何，有些失落。

待女同事走后，她鬼迷心窍地看了一眼包包，薄荷糖盒子还在里面好好地躺着，她没来由地心安下来。简安安忍不住又拿出一颗糖放进嘴里，糖果在舌尖融化，带来阵阵清凉。

快下班的时候,前台妹子电话通知简安安去取快递,她最近也没买什么东西,便一头雾水地决定去看看是什么情况。到了前台,快递小哥麻利地打开了快递箱让她检查,前台妹子跟在一边凑热闹。等看到快递箱里的东西时,更是有些好奇:"这是啥玩意儿,保健品?"

"不……"简安安简直哭笑不得,"是止咳糖浆。"

"你买这么多止咳糖浆干什么?难道是打算在微信上卖?"前台妹子一脸"你千万别坑我,我是绝对不会买"的神情。

"这不是我买的,是某人送的。"

简安安想起某人的那张脸,又想起今天中午喝下去的那小半瓶糖浆的味道,顿时百感交集。签收完快递,她第一时间打开手机拍照发微博,却还是晚了一步。

@傅思远:关爱员工身心健康,从我做起。@天河游戏

嗯,配图是整整一箱的急支糖浆……

简安安心好累。

好不容易将快递箱搬回了办公室,还没来得及喝口水,她就收到了傅思远的微信消息。

傅思远:快递收到了吗?

安安:收到了……

傅思远:收到就好,我还在担心如果快递不够快,耽误你治疗怎么办。

安安:我已经决定放弃治疗了。

傅思远:那怎么可以,像你这么优秀的员工因为生病而不能工作简直太可惜了。

安安:我错了!我真的错了!

傅思远:【微笑】。

安安:傅总你大人有大量,就放过我吧!

傅思远:你做得很好,真的。

简安安看着总裁大人连续发过来的微笑表情,感觉自己似乎成功吸引了霸道总裁的注意。

可是一点都不值得开心好吗!

她看着桌子上满满一箱的太极急支糖浆,眼角有泪滑过。光靠她个人的力量,是绝对不可能扛着这箱糖浆回家的,也不可能就这么放在公司里,所以她只好向死党电话求救。

"曼曼你今天来接我下班好不好?"

纪曼冷哼一声:"哼,好几天没联系我,一联系我就要让我接你下班。"

"嘤嘤嘤,曼曼你最好了,今天实在是特殊情况,我请你吃火锅。"

"求我啊,求我我就答应你!"

简安安想也没想:"好,我求你!"

"这么没节操?"纪曼被她的下限惊呆了。

"节操是什么东西,它能送我回家吗?"

"你说得好有道理,我竟无言以对……"

纪曼看了一眼手表:"我大概十分钟后到,你收拾收拾东西。"

"好棒,我等你!"

十分钟后,纪曼准时到达天河游戏门口,她打开车窗跟简安安招手示意,简安安费了老大的力气将箱子搬到车上,累得气喘吁吁。

"什么东西这么沉?"纪曼有些好奇。

简安安调整好呼吸,缓缓道:"太极急支糖浆。"

"噗——"纪曼忍不住笑出了声,"是傅思远买的那箱吗?"

"没错,如果不是因为它,我估计早就回家了。"

"哈哈哈哈,对不起让我先笑一会儿!所以说你们公司的官方微博其实是你在管着吗,我仿佛已经看到了你掉马甲后的壮丽场面……"

"喂喂喂!你要相信我的智商,绝对不可能犯掉马甲这种低级错误的。"

纪曼收起笑容,格外认真地看着简安安:"这种旗帜不要乱立,而且你的智商,嗯……"

"我的智商怎么了,你继续说啊——"

"你让我说我就说,那我岂不是很没面子?"纪曼摊手表示无辜,"更何况如果我说了实话,你恼羞成怒了怎么办,我可打不过你。"

073

简安安顿时无语。

纪曼发动车子,一边开车一边八卦:"我说安安,傅思远不会是看上你了吧?"

"怎么可能!"简安安想也没想直接否认,"我们只是纯洁的老板与员工的关系,你不要多想。"

"这么着急干吗?我可没说你们俩关系不纯洁。"纪曼坏笑一声,"看上这个词也可以形容老板赏识优秀的员工,我还什么都没说你就自己跳起来对号入座,啧啧——"

"曼曼,说好要做彼此的天使呢?"

吃完火锅后,纪曼开车将简安安送回了家。简安安推门而入,将快递箱放在玄关后还没来得及换鞋,就听到一个熟悉的声音从客厅传来。

"安安今天怎么这么晚才回来?"

说话的人是简安安的姨妈,简母的亲姐姐,姐妹俩本来关系就好,嫁的地方也近,于是便经常互相走动。对她来说,姨妈就相当于她的第二个妈妈一样,所以当她听到姨妈说话的声音后,立刻兴高采烈地跑到了客厅里。

"姨妈,我刚刚和朋友在外面吃饭来着。"

简母恨铁不成钢地摇了摇头:"你这孩子,前几天还说要减肥,今天又跑出去吃大餐。"

"减什么肥!我看安安现在这副身材挺好的,多漂亮啊!"

"你是没看见她肚子上的游泳圈。"简母深深地叹了一口气,"这都大学毕业好几个月了,连个男朋友都没谈下……"

不好,母上大人又要开启虐狗模式!简安安心中警铃大作,连忙削弱自己的存在感打算溜之大吉,却被眼尖的简母一把拦下。

"你往哪儿跑呢,大人跟你说话你就好好听着。"简母语重心长地道,"都是二十二岁的大人了,也是时候考虑婚姻问题了。"

"婚姻问题?有点儿早了吧……"

简安安将求助的眼神投向姨妈,企图躲过一劫,没想到这一次姨妈却跟简母站在了同一战线上。

"的确不早了,赶在二十五岁前生孩子恢复得快。"

生孩子……

简安安只觉得一口老血涌上喉咙。

得到了同盟战友,简母一下子更来劲了:"我就说时候不早了吧,姐你看看你周围有没有合适的对象,给我家安安介绍一下,最好也是大学本科毕业。"

"妈!我不相亲!"

努力咽下喉咙里的老血,简安安提出严重抗议。

简母不耐烦地冲着简安安挥了挥手:"大人说话小孩儿别插嘴,回你房间写你的小说去。"

"总之我不相亲,你看着办。"

撂下一句狠话,简安安无比任性地扭头离去。她就不明白了,自己刚刚满二十二岁,怎么在简母眼中就成了嫁不出去的剩女?她知道母亲当然是为了她好,可相亲这件事她实在是接受无能。尤其是听纪曼吐槽过她的那些极品相亲对象后,更是心理阴影面积堪比太平洋。

心塞塞的简安安打开文档开始码字,半个小时才写了五百字出来,又半个小时后纪曼上线,她迫不及待地发了个大哭的表情过去。

蔓蔓青萝:怎么了?

安安:我妈竟然已经开始给我安排相亲了!

蔓蔓青萝:终于你也迎来了这一天。

安安:基友爱呢?同情心呢?说好要做彼此的天使呢?

蔓蔓青萝:哈哈哈哈哈哈……容我仰天长啸三十秒。

安安:我的心好累。

蔓蔓青萝:没事,累着累着你就习惯了。

安安:我该怎么机智地回绝我妈?

蔓蔓青萝:我劝你放弃……

安安:难道我就这样认命?

蔓蔓青萝:唯一的办法就是你现在立刻找到一个男朋友。

安安:我到哪里去找一个男朋友?

蔓蔓青萝：傅思远啊，你不是老喊着要迎娶高富帅吗，真正的高富帅站在你面前你不知道珍惜，简直暴殄天物！

安安：我们能不能不提他。

蔓蔓青萝：不能，因为我现在是暖傅党。

安安：……

蔓蔓青萝：嘤嘤嘤，求发糖！

安安：我去码字了。

蔓蔓青萝：好讨厌，发个糖又不会掉你一块儿肉。

简安安关掉对话框，权当自己什么都没看到，她很清楚，自己跟傅思远根本不是同一个世界的人。拿最简单的例子来说，傅思远一时兴起砸给她的十万块，需要她上一年的班才挣得回来。

论相貌，她不是最漂亮的；论学识，她也不是最出色的。

这样平平凡凡的她，凭什么去奢望傅思远？

难道就靠几条搞笑的微博？

作为一个言情小说作者，简安安虽然喜欢做梦喜欢幻想，但最起码的自知之明还是有的。如果一开始不抱有期望，最后也就无谓失望。与其去思考怎样提升自己在傅思远心中的地位，倒不如多码点儿字，努力挣钱改善生活来得有意义一些。

打开小黑屋开始码字，沉浸在小说世界中的简安安很快忘记了一切。

不管三次元中有怎样的烦恼，在小说的世界里作者就是唯一的神，人物的生死、剧情的走向，完完全全掌控在她手中，这种满足感觉是再多的财富也替代不了的。

写完一整章后上传，简安安开始回复读者评论。

《长生劫》算是彻底红了，不仅牢固地霸占了首页金榜第一位，单章评论更是在五百以上。从前简安安觉得大神不回评论太高冷，现在才知道那是被逼无奈，在晋江时不时抽搐的情况下回复评论实在是一个体力活。

而在众多读者的评论中，傅思远的评论总是格外显眼格外好认。

因为不管他是什么时候留的言,都会被热心读者顶到首页,简安安不想看都不行。

大约是知道打负不好,傅思远现在已经转向了零分的怀抱,然而他的评论内容一如既往认真考据,让简安安忍不住想糊他一脸血。

眼不见心不乱,简安安关掉晋江开始刷微博,打开微博后,最新一条更新提示下热评第一依然是傅思远。

霸道总裁承包了全世界系列。

简安安受不了地戳开傅思远的头像发私信——

暖玉生烟:为什么要锲而不舍地黑我?

半个小时后简安安收到回复。

傅思远:因为你有太极急支糖浆。

暖玉生烟:……

她是不是应该夸一句总裁大人你学得真快?

傅思远:你没看懂吗?

暖玉生烟:完全不懂。

傅思远:这是一个搞笑梗,从广告词里出来的,没想到作者你比我幽默细胞还少。

暖玉生烟:你懂得可真多。

傅思远:还好,我手下有一个员工懂得更多,她写微博写得特别好,你可以关注一下天河游戏。

暖玉生烟:受教了……

隔着手机屏幕简安安都能想象到傅思远现在的神情,就好像今天早晨那样,极其认真专注地从包里拿出一盒薄荷糖。

用无良老板的一句话来说,简直叫人想把他扑倒求合体!

傅思远:不过你不要学她黑我。

暖玉生烟:为什么不能黑你?

傅思远:因为爱情。

暖玉生烟:……

傅思远:作者你又没看懂吧,这是一句歌词,当你遇到不想回答的问题时,可以用它来机智地回复。

暖玉生烟：这个回复又是那个员工教给你的吧？

傅思远：又？你怎么知道上一个回复是我员工教给我的？

嘿！作者你的马甲掉了！不，是你的马甲——

简安安仿佛又看到了傅思远拿着急支糖浆让她喝下去的场景……

手动再见。

回头翻了一遍两人的私信聊天记录，简安安捂紧她可怜的小马甲，决定将装傻进行到底。

暖玉生烟：这么幽默肯定不是你。

傅思远：作者你猜得好准。

傅思远：好奇怪，刚刚我有一种作者你就是我员工的感觉。

暖玉生烟：这一定是你的错觉。

傅思远：【微笑】她也很喜欢用这个表情。

暖玉生烟：哦。

傅思远看着暖玉生烟发过来的"哦"，总觉得有些不对劲，但究竟是哪里不对劲他也说不上来。

必须承认，他的确算不上幽默感很好的人。

读书的时候也是这样，他跟任昊书走到人群里完全就是两个待遇。任昊书成绩不好外表不够出色，但他走到哪里都很受欢迎，人群里最热闹的地方绝对有任昊书在。而他呢，无论走到什么地方都自带冷场效应，上一秒还很热闹的氛围会因为他的到来而迅速安静下来。

这样久而久之，傅思远也知道自己大约不怎么合群，便干脆将全部心思放在了学习上。

从前遇到这种情况都是任昊书解释给他听，所以他这一次也不例外地将自己跟暖玉生烟的对话截图给任昊书看。

傅思远：作者最后的这个"哦"是什么意思？

昊书书书：哦。

傅思远：好好说话。

昊书书书：哦。

傅思远：……

昊书书书：为什么不问那个据说知道很多的员工？

简安安?

傅思远想起今天在出租车上他犯过的傻,不仅傻傻地以为简安安真的是嗓子不舒服需要喝药,还以为她脸红是因为对自己有好感。

当傅思远在药店门口看到那个广告的时候,的确有一种被欺骗的感觉,所以他才硬是要亲眼看着某人喝下那瓶急支糖浆,回到 B 市后更是通知助手订购了整整一箱急支糖浆送到公司里。

不过到这会儿气早就消得差不多了,仔细想来这件事也不能全怪简安安,是他太古板太较真而已。消气之后他反倒有些担心,那小半瓶急支糖浆喝下去应该没什么副作用吧?虽然某些小孩儿会把止咳糖浆当饮料喝,但毕竟是药三分毒,看简安安当时的表情应该也是极为不情愿的。

傅思远看了一眼电脑右下角的时间,已经九点半了。这个时间,大部分年轻人都没有休息,不是跟朋友在外面吃喝玩乐,就是在家里抱着手机、电脑上网。

傅思远觉得,简安安应该属于后一种,所以他点开微信给简安安发去了一条消息。

傅思远:不要喝太多糖浆,容易上瘾。

消息发送成功后还不到两秒钟,傅思远就看到对方的昵称变成了"对方正在输入",这个发现让他忍不住嘴角微微上扬了几分。

安安:那岂不是浪费了傅总的一片心意?

傅思远:你很喜欢喝糖浆吗?

安安:并不……

傅思远:那就不要喝了。

安安:好的,总裁大人!

傅思远:帮我看一下这张截图,作者最后一个"哦"字到底是什么意思?

安安:哦……

事情的发展已经完全超出了简安安的掌控!她原本觉得傅思远是那种总裁文小说里描述的高冷冰山,然而这几天的接触下来,傅思远在她心目中的形象已经崩坏得差不多了。

为什么她会有一种总裁其实很萌的错觉？

简安安平白无故打了个寒战。

一定只是个错觉。

身为一个小透明，她还是老老实实地码字比较实在，迎娶高富帅走上人生巅峰什么的，真的只是个梦想。

跟傅思远聊完，简安安打开碧水刷论坛。

首页飘着好几个热帖，其中有一个帖子竟然是简安安在八天前发的那个"818"。作者论坛上隔三岔五就会掐一次盗文，像"818"那个帖子虽然会一时火热，但都过了这么久还飘在首页这绝对不科学。

她看着帖子那惊人的阅读量与楼层数，心里咯噔一声。

该不会是被扒马甲了吧？

很有可能！因为傅思远的那条负分长评在碧水讨论度很高，读者只要点进《长生劫》页面，就会在长评那一栏看到。而且碧水妹子向来火眼金睛明察秋毫，简安安毫不怀疑她们可以从作者回复时间，以及楼主发帖时间联想到自己身上。

不过她很淡定，因为她在楼里并没有多说什么，只是单纯求助。就算马甲掉了，大家都知道"要点脸行吗"，这个楼主是暖玉生烟，也没什么大不了的。

匿名论坛好就好在，下一次我换上双眼皮重出江湖，你不认识我我不认识你。

不过简安安还是有些好奇，大家都是怎么看待自己的。

她点进帖子围观，发现前面五十楼都还很正常，从五十楼楼主说了一句："不会是暖玉生烟发的帖子吧？"之后，这楼就彻底歪了。

扒马甲那是肯定的，马甲掉了那也是肯定的，可谁能告诉她，为什么一个掐盗文狗的帖子最后会变成一个CP楼？

楼主与层主之间的信任去了哪里？

节操呢？下限呢？尤其是当简安安看到楼里蹦跶得最欢的那个ID是MM后，差点喷出一口老血。

蔓蔓青萝！别以为你披着马甲我就不认识你了！简安安披上了

马甲重新上阵,像寒冬一样冷酷无情地回复道:脑补太多是病,得治!

五分钟后蔓蔓青萝发来一个弹窗。

蔓蔓青萝:你有药吗?

安安:糖浆还有很多,明天快递给你。

蔓蔓青萝:讨厌,这可是你们俩的定情信物,就这么随随便便送给别人傅总会伤心的。

安安:够了!什么定情信物!

蔓蔓青萝:听说,下雨天糖浆跟总裁更配哦。

安安:再见!

蔓蔓青萝:傅总:我是你的什么?安安:你是我的止咳糖浆啊!傅总:原来我是糖浆……安安:这样我就可以把你捧在手心里,暖暖的好贴心。

蔓蔓青萝:嘤嘤嘤,萌死我了要,脑补一万字霸道总裁爱上我的情节。

安安:你让我缓缓,我幼小的心灵受到了极大的伤害。

蔓蔓青萝:你懂我现在的心情吗?暖傅党跟官傅党两帮人今天晚上掐架掐得如火如荼,而唯一知道真相的我为了保全你的秘密竟然一句话都不能多说,说出来都是泪啊!我好想朝天大吼一声,你们都别掐了,大水冲了龙王庙,自家人不认识自家人啊!

安安:暖傅……官傅……

暖傅应该是暖玉生烟跟傅思远,官傅的话难道是天河游戏官博?CP粉的世界她真的不懂,明明只有几条互动微博而已,居然能脑补出上万字情节。

暖玉生烟也就罢了,大家都很清楚是个妹子,但是天河游戏官博后面的到底是人是鬼、是男是女都完全不清楚,这样也萌得起来?

简直跪了!

简安安觉得,CP粉不写小说真的是屈才,如果把这些脑补放进小说情节里,绝对超神!她努力平复心情,看到屏幕上蔓蔓青萝又发过来了一句话。

蔓蔓青萝:然而不管是暖傅还是官傅,其实都是安傅,只可惜这

081

个 CP 只有我一个人站,真的好寂寞好孤单好冷。

安安:所以呢?

蔓蔓青萝:所以安安你打算什么时候掉马甲给我发糖?正经脸。

安安:一千年以后。

蔓蔓青萝:世界没有我……

安安:你就放弃吧,我等女汉子还是想想相亲比较靠谱,总裁文的世界离现实生活八百个玄幻穿越文。

蔓蔓青萝:想当初我还年轻的时候,幻想过高富帅男神驾着七彩祥云来迎娶我,后来梦醒了我看着镜子里的自己,想起了一句话。

安安:什么话?

蔓蔓青萝:你看这个人,好像一条狗哦。

安安:膝盖好痛,求不虐。

蔓蔓青萝:所以后来我学会了在别人的情感里找慰藉,亲测有效。

安安:这份安利我吃了!痛哭!

蔓蔓青萝:别光顾着吃安利了,发糖才是正经事,你知道有多少人等着你发糖吗?你知道你不发糖的后果有多么严重吗?

安安:有多严重?

蔓蔓青萝:也就是第三次世界大战那种程度吧。

发糖还能影响世界和平?不能看她年轻就骗她啊!

傅总走的第一天,想他。

傅总走的第二天,想他想他还是想他。

傅总走的第三天,为什么还不放假?

傅总走的第四天,简安安照常去上班,发现公司略空荡,尤其是业务部,同个办公室的妹子拉住她一脸神秘:"安安,咱们公司出大事了!"

简安安眨了眨眼:"什么大事我竟然不知道?"

妹子闭上门,在她耳边小声道:"你没发现今天公司上班的人特别少吗?"

"发现了。"简安安有些疑惑,皱眉道,"难道是大家都忘记了今天要上班？"

虽然今天是周六,可为了补上周的国庆长假,本周六也属于正常上班日。天河游戏在任昊书管辖下对纪律规章这方面不怎么看重,有人会忘记上班日期也可以理解,但是这么多人一起忘,就有些耐人寻味。

"毛线!这些人又不是傻怎么可能不知道今天正常上班!他们是在跟老板闹意见罢工!"

"闹罢工……"

简安安无奈了,这种事情竟然也会出现在她的公司,只能说林子大了什么鸟都有。可能是她太过于主观,但是她真的觉得任昊书对员工挺好的。

曾经有其他部门的一个妹子犯错让公司损失了一百万,任昊书硬是自己扛下来了,逢年过节什么的,任昊书也会自掏腰包给员工买礼物发福利。偶尔工作任务量大的时候会加班,可加班费任昊书绝对是按国家标准的三倍给发。

虽然简安安总是吐槽他是无良老板,但平心而论,这种老板打着灯笼也难找,这也是她愿意一直在公司干下去的原因之一。

老板做成任昊书这样,简安安觉得当员工的应该知足了。

但这个世界上总有些人是永远不知道满足的。

升米恩斗米仇,也许是从前从任昊书这里拿得太多了,傅思远走马上任后,他们发现自己拿不到以前那么多,于是愤怒了。

凭什么要让一个陌生人当副总,老板你是不是傻?这个副总一上台就多了那么多新规定,老板你难道不怕被架空?

总之一句话,这个公司有他没我们,有我们没他,老板你看着办!

简安安算是公司新人,内幕消息不可能知道得太多,就连罢工这件事也是来了公司才知道,但女同事在公司干了有一年多,通过她的嘴,她总算了解了事情的一小部分真相。

关于罢工这件事其实是这样的:天河游戏创办至今已有五年时光,从最初任昊书一时兴起组建的游戏工作室到业内小有名气的游戏公司,这五年的发展不可谓不大,只是跟傅思远的童远传媒比起来,还是相形见绌。

在商业天赋上，必须承认傅思远要比自家老板强大许多。如果想要让公司做大做强，势必要建立起公司自己的游戏品牌，这一点就连简安安都清楚，更何况是傅思远。

傅思远进驻天河游戏后，第一件事是成立宣传部，第二件事是叫停了公司所有的外包业务。

成立宣传部是为了打响公司名气，叫停外包则是为了寻求转型。承接其他公司开发的游戏拿钱交活，这是天河从前的业务模式，现在傅思远的一切作为无疑是在宣告，从今以后天河游戏只能走原创路线。

原创的路虽然难走，却是公司发展的一条长久之道，如果做得好持续收益会是接外包的数十倍甚至数百倍。

其实任昊书从前就有专做原创的意思，但公司里几个一起创业的元老不肯放过外包这块儿肥肉，认为原创风险太大，这件事就这么被搁置下来，直到傅思远空降公司，雷厉风行地叫停了所有外包，这些元老就不乐意了。

傅思远在的时候他们没翻腾出什么水花来，傅思远走后便合伙筹谋着罢工逼位。这些人大多处于公司上层，不说掌控了所有的员工但手底下多多少少有些心腹，再加上故意捣乱放话，所以才导致今天这个局面。

女同事冷哼一声，不屑地道："我也就呵呵了，这几个人仗着自己在公司是元老，不知道从外包客户那里吸了多少钱，早晚老板都要收拾他们，现在可好他们自己跳出来作死，我就等着看他们脸被打肿，还真以为公司离了他们就不转了。"

女同事一开始来公司是做业务的，好不容易接了一个外包的单子硬是因为各种莫名其妙的原因被卡，后来她才知道凡是外包公司不给业务老大回扣的，根本别想通过。只是老板睁一只眼闭一只眼，她这个做员工的也不好多说。

不愿意给业务部老大捞油水的女同事一气之下转了部门，这才跟简安安成了一个办公室的战友。

现在老板终于打算解决业务部的问题，简直是天大的喜事。

"我从前只觉得业务部的都好有钱……"没想到背后竟然还有这

样的实情。

果然她就说,像任昊书这样松散的管理方式很不稳妥。公司表面看上去还很风光,其实内里已经摇摇欲坠了,如果任昊书不做出改变,迟早有完蛋的一天。

任昊书的确是个土豪有的是钱挥霍,可他又不是傻子,怎么可能眼睁睁地看着这些人将他亲手创办的公司毁掉?天河游戏必须转型,必须换血,这正是傅思远空降天河游戏的意义所在。

"唉,希望这次老板可以硬气点儿。"

简安安道:"我觉得老板虽然表面上看着嘻嘻哈哈,其实心里门儿清。"

话音刚落,就听到唰一声,办公司的门被拉开,从门口露出一个毛茸茸的脑袋。

"咦?竟然有人来上班了!"

"老板你能不能先敲门再进来,魂儿都被你吓没了!"

简安安真的被吓了一大跳,尤其是她刚刚还在和同事八卦老板会如何解决本次事件,任昊书就突然冒了出来,惊吓效果堪比贞子从电视机里钻出来。

任昊书笑嘻嘻地从门口蹦跶了进来。

"你们才是吓死我了,我本来以为今天肯定只有我一个人记得正常上班,结果没想到来了这么多,出乎意料啊出乎意料。"

简安安用看白痴的眼神看着任昊书——

为什么有人可以装疯卖傻得如此浑然天成,让她差点就信了。虽然无良老板一直不走寻常路,可公司现在都这样了居然还有心情开玩笑,简安安简直佩服。

从某种程度上来说,能做到这一点的老板确实挺可怕的。

"这样吧安安,不然你发一条微博,告诉大家今天其实是法定工作日。"任昊书给简安安面前的杯子倒满了水,满脸期待。

"好吧……"

简安安打开微博网页,有些犹豫该怎么组织语言。写写删删好几遍还没发出去,任昊书看得心急,一把将她推开,亲自上阵发博。

@天河游戏：告诉大家一个不幸的消息，今天虽然是周六，但还是要上班的。@傅思远

简安安不明白老板@傅思远干吗，直到后来她看到傅思远转发了这条微博。

@傅思远：补充说明一下，今天不来的，以后都不用来了。

简安安顿时无语。

她总算明白为什么任昊书要把百分之五十的股权送给傅思远了，合着是这么打算的。一个唱红脸一个唱白脸，任昊书不好出面说的话，全部让傅思远出来说，黑锅全扣在傅思远头上，好人净让任昊书当了。

在傅思远转发过后，任昊书看热闹不嫌事大地又添了一句——

@天河游戏：这条规定对总裁也适用吗？

简安安看任昊书拿官博越玩儿越兴奋根本停不下来，连忙拉开他。

"这个锅我可不敢背，万一傅总算账算我头上怎么办？"

任昊书无辜地眨眼："还能怎么办，他最多再送你一箱子急支糖浆，你不喝他不会逼着你喝的。"

简安安想起那天在机场的遭遇，有些一言难尽地看着任昊书。

"怎么用这样的表情看我，难道说——"

简安安正准备悲壮地点头，就听见任昊书道："你怀孕了？"

"你才怀孕了，你全家都怀孕了！"

"如果不是怀孕，你干吗表现出一脸想吐的表情。"任昊书深沉地叹了一口气，"真是世风日下人心不古，就连安安也沦陷在傅思远的西装裤下了。"

简安安："……"

第六章
你最无情，你最无义

傅思远九点半发的微博，十点开始陆陆续续有人来上班。

在这期间，任昊书一直坐在公司里跟大家聊天打诨，完全不提罢工这件事。包括那些后来到的员工，他也没有多说一句话，只是笑眯眯地对他们说下次记得不要迟到。

当然了，也有些人一直到下班也没来，虽然任昊书嘴上没说，但简安安有预感，这些人是真的可以不用来了。最后人事部清点人数，将罢工坚持到底的总共有九个人，其中以业务部最多，足足占了七个。

下班前五分钟，人事部部长敲开简安安办公室的大门。

简安安连忙站起身来："有什么事吗李部长？"

李部长笑容满面，和蔼可亲地道："小安哪，咱们公司的官博是你在管着吧？"

"是我没错。"简安安点了点头。

"那我就找对人了，今天可能要麻烦你加一会儿班。"李部长很客气地道，"你也知道最近公司人员调整比较频繁，总裁跟我商量以后决定给公司招点儿人，微博上人气旺你帮忙给宣传一下。本来这事儿不急，但明天放假我怕打扰你休息，还是赶在今天弄完，周一估计就有人来应聘了。"

李部长说得很委婉，但简安安还是明白了他的意思。其实很好理解，今天罢工没来的这些人岗位肯定已经不在了。赶在今天之内发官方招聘，目的不是让应聘者看，而是让公司所有的员工看。

这一招使出来，以后谁还会觉得任昊书好糊弄？

087

"行，部长一会儿你把具体的要求发我。"

简安安今天清闲了一天，本来想着一天都应该可以快活地摸鱼，怎料临下班的时候工作却来了，不过拿人钱财替人消灾，她自然不会推托什么。

这活儿来得紧急，人事部也有些猝不及防，光是确认名单就费了老大的工夫。再加上对岗位的描述以及要求什么的，她足足等了一个小时才收到人事部长发来的消息。

收到消息后，她下意识看了一眼窗外，天色已经慢慢变黑。

人事部长发过来的是一个word文档，她打开一看，业务部部长之职赫然在列。

看来任昊书这次的确动了真格。他今天发那条微博一方面是警告，另一方面又何尝不是一次机会。如果他们领悟到谁才是这个公司的老板，立刻马不停蹄地来上班，任昊书自然愿意既往不咎，当作什么都没发生过，但如果他们还在傻乎乎地觉得任昊书好拿捏，那就对不起了。

除了老板外，公司缺了谁都会正常运转。

一个业务部长算什么，只要有足够的工资，多的是比你能力更强的人跑来上班。

简安安看着文档里的岗位名称，心里默默地替他们点上了一根蜡烛。这还是她第一次见识到职场的残酷，她上大学的时候听学姐描述过各种职场规则，心里对就业还是挺排斥的。然而光靠码字还养活不了自己，所以她只好挑了一个她自认为是最好混的公司。

结果没想到，天下公司一般黑，从前的她只是太年轻。

不过既然已经上了贼船，也就只能一条道走到黑，简安安不求前途无限，只求无愧于心。

打开微博开始写宣传稿，还没写多久门又被敲响。

"进，门没关。"

简安安等了半天没等到来人开口，忍不住转头——

"傅总，你怎么来了？"

来就来了，也不开口打声招呼，这样冷不丁地出现在她背后很可怕的好吗！

"不管是谁都应该遵守公司的规定。"

简安安瞬间想起今早无良老板用官博号开的那个玩笑……

就因为一句话，傅思远不远千里地从 B 市赶了过来，而且还特地敲开了她办公室的门证明自己来过，这是何等较真。

简直要给敬业的总裁大人跪下！

傅思远看了一眼简安安的电脑屏幕，轻轻点了点下巴："你继续工作，我去找昊书。"

"老板也没回家？"

简安安有些惊讶，要知道任昊书可是一个星期来不了一次的那种，今天竟然留在公司加班。

"嗯，有点儿杂事。"

傅思远没仔细说，但猜也能猜到。

今天公司出了这么一个事儿，作为小员工小虾米的简安安尚且要加班，身为总裁的任昊书怎么可能闲着。而且傅思远要过来，任昊书肯定也是知道的，这两人估计也要商量些事情。

简安安站起身来送傅思远，下一秒头顶灯光一黑，她猝不及防被椅子腿绊了一跤。

"小心——"

傅思远想要去扶住简安安，怎料房间太黑他只看得见一团黑影。

"没事儿，我马上就能起来。"

黑暗中简安安的声音显得格外清晰，她试图爬起来，但眼前的黑暗让她有些无所适从。她下意识地伸出双手在空中寻找支撑物，傅思远正好伸出右手要扶起她。

两人的手就这么撞在了一起……

简安安感觉到自己的手碰到了什么东西，不像海绵那么软，却也没有木头那么硬。

那是一双男人的手。

房间里除了简安安外只有一个人，这只手属于谁，不言而喻。

摸到那双手的瞬间，心脏先是停止跳动了半秒钟，接下来却又突然像是疯了一样起伏。

扑通扑通扑通……

心脏跳动的声音在黑暗中是那么明显,回过神来的简安安迅速抽手远离,只想离他远一点再远一点。然而没想到的是,在简安安放手之后,那双手却又主动握了过来。

"不要乱动,我扶着你慢慢站起来。"

这一次,傅思远的手在上。

他的手很大——这是简安安的第一感觉。

他的手好烫——这是简安安的第二感觉。

他的手略粗糙——这是简安安的第三感觉。

这三种感觉连起来就是:又大又烫又粗……糙。

就在这时,灯亮了——

任昊书的声音接踵而至:"当当当!你们这对儿狗男女在这里做什么不可告人的事情!"

傅思远只觉得瞬间手松了一下,然后手心里就空了。

不知为何,还有些许不舍。

灯亮以后,简安安跟傅思远的手就分开了,但两个人的神情都略不对劲,看在任昊书眼里,那简直就是有情况啊有情况。

"哟!"

任昊书看热闹不嫌事大地吹了声口哨,那副表情在简安安看来怎么看怎么欠揍。

见状不妙,简安安立刻转移话题,朝任昊书抱怨道:"正加着班就断电,老板你是成心跟我过不去吧!"

任昊书黑锅背得有些无辜:"跟我有什么关系啊,又不是我断的电,安安你不要无情无义无理取闹。"

"我无情无义无理取闹?"简安安恨不得喷任昊书一脸老血。

"没错,你最无情你最无义你最无理取闹!"

"既然这样那我回家了。"

任昊书瞬间惨叫一声:"不要啊,安安你不能抛弃我!"

"可是我最无情无义无理取闹啊,如果现在不走的话怎么对得起老板你给我的评价。"简安安露出一个淡淡的微笑。

"我错了,我真的错了,安安你是这个世界上最有情有义有理有据的人!"

傅思远在一旁冷冷地道:"那我呢?"

任昊书:"……"

"好了好了老板你不要继续无理取闹了,你们去忙你们的,我很快就能搞定。"

几句话的工夫,简安安已经重新打开了电脑,按照她的工作效率,二十分钟应该就搞定。

任昊书瞅了一眼电脑:"你速度弄好,一会儿傅总请客吃大餐。"

"傅总请客?"简安安抬头看向傅思远,"就我们三个人?"

"想什么呢,当然是加班的员工人人有份。"任昊书冲着简安安坏笑,那表情明明白白就是在说,你心里想什么我都懂。

简安安感觉自己手有点痒。

"等改天我请你吃饭。"傅思远顿了顿,又补充道,"就我们俩。"

低沉却又富有磁性的声音好像是大提琴缓缓演奏,舍不得他停下,又唯恐他太累。黑曜石般的眼眸在灯光下闪烁着惑人的光芒,只消一眼就足够令人弥足深陷。

"嗯。"简安安轻轻点了点头,没有问为什么。

任昊书吵吵闹闹地在起哄,简安安专心地看着眼前的文档一个字都没听进去。后来两人终于离开了她的办公室,简安安撩起耳边的头发,略烦躁地想——

这都十月份了,天还这么热?

一点都不科学。

夜色渐浓。

简安安坐在离窗户最近的座位,心不在焉地戳着面前的食物。

加班后有老总请客吃大餐,应该是很开心的事情才对,但她看着面前鲜美多肉的龙虾却一直提不起兴趣来。

傅思远坐在最里面,跟任昊书等公司高层一桌。从她这个方向看过去,正好可以看到来来往往的人群不断去敬酒。有任昊书在,场面自然不会冷，说是热闹非凡也不为过。偶尔可以听到傅思远在说话，但当她想知道他究竟在说什么的时候，却总是被此起彼伏的喧闹所打断。

"安安你不吃给我，别糟蹋了这么贵的海鲜。"同桌的女同事吃完了自己的那份，意犹未尽地看着简安安盘子里的龙虾。

简安安没什么胃口，于是很大方地道："那你吃吧。"

"哟，今天安安转性了。"女同事接过龙虾，开玩笑道，"你一人干掉两碗米饭的英勇事迹至今还是个传说。"

简安安刚来公司的时候有过一次部门聚餐，炒菜米饭，部门里的妹子要么不吃米饭，要么只吃一碗。那个时候的简安安还很年轻、很实在，秉承着一定要把五十块钱吃回来的原则，吃完一碗后又让服务员添了一碗。

等服务员端着第二碗米饭上来的时候，简安安收到了来自全部门同事的目光洗礼。

自那以后，她就成了公司的一个传说。

嗯，饭桶传说。

提起这事儿简安安有点儿激动，一边说一边比画："两碗米饭很多吗？更何况碗那么小！"

女同事用同情的眼神看着简安安。

"孩子，两碗确实不多，在家的时候我能吃四碗。"

简安安很好奇："那你那天吃饱没？"

"没啊，回家路上我又买了个烤红薯吃，那叫一个香啊。"女同事舔了舔嘴唇回忆红薯的美味，随后意味深长道，"不过现在的社会啊，装柔弱点儿没什么坏处，你吃得多了办公室换水以后可能就是你的活儿了。"

"原来如此……"简安安恍然大悟。

"不过像今天这种难得的机会可不要错过了，这么贵的东西让我自己掏钱我可舍不得。"

"哈哈，那你多吃点儿，我最近减肥晚上不吃东西的。"

"减肥啊，怪不得你不吃。"女同事更加心安理得地占据了简安安的那一份，享用之余还不忘跟她小声八卦，"快看宋青，这都十月份了穿这么少她也不怕冷，为了能在傅总跟前露脸也是无所不用其极了。"

简安安顺着女同事手指的方向看去，宋青笑容可掬地端着红酒杯在傅思远那桌挨个敬酒弯腰的时候，胸前那两团白花花的馒头呼之欲出，连女人都把持不住。

简安安跟宋青没打过几次交道，对她也没啥偏见，只是这幅场景一出，只怕以后再也难以直视了。

"唉，我就搞不懂了，她是不是傻。"

女同事已经结婚生子，比简安安大好几岁，工作之余喜欢八卦，不过倒也没什么坏心。简安安没胃口吃饭，听女同事八卦也算挺有意思。

"傅总这样的高富帅当然人人喜欢，但是他跟我们完全就是两个世界的人，宋青也不想想就她那点儿姿色，傅思远能放在眼里吗？童远传媒那么多美女明星，个个想爬上傅思远的床，就算排队也轮不到她宋青吧？"女同事向来鄙视工作不努力想靠男人上位的女人，提起宋青时说话就不怎么客气，"听说她还勾搭过老板，不过失败了，因为老板不愿意搞办公室恋情。"

"被老板拒了之后安静了一段时间，没想到傅思远来了以后就又忍不住了。"

简安安叹了口气："没办法，傅总这样的人，走到哪里肯定都受欢迎。"所以她还是赶紧把那点儿不该有的小心思斩断吧。

当断不断必受其乱。

傅思远这样的存在，太高不可攀。

断电后短暂的牵手，只是个不该有的意外。

或许是写小说的人的通病，喜欢幻想喜欢做梦，梦醒了，只会觉得这样的自己好可悲。

"安安，你今年多大？"

"二十二，怎么了？"

女同事想了想，道："我觉得你是时候考虑人生大事了，听姐一句话没错的，你要是周围没合适的对象，我可以帮你介绍。"

093

"这个暂时不用了吧……"简安安略无奈,怎么最近人人都想给她介绍对象,难道说她长着一张很缺爱的脸?

其实简安安也不是不想谈恋爱,但二十多年这么匆匆走来,连初恋都还没有过。或许这也是宅女的悲哀,每天在网络二次元上嘻嘻哈哈,下线之后身边连知心朋友也没几个。不过她还算幸运,在网上认识了一群志同道合写文的好伙伴,和蔓蔓青萝也将关系发展到了三次元。

但这些都是同性,是好朋友。

简安安无奈地托着下巴沉思。像她这种人,会不会孤独终老呢?

当她五十岁的时候,住在自己买的大房子里,养很多只猫。每天写完小说后,跟好友出去喝喝咖啡吃吃火锅,这样的日子,其实听起来也还不错。

"小张——小简——"

沉思被部长的呼唤打破,简安安茫然道:"是要走了吗?"

"走什么走,我们部还没去敬酒。"

部长给女同事与简安安的杯子里倒满红酒,恨铁不成钢地道:"你们俩怎么这么不争气啊,我在旁边等了好久都没等到你们,傅总新官上任其他部都上赶着巴结,你们倒好找了个角落吃吃吃。"

"倒了这么多……"

透明澄净的高脚杯里充斥着暗红色的液体,映照出一张年轻清秀的脸。简安安端起酒杯,跟在部长跟女同事身后,思量着一会儿要说什么话。

天河是游戏公司,总体来说氛围要比一般企业更加轻松活泼些,老板和员工之间也经常开玩笑。但像今天这样的聚餐,好几十号人聚在一起,这样的场合还是让简安安难以适应。

纠结过来纠结过去,很快就轮到了简安安。

任昊书冲简安安挤了挤眼:"安安也来了,那今天可要不醉不归啊!"

傅思远说:"如果不会喝就不要勉强自己。"

"没关系,大家都喝,我也稍微来点儿。"

简安安端起酒杯,嘴角上扬正想说话,突然从身后传来一股大力推她。一个措手不及,红酒洒在了傅思远名贵的白色衬衫上……

"天哪!我不是故意的……"简安安的心在滴血!她仿佛看到了自己辛辛苦苦码字赚来的人民币,一瞬间从怀里飞了出去,然后变成了一件白色衬衫。

业务部长身后跟着好几个人,全部脸色通红怒气冲冲的样子,一看就是刚刚喝完酒过来。

"那个招聘启事是怎么一回事,你说——"业务部长拉住简安安的胳膊,指着傅思远道,"是谁让你发的?是不是这个姓傅的?"

"放开她。"

傅思远站起身来,直接伸手将简安安拉到了自己身后。

业务部长冷笑一声,也不在意简安安,本来他就是想找傅思远的事:"你算哪根葱?到底是谁给了你权力插手本公司的事情?"

"一个已经被开除的人,根本没资格跟我讨论这个问题。"傅思远冷冷地道。

"我在天河干了整整五年!从创立第一天开始我就在,现在你告诉我我被开除了?"业务部长将愤怒的目光转投向任昊书,"昊书,我把你当兄弟,你就是这么对我的?"

任昊书也站了起来,脸上的笑容全数消失:"我怎么对你的,整个公司都知道,我话说得很清楚,如果你愿意来上班,以前的事就既往不咎,但既然你不愿意,以后也就都不用来了。"

业务部长难以置信地瞪大双眼,根本不相信这个人是他认识的那个任昊书!他不是一个只知道吃喝玩乐的富二代吗?他不是从来不过问公司事务吗?他不是说自己压根不在乎钱不钱的,开公司只是玩儿票吗?

"保安马上就到,我不想知道你们是怎么进来的,但如果你们不想被赶出去的话,请现在就离开。"

傅思远话说得很客气,但脸上的表情早就冷若冰霜。

简安安站在他身后,莫名地安心。

业务部长一伙人来也匆匆去也匆匆,很快就被赶来的酒店安保请了出去。

聚餐被打乱，目睹一场公司内斗的员工们噤声不语，还是任昊书出来调节了气氛："哎哟，都看着我干吗，我长这么帅，你们会忍不住爱上我的。"

所有人一起起哄："我们看的是傅总，谁要看你！"

"抱歉傅总弄湿了你的衣服。"

"没事，又不能怪你。"

"怪我太大意了，傅总你的衬衫多钱，我重新买一件给你吧。"

"三万多吧。"

"……"简安安心想，她现在去追业务部长还来得及吗？

三万块钱一件的衬衫！她真的很想问，这件衬衫难道是用金子做的吗？这再度证明了一个道理，有钱人的世界她不懂，傅思远的世界她更加不懂。

简安安算了算自己可怜的银行存款，大概只够买三分之一件衬衫，而她最近写文赚的钱因为入V时间太短，还不能提现。

不过幸好她没有生活在总裁文的世界，否则接下来的剧情就……

"不然傅总我替你洗吧。"简安安看着傅思远衣服上的红酒渍，觉得自己还可以挽救一下。

任昊书看热闹不嫌事大："你们家傅总这件衬衫是意大利设计师纯手工制做，全世界仅此一件，不可水洗不可机洗不可干洗。"

简安安微微一笑："你直接告诉我不能洗就行了……"

傅思远点头："的确不能洗。"

简安安感觉自己幼小的心灵受到了土豪的一万点暴击！不能洗的衬衫，已经失去了衬衫原本的意义好吗！不能洗的衬衫，究竟为什么还要卖得那么贵！不能洗的衬衫，傅总你把它穿出来是要闹哪样！

"傅总你等等——"简安安再也不敢拖延时间，立刻马不停蹄地跑出去找业务部长回来背黑锅。她跑得太快就像龙卷风，在场的众人来不及反应，只看到一个黑影迅速窜过，然后人就消失了。

任昊书看着简安安离去的方向，认真地道："请问她这算畏罪潜逃吗？"

傅思远深深地看了任昊书一眼，然后大长腿一迈，追了出去。

任昊书转头看众人："继续请问，这算私奔吗？"

所有人："……"

"你要去哪里？"傅思远拦住了气喘吁吁的简安安。

简安安很实诚："去追业务部长啊！"

傅思远皱眉："追他干吗？不许说他有急支糖浆。"

"我觉得傅总你的衬衫之所以会被毁，全是因为他，他必须对此作出赔偿。"简安安一脸坚决。

傅思远低下头："可如果我说，你也有一半的责任呢？"

一呼一吸，唇边弥漫着红酒醇厚甜美的气息，本就低沉的嗓音在红酒的滋养下愈加厚重起来。他的确被敬了不少酒，可也还没达到醉的程度。

傅思远的眼神太认真，认真得让简安安有些不敢直视。她微微偏了偏头，避开那道目光，讷讷道："那我也出一半的钱吧。"

三万的一半，也就是一万五。

还在简安安可承受的范围，大不了这个月紧张点儿，等下个月她就可以把傅思远砸给她的五万块钱提出来了。

"好。"

"……"这剧情发展不对啊！

这个时候霸道总裁不是应该大手一挥，说："这点儿钱还不够我喝一杯咖啡的，你不用给我了，下次请我喝杯咖啡就好。"

或者说："念在你是初犯的分上，就放过你吧，下次注意就好。"

傅思远却说——

"好。"

业务部长咱俩这仇结大了！

简安安一脸血地拿出手机打开支付宝："我可不可以分期付款？"

"不可以。"

傅思远看着简安安一脸痛苦的样子，笑了。

"其实，我刚刚是跟你开玩笑的。"

简安安："……"

"这件衬衫是可以洗的。"

哦，那它算是一件合格的衬衫。

"也没有三万块那么贵。"傅思远微微皱了皱眉思索，道，"其实才一万而已。"

神哪，一万而已。

"傅总，有没有人说过你的幽默感很强大。"简安安镇定了下来。

傅思远想了想："好像还真的没有，你要做第一个人吗？"

"嗯。"简安安十分认真地点头，"你的幽默感的确很好很强大。"

"不过，这样的玩笑以后可以多跟任总开，我就算了。"

傅思远有些好奇："为什么？"难得有一个人可以欣赏他的幽默感，却拒绝让他跟自己开玩笑。

关系到钱包问题，所以简安安十分正儿八经地道："因为这样的玩笑多开几次我会破产的……"

三万块钱一件的衬衫什么的，就让它活在总裁文的世界里，拿到现实生活里简直堪比玄幻文！

听完她的自白，傅思远沉默了几秒钟。

"你很穷吗？"

"很穷很穷，傅总你想不到的穷。"

"有多穷？"

"银行存款只买得起你一件衬衫的那种穷。"多么痛的领悟。

傅思远又沉默了几秒钟，然后开口道："下个月起我给你涨工资。"

她听到了什么？是不是有人在说"涨工资"三个字？为什么面前的男人突然散发着天使一般圣洁的光芒？

"多谢傅总！傅总的大恩大德小女子永世难忘！"早知道哭穷能涨工资，她每天绝对哭它个一百遍，谁说她有钱她就跟谁急！

"那你打算怎么报恩呢？"

简安安瞬间蒙住，这个问题的正确答案难道是以身相许？

傅思远看着简安安呆呆的样子，忍不住勾起嘴角笑了笑："我刚刚还是在开玩笑。"

简安安："……"

这个幽默感给打满分！

身为一个霸道总裁，傅思远的人设应该是冰山高冷，而他平时一贯表现出来的形象，也很符合高冷的人设，从他嘴里说出来的每一句话，不管再怎么不靠谱都会让人信以为真。

于是乎，当他开始一本正经地开玩笑的时候，简安安跪了。

根本把持不住！这还不是重点，重点是傅思远一般情况下是不笑的，偶尔笑也是那种恰到好处的精英式笑容，骨子里还是很高高在上的，但方才那个笑容，无比真实。

如果让简安安来描写，她可能会这么说——

仿佛一缕春风吹遍大地，又好似一抹阳光照亮世间。完全没有冰冷的感觉，温暖得就好像当初那盒薄荷糖。

她暗暗地想，这样的笑容如果发到微博上，肯定会有更多的人拜倒在傅总的西装裤下。但如果是她的话，恐怕舍不得发……

"你在想什么呢？"傅思远忍不住问道。

不知道为什么，他觉得刚刚的简安安虽然站在自己面前，灵魂却跑到了另一个世界去。

简安安回过神来，看到傅思远的眼睛里映射出一个小小的自己，突然想到一个很严峻的问题："我在想，傅总你刚刚说要给我涨工资的事情不会也是开玩笑吧？"

"这个是真的。"

傅思远没有开玩笑。给简安安涨工资这件事本就是在计划中的，因为她不仅在策划部干活，还承担了经营公司官方微博的任务，于情于理涨工资都是应该的。这种事本来是不应该傅思远说的，但他想起方才某人因为那句话而瞬间生动的表情，觉得偶尔多管点儿事情也没错。

"好开心！太爱你了！"简安安开心得想转圈圈，但是考虑到这是在外面，所以忍住了。

傅思远看她这个样子，也忍不住嘴角上扬。

太爱你了——

在他微博底下每天都有很多人这么回复，他从来没在意过，可是当这两句话从简安安的嘴里说出来，为什么感觉又不一样呢？

不过就算是他也明白，这句话不过是年轻人在网络上随口就来的口头禅而已，当不了真。

想到这里，他的眼神不由自主地暗了暗。

"傅总，你的衬衫已经脏成这样了，不然我还是帮你洗了吧，不管是机洗手洗还是干洗都包在我身上。"

傅思远用眼角的余光看了看，红酒渍在纯白色衬衫上格外明显，的确是穿不成了。

"可以，不过我现在没有可以换的。"现在是十月份，衬衫底下就是皮肤，他不可能光着上身只穿一件西装外套。

简安安抬头四顾，很快就找到了解决办法。

"那里有间店——"

顺着简安安手指的地方，傅思远看到了一家卖衣服的商场。

只是，为什么是童装？

简安安略尴尬地摸了摸鼻子："那个傅总，这附近都是吃饭的，要找男装店估计得走几千米。"

站在路灯下的傅思远陷入了沉思。

红酒衬衫或者大码童装。

感觉比收购哪一家公司还要让人难以抉择……

"童装店里的衣服，我恐怕穿不上。"

"没事，现在的小孩儿发育得都很好，前几天我还见到一个跟我一样高的小学生。"

"难道不是因为你太矮了？"

简安安："……"

重点在哪里？更何况，矮怎么了！虽然我矮，但是我胖啊！虽然我矮，但是我还穷啊！即使我又矮又胖又穷，天塌下来还是先砸你！

其实傅思远有这样的顾虑也是很正常的,他身高一米八五,体重一百五十斤,小孩儿再怎么发育良好,也不可能达到这样的数据。如果是任昊书的话,可能还能试试。

不过目前别无选择,两人也只好抱着试试看的想法去童装店看看。白色衬衫上布满酒渍,但傅思远神情泰然,步伐稳健,走在人群中依然各种受到围观。

当他跨进童装店的那一刻,简安安发现所有店员都转过头盯着他。从傅思远浑身上下的行头来看,绝对是个不差钱的人,而且还是个帅哥,更叫人心生好感。

童装店店长不敢耽搁,一路小跑到两人跟前,笑容满面地道:"请问先生、太太是想给女儿看衣服,还是想给儿子看呢?"

简安安大手一挥:"把你们店里最大的衣服拿出来。"

"纯色的短袖,最大码。"傅思远补充道。

店长此时已经看到了傅思远衬衫上的污渍,所以很聪明地没有多问,径直去取货。

"这是本店最大的衣服了。"

店长将白色短袖展开,看起来的确挺大,至少以简安安的眼光看,自己穿绝对没问题,至于傅思远能不能穿上,还真不好说。

傅思远接过短袖,将西装外套脱下递给简安安。

"我去试试。"

简安安抱着他的西装外套在试衣间门外等待,两分钟后,傅思远走了出来。

空气有一瞬间的凝结。

童装店里的所有人,不管是店员还是顾客、大人或是小孩儿,都无法将自己的目光从傅思远身上移开。

"好像有点紧。"傅思远扯了扯身上的布料,无奈道。

围观群众简安安表示:何止是紧,简直就是非常紧!她竟然可以看到腹肌的形状,好像巧克力,好想咬一口,还有胸前那两点……

嗷嗷嗷,鼻头一热,有什么东西要迫不及待地喷涌而出了。

"不过可以穿，就这样凑合一下吧。"

傅思远有轻微的洁癖，宁可穿着不合身的短袖，也不打算继续穿那件已经脏了的衬衫。

"好，那就这件，我去结账。"

简安安深吸一口气，努力压抑住自己想多看两眼的欲望，将西装外套递给了傅思远。外套穿上后，从外面只能看到些许白色布料，那股强烈的雄性荷尔蒙味道瞬间被包裹了起来。

简安安似乎听到了围观群众的叹息声！身材这么好的帅哥，他们只在电视上看到过，现实生活中好不容易见一次，却这么短暂，的确很可惜。

"我来吧。"

傅思远掏出钱包，却被简安安制止。

"还是我来，就当作是我弄脏你衣服的赔礼。"简安安已经问过店主这件短袖的价格，于是说起这话来格外有底气。

说话的当口，简安安已经付了账，店主也将傅思远换下来的衬衫装进了袋子里。

傅思远轻轻点了点头。一件短袖而已，确实不值得推来推去。

简安安提着袋子，两人一起走出店门，望着不远处的酒店，她却有些犹豫。她方才冲出来的那个举动，的确是有些冲动。

且不说业务部长该不该负责，他得知被开除的消息后正在气头上，若自己贸贸然去拦住他要求赔偿，恐怕会被迁怒。她虽然看着挺坚强，本质上却是个战五渣，连吵架都说不出几句脏话来，如果业务部长要动手，那她绝对惨了。

简安安想，幸好傅思远及时追了出来。

傅思远看了一眼手表："估计这会儿他们都吃得差不多了，时间也不早了，你直接回家吧。"

"嗯，这样也好。"今天的更新还没发，如果再拖下去就该断更了。

八点半的夜晚，算不得太冷清。

城市夜生活刚刚开始，大街小巷热闹非凡。应该很安全，但不知怎的，傅思远看着简安安的身板，始终觉得有些不放心。

"我送你。"不像他会说出的话,却毫不后悔。

简安安惊讶地睁大了眼睛:"怎么送?"

傅思远这才想起,这里不是 B 市,他并没有车。

最后简安安是坐出租车回来的。

上车之后,她收到了傅思远的微信,提醒她回家后一定要记得给他发消息报平安。想起那张一本正经的脸,简安安竟然莫名觉得好笑。她没谈过恋爱,却写过不少言情小说,自然明白这样的感觉意味着什么。

如果傅思远不是童远传媒的总裁,如果傅思远手上没有天河游戏百分之五十的股份,她觉得,自己肯定会忍不住喜欢上他。而就算他现在两样都占了,她还是无法控制对他的好感。刚上大学的时候宿舍开卧谈会,舍友们问当时还很年轻很天真的简安安喜欢什么类型的男人。

那时候的她是怎么说的呢?

身高一米八以上,身材要有肌肉但是不过分,坐拥豪宅,出门宾利。

舍友们笑着说,这样的男人请给我们来上一打。

后来简安安长大了,逐渐明白自己口中的男人只存活在小说中。再后来她开始写小说了,这样的男人成了她笔下的男主角,而她最喜欢的一件事,就是虐男主。但当这样的男人就站在自己面前的时候,她却一点都不敢妄想。一开始没有期望的话,最后也就无谓失望,而失望,是她此生最厌恶的一种情绪。

回到家后,简安安正打算给傅思远发消息,就收到了纪曼的夺命连环电话。

"老实交代,安安你刚刚干什么去了?"

简安安有些莫名其妙:"公司聚餐啊,你问这个干什么?"

"难怪你会和傅思远在一起,你知道吗,有人拍到你俩的照片,现在网上全炸了!"

作为一个网红,傅思远的感情生活受到了来自社会各界的关注。信息时代,没有人能保证自己的隐私完全不被透露,更何况是傅思远。

虽然这里是 A 市,但无处不在的网友们胸前的红领巾依然鲜艳如初，八点半有人拍到傅思远拉着一个妹子的胳膊的照片，八点半的时候已经上了热门，等到简安安九点钟回到家里的时候，微博已经全面炸锅了。

挂断电话后，她给傅思远发去一条报平安的消息，回到自己的房间里打开电脑。正如纪曼所说，自己跟傅思远的照片被人拍到传上网，而且迅速爬上了热门。

暖傅党：说好的相爱相杀，读者与作者不得不说的二三事呢？

官傅党：说好的霸道总裁爱上我，员工与总裁虐恋情深契约婚姻呢？

粗略扫了几眼热门评论，简安安终于明白为什么CP粉们这次炸得这么厉害。

作为霸道总裁三次元活体，按理来说傅思远应该左拥右抱，桃花朵朵才是。然而傅思远这个人其实特别高冷，微博上基本不会跟人互动，偶尔互动一下就能让粉丝炸锅，CP应运而生。

因为不管是暖傅还是官傅，又或者是更早以前的任傅，傅思远作为男主角，发过最甜的糖就是微博互动。

然而这一次，竟然直接是照片！

照片就不说什么了，毕竟傅思远也是人也有朋友，可是谁能告诉他们，照片里的拉拉扯扯是怎么一回事！

拉拉扯扯就算了，博主接下来还有一张偷拍，刚好是傅思远冲着妹子笑的图，笑就算了，居然还笑得那么甜……

傅思远的粉丝们哭了，CP粉也哭了。

男神这是要嫁出去的节奏？

不要啊！

傅思远他是我／官博／暖暖的！这个不要脸的女人到底是从哪里冒出来的！报上ID我们保证给你留个全尸好吗！

然而在众多炸裂的CP粉中，有一位的画风尤其突兀……

MM：不行了，我要被甜哭了，不要问我为什么！

MM是纪曼的马甲小号，作为暖傅党的中坚力量，她的一言一行也是相当具有分量，这一次的发言不仅让对家心头咯噔一声，就连本家也咯噔了一声……

什么情况，博主看起来很有料的样子？难道说，照片上的妹子是我暖？如果妹子是暖玉生烟的话，今天简直是在过万圣节啊！

无数CP粉转发评论MM，然而MM一直缄默不语。有人觉得MM是乱扯，可也有人表示碧水的粉红楼里，MM是暖玉生烟唯一回复的层主，这样认识的概率还是很大的。

事实上纪曼现在根本没工夫回复微博小号的评论，她正忙着跟简安安聊天。

蔓蔓青萝：不行了，我要忍不住了，你到底什么时候掉马甲，要是再不掉的话，我不介意伸出一臂之力的！

安安：别闹，能理解一下我现在惶惶不安的心情吗？

蔓蔓青萝：惶惶啥？不安啥？我为什么听不懂？

安安：按照事情发展的规律，接下来我该被人肉了。

蔓蔓青萝：……

安安：虽然偷拍里我没露正脸，可是那天我们公司聚餐，很多同事都看到我了，一脸血。

蔓蔓青萝：我感觉我的脸要被打肿了……

安安：为什么？

蔓蔓青萝：怎么办，现在支持暖傅在一起的人被我的一条评论引得各种兴奋，几乎都确定照片里的妹子是暖玉生烟了，如果你同事披马甲爆料，我暖傅党瓢把子的地位岂不是荡然无存了？

安安：不作就不会死系列。

蔓蔓青萝：然而照片里的妹子的确是暖玉生烟没错。

安安：所以？

蔓蔓青萝：安安！是时候掉马甲了！为了爱与和平！你肯定不忍心看着你基友被对家无情羞辱被本家无情抛弃对不对！

安安：忍心。

蔓蔓青萝：手动拜拜……

很快，纪曼领悟到了什么叫"心狠手辣"，什么叫"舍人为己"，她才明白简安安的忍心二字有多么委婉。

第七章
所以你要以身相许

九点十五分。

就在暖傅党上上下下洋溢在发糖喜悦中难以自拔的时候,天河游戏官方微博发博了。

@天河游戏:傅总:有人在我微博底下求发糖,什么叫发糖?官博君:我看到有人在偷拍,你现在拉着我的胳膊就叫发糖。傅总:哦,那我发了。

此博一出,各路CP党又炸了一次!尤其是官傅党,本来觉得自家被无情遗忘了,结果柳暗花明又一村,官方直接站出来力挺,幸福哭。而且这一下,官傅党也算搞清了官博皮下的人是男是女,虽然有人抱怨这么萌竟然不是男孩子,但更多的人表示:祝官博君早日迎娶傅总,走上人生巅峰。

与官傅党喜气洋洋的氛围不同,一开始趾高气扬踩对家的暖傅党现在上下一片怨声载道。都怪那个MM误导人,现在脸都被打肿了好吗!而且照片里的妹子不是暖玉生烟也就算了,好死不死偏偏是天河游戏官方微博,简直年度虐心大戏!

最虐的是,暖玉生烟今天竟然还没有更新……

暖傅党大部分混晋江,而且还追《长生劫》,每天必刷的除了暖玉生烟的最新一章更新外,还有路人甲在更新下的评论。两人没有互动的日子里,暖傅党就靠这个活。

暖玉生烟一般情况下会在九点钟准时发布新章,然而现在都已经快九点半了,《长生劫》依然牢牢地躺在收藏夹最底下没有跳出来。

凭着CP粉们很好很强大的联想能力，自然就会想到：暖玉生烟是不是伤心了？

到了十点钟的时候，《长生劫》还是没有更新，读者们坐不住了。这本书现在算是晋江最红的小说，坑底下的正版读者都不止上万，盗版读者更是多得数不胜数。

这么多人一起被坑，怨气冲破天际。

不管是暖玉生烟的微博下、傅思远的微博下，抑或天河游戏的微博下，随处可见《长生劫》读者的催更。当然了，也有很软萌很贴心的读者替作者说话，什么作者君都这么惨了，你们竟然只知道催更，人性何在？

这条评论被暖傅党顶到了热评第一，傅思远很难不注意到。他打开晋江，发现《长生劫》果然没更新，暖玉生烟的微博也没有请假，于是忍不住回复了一条："作者发生什么事了？"

简安安正好也在刷微博，看到这条回复顺手就点了转发——

@暖玉生烟：作者卡文了，大哭！

卡文这种事，还真的不是想克服就能克服的。没写过小说的人永远不会明白，一个作者思路畅通文思如泉涌的时间，大约只占写整本书时间的百分之一。至于剩下的百分之九十九，作者不是在卡文，就是在预备卡文的路上。

简安安一般情况下时速两千左右，日更三千对她来说顶多也就是两个小时的事情，被逼得急了一个小时一章也能写出来。可是一旦开始卡文，这个两千的时速就要打折了，严重的时候，甚至能打到一折。她九点二十打开文档码字，到现在四十分钟过去了，字数统计只有二百，而且这二百她还有些不满意想删。

从《长生劫》开坑以来，这是卡文最严重的一次。

简安安看着微博底下的各种催更与安慰叹了一口气，偏偏还是挑了这么一天……

傅思远自然也知道卡文是什么意思。他在被作者喷了一句"盗文狗滚出"后，曾经专门学习了很多作者专用语的含义。一般当作者说自己卡文，就意味着今天很有可能看不到更新了，对追更读者来说，无疑是个坏消息。

自从他开始看《长生劫》，已经习惯了每天睡觉前看一眼更新，留下几句评论。作者大部分时候不会回复他，偶尔两人会在微博私信里聊聊，但也只是偶尔。

不能看更新，确实有些遗憾，但还没遗憾到不看更新就睡不着觉的程度。傅思远点开微博，想告诉作者如果实在卡得不行就不要硬写，却看到了那个他提问的网友对他的问题有了新回复——

"还不是因为总裁大人你太水性杨花，抛弃了暖暖跟官博在一起了，所以暖暖才卡文不更新！"

水性杨花？傅思远还是第一次见到有人用这个词来形容自己。他的洁身自好在圈子里向来有名，即使身处最为藏污纳垢的娱乐圈，身边的绯闻八卦也是属于零存在。而且自从他雪藏了一个勾引他未遂的女明星之后，童远传媒上上下下几百号员工就都明白了，这个总裁眼里容不得沙子。

傅思远觉得，像任昊书那样的人用水性杨花来形容他可以理解，可是要说他水性杨花，用错词了吧？

然而这条热门评论在短短一段时间里点赞数就上了千，证明不仅是这个博主如此认为，还有很多人同样也这么认为。

傅思远沉默了。

他的幽默感的确欠佳，理解能力却没问题。这个博主会这么回复他，一定是有什么缘由在，就好比当初简安安会提到急支糖浆是因为那个广告。

他戳开博主ID，很快就将事情大概了解了个七七八八。

这件事其实是这样的：在网络上有两群人，一群人希望他跟暖玉生烟在一起，另一群人则喜欢他跟天河游戏官方微博有更多互动。今天晚上公司聚餐的时候，有人偷拍到他跟简安安在一起的照片传到了网络上，所以另外一群人伤心了，并且认为作者没更新也是因为这个。

如果是从前的傅思远，在得知这件事后肯定会很严肃地发一条微博告诉大家：我跟作者跟官博之间根本没有那么复杂的关系，你们不要多想。

现在，他却有些犹豫……

因为那个人是简安安，所以不同吗？

这边的傅思远陷入迷茫，那边的简安安卡文卡得要死要活，最终还是决定放弃。日更固然重要，可如果达不到自己想要的质量，那么即便写出来了也没多大用处，顶多就是一章三千字废话而已。

从前简安安还是小真空的时候，为了赶榜单赶全勤，就算是卡文也会逼着自己硬写出一章来更新。可现在她不愿意这么做，也不能这么做。

事实上，她的写作生涯正面临着史上最为严峻的挑战。

《长生劫》的火爆，是机会，也是陷阱。

她很清楚，作为一个小透明突然红了，会有多少人等着看她的失败。最近一段时间只要她刷碧水，首页必定会有关于她的帖子，有羡慕的有挖苦的，还有说她靠这样出名下一本绝对会扑街的。她不会去戳开帖子找虐，却不得不承认自己现在的身份很是尴尬，她唯一能做到的，就是抓住这次机会。

说一万道一千，文的质量才是最重要的，读者会因为一时的新奇而点进这本书，却不会因为一时新奇愿意掏钱买V。如何留住读者，是每个网文作者的必修课。

关于这件事，她想起了一个人，于是打开QQ列表，寒江雪的头像正好亮着。

作为QQ列表里唯一的大神，关于写文她绝对比简安安跟纪曼都懂得多得多，但简安安也清楚，即便是在晋江这个小圈子里，作者跟作者之间也是有等级存在的。像寒江雪这样的大神，微博上互动的至少也是作收五千多的粉红，自己虽然阴错阳差上了首页金榜，可在大神圈子里还是属于一个异类，毫无话语权。

简安安有些犹豫要不要戳她说话，毕竟大神们都很忙。就在这时，寒江雪的头像却突然闪烁了一下，简安安被吓了一跳。

寒江雪：今天的更新呢？

大神正在追她的坑什么的，一定是她的错觉！

安安：我今天……卡文……

寒江雪：卡文这种东西，卡着卡着你就习惯了，我每天都在卡文，每天照样日更三千！

安安：大神请收下我的膝盖。

寒江雪：我要你的膝盖干吗，赶紧给我更新去，等一天了都！

安安：所以雪大你也在追我的文？

寒江雪：是啊。

安安：雪大竟然在追我的文，我要发微博炫耀。

寒江雪：哈哈哈哈。

安安：以及，为了庆祝这件特大喜事，我决定断更一天！撒花庆祝！

寒江雪：……

寒江雪：你家地址在哪儿？

安安：问这个干什么，雪大你要迫不及待跟我约会了吗？

寒江雪：看看是快递给你刀片比较快，还是我本人跨省带刀片去看你比较快。

安安：我现在去写更新还来得及吗？

寒江雪：你时速多少？

安安：两千左右……卡文的话估计只有两百……

寒江雪：看来是来不及了，你直接报地址吧。

安安：不要！

寒江雪：哈哈哈，怕了吧，怕了就给我好好更新，别整天想着断更不断更的，你看人家洛梵跟你一天开的坑，字数都破三十万了，你才二十万！

安安：然而雪大你才十万……

寒江雪：你说什么，风太大我没有听清。

寒江雪：好了不开玩笑，你家在什么地方，我跟你编辑商量了一下出版的事情，如果无意外我们下周就可以签约了。

难怪寒江雪勾搭了自己之后就再也没跟她聊过，简安安还以为她是后悔了，没想到大神就是大神，直接就跟编辑开始商量了，于是她要了出版合同来看，而且直奔自己最关心的稿费条款而去，然后被算下来的人民币给震惊了！

安安：首印二十万册，会不会有点儿多？

寒江雪：多吗？我还觉得有些少。

安安：我觉得我卖不出去那么多，在出版圈我是个崭新崭新的新人，传说新人的首印基本在一万册左右，虽然这本书有点儿火，可也没火到二十万册那么夸张的程度吧……

寒江雪：你别太小看自己了，凭《长生劫》现在的热度二十万册绝对没问题，更何况不是还有傅思远吗，让他买一万本估计没问题。

安安：傅思远……一万本……

她很想告诉寒江雪，虽然傅思远很有钱，很土豪，可是买一万本书跟砸十万深水是不一样的！先不说他会不会脑子进水买那么多，光是那一万本买回来放在哪里都成问题啊！而且简安安觉得有些无力的是，为什么大家一提到《长生劫》就想到傅思远，把她这个作者置于何地？

寒江雪：其实主要是因为你这本书真的很火，而且我也觉得很好看，所以才会做出首印二十万册的决定。

安安：如果卖不出去公司会不会赔本？

寒江雪：嗯，会破产。

安安：求雪大你正经点！

寒江雪：哈哈哈，你太可爱了，放心吧，就算公司破产我也开得起你的稿费，你给我努力码字就行，其他的事情交给我。

安安：嘤嘤嘤，雪大你缺腿部挂件吗，上过大学会卖萌的那种。

寒江雪：缺会更新的那种。

安安：我去码字了……

寒江雪：快去快去！

发完最后这条消息后，寒江雪的头像就暗了，简安安这才想起自己本来是想问她关于写文的事儿，被她这么一催全忘了。可既然连寒江雪都急着催更看更新，就证明自己这本书其实写得还算可以吧？

简安安自我安慰地想。

跟寒江雪聊完后已经是十点半，今天一天发生的事情太多，简安安也没什么心情继续码字,便上作者号发了请假条。至于断更理由嘛,就用跟寒江雪的聊天记录好了。

发完请假微博后,简安安安心地去洗澡,洗完澡后惯例看手机,微信提示有来自于傅思远的新消息。

傅思远:【微博截图】。

傅思远:我什么时候说过这句话?

傅思远:已经睡了吗?

看着傅思远发来的三条消息,简安安有些头皮发麻。该怎么给幽默感为零的傅总解释她的微博?简直是继哥德巴赫猜想后的又一大世纪难题。

安安:这个微博只是我为了不被人肉而想出来的段子,傅总不要当真。

傅思远:晚了……

安安:什么晚了?

傅思远:你看这条微博底下。

简安安迅速登上天河游戏的官方微博号,然后猝不及防被整个世界的恶意糊了一脸……

热门第一:简安安,女,二十一岁,身高一米六三,体重一百一,毕业于××大学金融专业,工作单位:天河游戏。

热门第二:天,这么胖也能泡总裁。

热门第三:暖暖今天没更新,都怪你!

翻遍热门评论的简安安发现,情况其实并没她想象中那么糟。有公司同事在底下证明那天的确是公司聚餐,也有当初偷拍的博主在底下说两人的确不是在谈情说爱,还有网友严厉谴责这种肆无忌惮的人肉行为。

从头到尾这么看下来,被吐槽得最狠的,竟然是她的体重……

她不禁流下了悲伤的泪水。

简安安顺手利用权限删掉热门评论第一,然后发了一条微博。

@天河游戏:胖怎么了?胖没吃你们家大米吧?我就是随便胖胖,哪像你们丑得那么认真。

这条微博发布之后转发量跟评论量噌噌往上涨，很快爬上了热门排行榜。评论里除了网友们的插科打诨以外，有几个 ID 格外亮眼——

任昊书：感觉自己膝盖中了一枪。

傅思远：说得对。

简安安揉了揉眼睛，热门第一那个是傅思远？不会是高仿号吧？她迅速戳进博主 ID，发现的确是傅思远本尊，一千多万粉丝的大号。

为什么有一种好不容易洗白成功又被越描越黑的感觉？她被傅思远这条转发评论搞得有些蒙，一时不知道该如何回复好，就在她决定尿的时候，傅思远的微信消息又来了。

傅思远：我已经让人去删了。

安安：删什么？微博？

傅思远：嗯，主要是你的私人信息。

看着他发来的消息，简安安心头微微一热。她只是个小员工，普通得不能再普通的人，隐私被泄露的时候除了删几个微博评论外好像什么都做不到。而对于天河游戏来说，一个员工被人肉并没有什么大不了的。资本的世界最是残酷，就算简安安因此事离职，对公司来说也是有利无弊。免费的热门不上白不上，而且因为这件事公司少了多少宣传费，只是一个小员工的隐私而已，今天上了热门明天就会被刷下去。

傅思远却说，他让人去删了。不管是出于什么考虑，也不知道会删到什么程度，但有他这句话，简安安莫名地安心。

冷静下来后，她给傅思远回消息。

安安：谢谢傅总。

傅思远：不用谢，你本来就是受害者。

安安：傅总大恩大德小女子永世难忘！

傅思远：所以你要以身相许吗？

安安：傅总你这个玩笑开得真好……

傅思远：呵呵，不早了你快休息吧。

安安：……

简安安的内心几乎是崩溃的！

为什么会是呵呵!

傅思远这是在嘲讽她呢,还是在嘲讽她呢,还是在嘲讽她呢?

然而她觉得自己并没有什么被嘲讽的理由,所以这个"呵呵"的意思,大约是……笑?

是在下输了!

不过傅思远显然没意识到这个呵呵给简安安带来了多大的心理阴影面积,他继续道:晚安,好好休息。

简安安回复了一句:傅总也是。

然后谈话就停止了。

简安安看了一眼墙上的时钟,十一点整。明天是难得的周末,可以赖床赖得久一些,所以她并不想这么快就睡。但奇怪的是,她同样也不想刷手机。

关掉卧室大灯,躺在黑暗的房间里,脑海中不由自主浮现傅思远的模样。

那眉那眼那鼻,从前虽然也觉得帅,却总是模糊的。

可不知从哪一天起,就逐渐变得清晰起来。

他的外表,他的内在,他的优点,他的不足,他的性格,他的脾气……

简安安自然知道傅思远并不是完美的。这个男人表面上看起来很精明,在某些地方却呆得可怕。

他会很认真地以为自己是嗓子不舒服所以需要急支糖浆,同样也会很认真地将自己刚学来的段子拿出来现学现用,即便用的时机不太对。

他看起来很高冷,对手下的员工都一副爱答不理的样子,可当员工隐私被泄露在网络上的时候,他会负责删掉。

他虽然喜欢在微博上吐槽作者,可他每天追更新的时候,都不会忘记扔一个深水鱼雷。

其实这世界上哪里有完美的男人,不管是男人女人都是芸芸众生中的一个个体。只是有些人一生下来就家财万贯丰神俊朗,而有些人注定只能靠自己的努力一步步向上爬。

简安安是后者,傅思远却是前者。

前者跟后者之间的距离，何止是天堑？像傅思远这样的男人，不但有钱有势，还天生一副好相貌，身材高大五官英俊，无疑是所有女性梦寐以求的对象。跟他在一起的话就不用那么辛苦奋斗，想买什么买什么，想去哪里玩儿就去哪里玩儿，无论走到哪里都可以收到其他女人羡慕的眼神。

这样的一个人，怎么会不招人喜欢。

简安安扪心自问，她对傅思远一点儿不该有的心思都没有吗？

她只是不敢有而已。

虽然她没有什么恋爱经历，但她平时喜欢混论坛看八卦，尤其喜欢在天涯刷帖子。无数个过来人的惨痛经历告诉她，门当户对真的很重要。

只有爱情就能活下去，那是言情小说！

更何况，她跟傅思远之间还没有爱情，在对方眼里也许她只是一个比较搞笑的小员工而已。说到底命运无常，不同世界的两个人本来应该没有任何交集，却因为各种各样的巧合被牵扯到一起。

简安安微不可闻地叹了一口气，强迫将傅思远的脸从自己脑海内赶出去。

你路过了我的生活，然后你走了，只剩我一个人回忆——

这种悲伤的情节还是让它活在小说里，现实生活已然不易，她就不要再给自己没事儿找虐。

第二天简安安起了个大早。

昨晚做梦的时候没梦到傅思远，却梦到了小说里的人物情节，卡得要死的情节突然就活了过来。她八点钟打开电脑，写到十点的时候字数已然超过五千。为了补上昨天的断更，吃过早饭又写了一个小时，才将整整六千字的章节上传上去。

上传之后分享微博，无数读者蜂拥而至，文底下的最新评论不断增加，简安安回复的速度根本赶不上刷新的速度，无论她回复多少，前台都看不到。

手指酸痛的某人终于决定放弃，打算休息休息再说。

就在这时简母推门而入。

"安安，怎么还没起床？"

简安安站起身来伸了个懒腰："早就起了，我都坐这儿码了好久的字了。"

简母看着亮起的电脑屏幕皱了皱眉："整天对着电脑也不怕辐射大，写这个能挣多少钱啊，到时候把身体搞坏了可有你受的。"

"妈，我最近挣得挺多的，一天一千多块呢，你就别唠叨了，等我下个月提了稿费给你换个苹果手机。"

虽然简母对智能机的性能要求不高，但是之前邻居女儿给邻居买了，提起这件事的时候简母脸上多多少少有些羡慕。简安安长这么大还没给简母买过什么大件儿东西，从来都是简母带着她去买衣服买鞋子买手机，现在她挣钱了，自然要把妈妈先巴结好。

果然，简母听了之后很高兴，激动道："一天一千多，一个月那不是三万块，我们家安安现在这么厉害，一个月能挣这么多钱，比那些研究生博士生都厉害！"

简安安无奈地嘟了嘟嘴："你别老拿我跟其他人比，我就是我，挣多挣少都是你女儿。"

"哎哟，妈就是这么一说，哪能当真。"简母面带笑容，继续道，"不过我一直觉得我家安安是个人才，无论做什么都是最出色的。"

简安安想起那份出版合同上的金额，心道如果这个也告诉简母的话，估计她该更自豪了。从小到大她都是父母的骄傲，学习成绩向来很好，大学毕业的时候没去银行这种看起来很体面的地方工作，让家里多多少少有些伤心。他们家是普通家庭，简安安是独生女，迟早要负担起家庭的责任，游戏公司在老一辈人眼里，说到底是有些不靠谱的。

但对于简安安的选择，父母也没做多大的干涉。不管怎样做父母的最终还是希望孩子能够过得幸福快乐，而且人生是简安安自己的，父母终究只能陪同。

简安安道："等我红了，会挣得比现在还多，说不定写的小说还可以拍成电影。"她知道让传统的父母接受自己全职写作的梦想不容易，所以得一步一步慢慢来，首先得让父母看到这个行业无限的前途才行。

"到时候你就成名人了，妈也能跟着享几天福。"简母开心地摸了一下她的头发，然后正色道，"不过再怎么赚钱也要注意身体，本来你整天坐办公室就缺乏锻炼，回家后也整天对着电脑，不说跑步了，至少周末也该出去走走吧。"

简安安扭头看了一眼窗外，阳光明媚得耀眼，的确是个出去走走的好天气。

简母提议："走吧，跟我一起去你姨妈家串门。"

"嗯，好。"简安安顺从地点了点头。

姨妈家跟简安安家距离只有两站路，母女二人步行十五分钟后就到达了目的地。敲门而入后，简安安才发现今天姨妈家热闹非凡，不仅姨妈一家人在，就连住在东郊的舅舅也在，难怪简母要让她也跟着过来。

打过招呼后，简安安坐在了表姐唐瑛的身边。

唐瑛比她大五岁，两人从小一起长大的，关系相当不错，只是两人现在都有工作要忙，而简安安业余时间还要码字，走动就少了些。

看到简安安，唐瑛没有像往常那样笑容满面，反倒略忧愁地小声对她说："安安，你怎么过来了？"

"怎么了，出啥事儿了吗？"简安安有些蒙，难道今天不宜出门？

唐瑛努了努嘴，用眼神示意简安安翻手机看微信消息。

客厅里的长辈们正聊得愉快，应该没人注意到自己，简安安从外套口袋里掏出手机，发现唐瑛果然在十一点整的时候给自己发过消息，那个时候正好简母叫她出门，所以她才没注意到微信。

虽然简安安还没打开看具体内容，但光凭表姐那一言难尽的表情，她就有种不祥的预感。

点开之后，不祥的预感成真——

姐姐：你现在在哪里？

姐姐：不管你在哪儿都行，总之一句话—别来我家。

姐姐：他们刚开完我的批斗大会，然后我听我妈给你妈打电话，说是大舅给你介绍了一个对象，让你下午过来准备见面。

简安安看着手机倒吸一口凉气！果然今天出门没看皇历！她真的

太年轻，以为母上不提相亲这件事是看开了，没想到人家在这儿等着。

她戳了戳表姐的胳膊："我现在走还来得及吗？"

唐瑛同情地看着她："试试看吧。"

说罢，唐瑛状似无意地站起身来，很自然道："妈，我跟安安出去逛街了，午饭你们就不用等我们俩了。"

"对对对，我跟我姐在外面吃。"简安安连声附和。

姨妈不满道："整天在外面吃，外面吃的都是添加剂你们知道吗？等一会儿家里饭就做好了。"

"偶尔吃一顿又没啥，你就别管那么多了。"唐瑛不服气地呛声，她今天被念叨了一个早上，本来心情就不怎么好。

"偶尔吃可以。"大舅抬了抬眼镜，然后看着简安安缓缓道，"不过今天中午还是不要去了吧，我跟男孩儿的家长说好了，中午的时候让你们俩见一见。"

简母点了点头："没错，你们逛街又不急这一会儿，等安安见完对象再逛也来得及。"

简安安："……"

人跟人之间的信任呢？她只是来串个门而已，为什么会变成相亲，为什么？

唐瑛看不下去地帮简安安说话："安安年纪还小，相亲对她来说太早了。"

"二十二岁了还小啊，非要等到像你这样二十七岁没对象才着急吗？"

"没对象怎么了我！我又没出去祸害人，整天叨叨叨叨烦不烦！"

唐瑛脾气瞬间被点燃了！她本是性格极其温和的人，可再怎么温和，也忍受不了连续几年这样被唠叨。随着年龄的增长，来自各方面的压力越来越大，不仅是家庭上，工作上也因为她未婚而迟迟得不到晋升。

父母有父母的考虑，公司有公司的考虑，可唐瑛只是不想随便找个人嫁了而已，又有多大的过错？

吼完后，客厅氛围降到了零度以下，原本还七嘴八舌的长辈们全部缄默不语。

唐瑛情绪崩溃地往自己房间走,简安安紧跟她的脚步。

关上房门,唐瑛一脸颓然地坐在床边。

"安安没见过这样的我吧。"她苦笑着。

简安安把手搭在唐瑛的肩膀上,轻声道:"我理解你。"

两人一起长大,很多话不用说彼此都懂,唐瑛的温柔她是最明白不过,但她也很清楚,唐瑛骨子里其实是一个非常倔强的人。

"我有时候想,其实那些人我凑合凑合也能在一起,可是在一起之后呢,一想到下半辈子要面对着我不喜欢的人过日子,我就觉得好崩溃……"唐瑛揉了揉眼睛,似乎不想让妹妹看到自己掉眼泪的脆弱模样。

"姐你千万不要有凑合的想法,要相信会有一个人在等着你,如果现在凑合了,那个人等不到你了怎么办?"

"安安你真以为现实生活是你写的小说啊,有那么多英俊多金又痴情的男人。大家都是平凡人搭伙过日子,我不求他大富大贵前途无限,只要跟我有共同话题,聊得到一起去就行,可就是这样都很难。"唐瑛无奈地摇头道。

简安安看着表姐的样子,内心深处突然涌出一股无限的悲凉来。一个人遇到另一个人听起来这么容易,但真正做起来是那么困难。表姐从毕业到现在也并非完全一直单身,可恋情最终都是无疾而终,像今天这样的相亲她不知经历过多少回。

简安安很郁闷,为什么现实生活不能像小说那样,女主跟男主幸福地生活在一起?

"我感觉相亲根本就不靠谱。"

"其实也不是说不靠谱,相亲可以打开交友圈,但你不能保证你遇到的每一个相亲对象都靠谱,所以相得多了难免遇到奇葩。"唐瑛此时的情绪已经恢复过来,连带着语气也轻快了许多,"要是安安的话,恐怕会多很多写作素材。"

"别提了,一会儿我怎么办呀?"

"凉拌炒鸡蛋,你就当吃了顿饭。"

119

"噗——"简安安忍不住笑出了声,"为什么还押韵得不行!"

"这都是我相亲多年的经验之谈,不过这次是大舅介绍的,估计你逃不掉了。"

大舅作为简母与姨妈的长兄,简安安跟唐瑛两家人或多或少都受大舅的照顾,一般大舅的意见,两家人都很尊重。

"唉,我说不见有用吗……"简安安叹了口气。

简安安原本还觉得自己有点儿拯救的余地,可当她和表姐走出房门后,才知道自己有多天真。

根本不是见不见的问题,人家直接找上门了!

除了相亲男外,相亲男的母亲也跟着来了。

相亲男母子在客厅里跟简母他们聊天,那场景看在简安安的眼里,就好像是两人已经到了见家长那种程度一样……

"安安快过来,傻站在那儿干什么?"

被点名的简安安头皮发麻,一步一挪移地缓缓移动到客厅。

"哎呀,这就是安安啊,果然好漂亮。"相亲男的母亲一上来就夸,声音格外洪亮。

女儿被夸当妈妈的自然开心,但简母还是谦虚了两声:"哪里哪里。"

"你就别谦虚了,我要是有这么一个漂亮优秀的女儿,早就笑得合不拢嘴了,我们家嘉浩能认识她也是福气。"

说罢,相亲男的母亲推了推身后的儿子,示意他出来打个招呼,没想到儿子却木讷得不肯开口。

简安安站在一边简直尴尬恐惧症要发作,但相亲男的母亲不愧是久经江湖的老手,立刻化解一切尴尬于无形道:"哎哟哎哟我怎么糊涂了,小辈们见面聊天我们这么多长辈在肯定不好意思,不然这样,嘉浩你跟安安出去逛逛,找个麦当劳坐着聊,好不好?"

相亲男沉闷地点了点头,转身欲走,距离简安安最近的姨妈也给了她一个眼色,示意她跟上。

简安安硬着头皮往外走,一直到走出姨妈家以后,才算松了口气。

相亲男看起来也就二十多岁的样子,肯定比简安安大但是绝对也大不了多少，一离开长辈们的视野，很明显他也轻松了许多。

然而他转过身来看着简安安，第一句话就是："你是大学本科毕业的吧？我从来不跟学历在本科以下的人说话。"

第一次相亲就遇到奇葩，这个运气简直好到想哭！

简安安好奇地问相亲男："那你妈是什么学历？"

相亲男脸色一变："我妈自然是不一样的。"

"哦，我还以为你们全家都是本科以上学历呢。"不然哪儿来这么大的口气！

"你还没回答我的问题，不要乱打岔。"相亲男似乎对学历问题非常固执，锲而不舍地问简安安。

"那你得先回答我一个问题，如果你跟不是大学本科毕业的人说话了，会有什么后果？"

相亲男想了想，神情十分严肃地道："会降低我朋友圈的档次。"

"哦，那还真是不好意思，我高中都没上完，难为你跟我说了这么多话。"

相亲男一脸见了鬼的表情："你骗我，我妈都说了你是××大学毕业的我才肯过来。"

简安安略无语："既然你妈都告诉你了，你为什么还要问我？"问就问呗，能不能用正常人的画风来问，还什么不跟学历本科以下的人说话，不知道的还以为你堪比爱因斯坦呢！

"我这不是想跟你聊天嘛，谁知道你脾气那么坏。"

"脾气坏？我——"简安安指着自己，面露不可思议之色。

"不过……"相亲男停顿了半秒钟，然后看着简安安笑了笑，"我觉得这样的你还挺可爱的。"

说好的不跟学历本科以下的人说话呢，他怎么可以这么肤浅！

简安安懒得跟相亲男周旋，直接开门见山道："我实话跟你说吧，我压根就不想相亲，要不是你跟你妈到我姨妈家里来了，我连见你都不会见。"

相亲男有些愤怒地挑眉："你这个人怎么这样，你都不了解我，怎么知道你不想见我。"

"我觉得我现在已经了解你了。"

"你确定你真的了解我吗?"相亲男自信满满,"我是××大学研究生毕业,现在在银行工作,月入上万,最迟明年就能首付一套房。听说你在游戏公司工作,那这个房等我们结婚以后共同还贷,我会加上你的名字……"

简安安从前的择偶标准参考言情小说男主,现在她年岁渐长没那么不切实际了,可心里总归还是有幻想的。相亲男的学历高,工资在A市也不算低,甚至外表看起来也还凑合,可她就是越看越不顺眼。

跟他那奇葩的开场白有关系,但也不全是这个原因。

"我觉得,咱俩不合适。"简安安意简言赅地道。

相亲男愣住了!他有些想不明白像他这样的条件,为什么还会被拒绝?他的相亲经验比简安安要丰富那么一些,通常是女方看上了他,而他觉得女方配不上自己,没想到这一次在简安安这里碰了根钉子。他自认条件在A市算不错,故而不但要求女方学历在本科以上,还要求女方外表不能太磕碜。

不能太磕碜,这个条件听起来不高,但究竟怎么样才算是不磕碜,标准相当虚浮。他前几次相亲都以失败告终,这一次终于遇到简安安,虽然说话语气冲了点儿,可长相是他喜欢的那一款,而且学历也够。

"你没看上我哪一点?"虽然他觉得自己已经很好了,但两人第一次见面难免产生误解。

"这个……"简安安有些说不上来。她只是从心里排斥相亲这件事,这样把各自的条件摆开了说,就跟菜市场卖菜的一样。相亲男的这个问题就好像是在说:我家的大白菜又大又便宜,你为什么不买?

可她根本就不喜欢吃大白菜,难道就因为又大又便宜所以委屈自己吗?

见简安安不说话,相亲男以为她是被自己说动了,便趁热打铁道:"你们这些刚出校门的小姑娘就是还太年轻,整天幻想着高富帅,且不说高富帅看不看得上你们,就算是跟你们在一起了那也是玩弄感情知道不?像我这样踏踏实实过日子的人,你打着灯笼也难找……"

话音未落,一个声音打断了他:"高富帅挖你家祖坟了?"

第八章
我肤浅给你看

"高富帅挖你家祖坟了?"

相亲男跟简安安同时一愣。

相亲男想的是,哪个傻×偷听人说话还多嘴多舌?

简安安想的则是:咦,这个声音为什么听起来这么耳熟?

两人转头一看,都被眼前的场景震惊了一脸。

相亲男震惊于来人的法拉利,简安安震惊于来人的脸。

"嘿,安安!"任昊书伸出手跟简安安打了个招呼,然后笑眯眯道,"没想到咱俩的缘分如此之深,放假了我都能在大街上见到你,不如你抛弃这个傻×跟我一起双宿双飞吧!"

简安安还没来得及说话,相亲男就愤怒道:"你才是傻×,你全家都是傻×!"

"地图炮不是傻×是什么,你怎么知道高富帅都是玩弄女孩儿感情,难道你男扮女装被高富帅玩弄过?"

"你……"相亲男明显不是任昊书的对手,两句话说下来就被堵得无话可说。按理说男人血气方刚是可忍孰不可忍,可对方既然有本事开法拉利,估计也有本事让他在这座城市里永远混不下去。在银行工作,这点儿眼力价还是有的。

他看了看任昊书又看了看简安安,仿佛明白了什么。

"原来你是这种女人——"

本来还觉得无良老板有点儿过分的简安安莫名其妙被扣了顶帽子,立刻不服气道:"我是哪种女人,你倒是说啊!"

相亲男没有说话，只是摆着一副世人皆醉我独醒的神情，一脸幻灭地转身离去。看他走的方向并不是姨妈家，简安安这才松了口气。

"不是我说，这都是从哪儿招来的奇葩，安安你没这么饥不择食吧……"

简安安无奈地摊手："你以为我愿意啊，还不是家里人让我相亲。"

"我听到了什么，相亲……"任昊书夸张地捂住脸，然后叹了口气，"我每次回家我妈都让我去相亲，所以我最近都不回家了。"

"老板你也要相亲？"简安安觉得很是新奇，像任昊书这样的人，应该非常不缺女朋友才是。

"一言难尽。"任昊书似乎不想提这件事，所以很快转移了话题，"你吃饭了没？"

简安安摸了摸肚子："没吃。"

"我也没吃，走上车，我请客。"

简安安不想回姨妈家听唠叨，所以就点了头。

上车之后，任昊书一边发动车子一边感慨："安安也到了要相亲的年纪。"

"谁说不是呢……"简安安烦躁地想，可是她才二十二岁。

大学里的时光还好像是昨天一样依然清晰可见，转眼她就成了嫁不出去的老姑娘，这两者的身份转变太大，让她一时还有些接受不了。

"其实吧，我觉得安安你这么冰雪聪明可爱机智，找个高富帅还是没问题的。"

"老板你不是说我是世界上最无情无义无理取闹的人吗？"简安安被无良老板夸她的话逗笑了，这人真是一天一个说法不带重复的，可偏偏让人讨厌不起来。

"那都是开玩笑的，哪能当真。"

"哦，所以老板你刚刚那句话也是在开玩笑吗？"

"刚刚那句是真的，你必须相信我，我真的觉得安安你是个特别好的妹子。其实我身边有很多钻石单身汉都没对象，哪一个拉出来都比刚刚那个草鸡男强一百倍，你要是没对象，我可以给你介绍。"任昊书的语气格外真挚。

任昊书的圈子跟简安安的圈子,的确是天壤之别,所以他说自己认识钻石单身汉,简安安丝毫不觉得意外。但跟无良老板玩笑开多了,就算他偶尔正经一回简安安也分辨不出来,所以她半开玩笑地说:"行啊你给我介绍,记住要一米八的大长腿,帅我一脸血的那种高富帅。"

任昊书在记忆中略搜索了一番,还真让他找到了一个合适的人选。

"你还别说,我真认识这么一个人。"

"真的有?"简安安有些愣怔,这种男人难道不是大熊猫被关在动物园里供着?

任昊书眨了眨眼:"有啊,身高一米八五,体重一百五。"

嗯,听起来的确是个大长腿,身材很不错的样子。

"身家总数多少我不怎么清楚,不过去年的时候已经五十多亿了好像。"

这么有钱,果然称得上钻石男!

"年纪也不大,二十八岁比我小,最主要的是单身。"想了想,任昊书又补充道,"性格古板了些,但绝对不花心,就是公司里美女帅哥太多,当他女朋友压力很大。"

……

有一种越听越熟悉的感觉,一定不是她的错觉!

任昊书又道:"这个钻石单身汉今天中午约了我一起吃饭,刚好我介绍你们认识认识。"

"等等——"简安安理了理繁杂的心绪,冷静后才说,"为什么我感觉自己上了贼船?"

刚刚才告别了一个相亲男,现在又迎来一个,今天的老皇历上面是不是写着相亲大吉?

"嘿嘿……知道是贼船也晚了,现在你是去也得去,不去也得去,怕了吧?"

任昊书笑得很瘆人,听得简安安头皮发麻:"我不怕相亲,但是怕你笑,答应我以后都不要这样笑了好吗,我还想多活几年。"

"哼,一点儿审美都没有,本少爷的笑千金难买!"

125

千金难买……

所以无良老板你其实是卖笑的吗？富二代生活所迫无奈出门卖笑，光听标题就觉得肯定会火系列，然而简安安并不想听。

"也是不知为何，老板说的钻石单身汉的条件让我有种似曾相识的感觉。"

"哈哈哈哈哈哈……"任昊书笑完以后正经道，"不用似曾，你们俩的确相识。"

简安安："……"

"他是开娱乐公司的。"

"哦。"

"他也算是你半个老板。"

"哦。"

简安安忍不住打断这个无聊的对话："其实你可以直接说他的名字叫傅思远。"

"说了多没意思啊。"任昊书一脸无辜地耸肩，"我这不是想保持一下你们俩之间的神秘感嘛，安安真烦人，现在你一点儿幻想都没了。"

对任昊书的逻辑，简安安竟无言以对。

"现在说神秘感这种东西，是不是晚了点儿？"

"哪里晚了，你们不是才认识十几天吗！"

十几天……是啊，从国庆假期的第二天接机到现在，可不就是十几天，但为什么她总感觉，其实她已经认识傅思远很久很久了呢？

就在简安安陷入沉思的时候，任昊书减慢了速度，缓缓停车，她抬头一望，不远处的那个身影，正是傅思远。

傅思远从远处走来，简安安下意识地就想逃，并不是害怕他，而是害怕再度被偷拍。

网络有些时候很温柔，能让她感受到无数陌生人真心实意的关怀，但有时候又很狂躁，可以将世界的恶意无穷无尽地放大。

简安安有些担忧道："不然我还是回家吧。"

她只是一个普通人,过着平凡而又普通的生活,隐私虽然不值钱,对她个人来说却是千金难换。

"别呀,说好了一起吃饭的。"任昊书不满地撇了撇嘴。

"但是昨天我跟傅总被偷拍了,我的个人信息已经暴露在网上了,如果今天再被拍到……"她没有继续说下去,因为她也不知道会发生怎样的事情,但毫无疑问,绝对不会是什么好事。

"拍就让他拍,又掉不了你一斤肉,如果你是担心人肉的事情,大可不必。"任昊书解开安全带,颇具自信地说,"当老板的如果连这点儿事情都摆不平,我有什么脸来见你。"

简安安被任昊书这突如其来的霸气侧漏给震住了,她愣了愣,然后打开手机翻微博。

果然全部消失了……

简安安的个人信息也好,傅思远被偷拍到的照片也罢,在一晚上的时间内消失了个无影无踪。如果不是跟傅思远的聊天记录还在,她几乎要以为昨天的人肉只是一场惊魂未定的噩梦。

微博上又有了新热门,当红明星的绯闻八卦霸占了所有排行榜,昨天还热情如火地讨论着官博跟傅思远的八卦的网友们,似乎已经忘记了这件事将全部身心投入到了新八卦中。

不仅微博,论坛也是一样,简安安这个名字消失得干干净净,就好像从来没出现过一样。

"谢谢老板……"

简安安头一次觉得自己当初选择天河游戏是一个无比英明机智的决定。

任昊书仰了仰下巴:"别谢我,主要是你们傅总出的力。"

透过干净明亮的玻璃,傅思远近在咫尺的脸显得格外清晰。

两人从车上下来,简安安冲着傅思远招了招手:"傅总好!"

"你怎么会在这里?"

看到简安安,傅思远明显愣了一秒。

简安安跟任昊书的关系有这么好吗?好到每个假期都会在一起吃饭的程度……

"嘻嘻，这你就不知道了吧。"任昊书走上前钩住傅思远的肩膀，不正经地道，"我刚刚开车来找你，半路上看到安安被一个流氓骚扰，当时我就火冒三丈地上前教训了那流氓一顿，不过安安弱小的心灵已经受到了极大的伤害，所以我就带她出来吃大餐缓解一下。"

听完任昊书添油加醋的描述，傅思远不淡定了，看向简安安的眼神中流露出担心。

"你没受伤吧？"

简安安立即否认："没有没有！老板跟傅总开玩笑呢，哪里有什么流氓。"

"哼，那个男人明明就跟流氓没什么区别！"

"老板……"简安安无奈地看着任昊书。

任昊书翻了个白眼，道："好吧好吧不是流氓，我们不提他了，想想看吃什么比较重要。"

话音刚落，众人耳畔突然响起一阵清脆的手机铃声。

"老板你电话响了。"简安安很好心地指了指车里闪闪发光的手机。

任昊书打开车门掏出手机，看着来电显示微微皱眉："喂，妈——"

原来是妈妈，难怪老板突然正经起来。

简安安安静地站在原地，只见任昊书跟电话那头的母亲对话数句之后，便挂断了电话。

"我妈过来了，我得去机场接她。"

咦，所以老板这是要走的意思？

"午饭你们俩去吃吧，记住请安安吃点儿好的，抚慰一下她受伤的小心灵啊！"

果然是要走的节奏！

简安安彻底不淡定了，原本她只是为了躲避相亲，跟老板一起吃个中午饭而已，加上傅思远也没什么，三个人正好避嫌。可现在老板要走，不就只剩下了她和傅思远两个人？

为什么会有种跳进黄河也洗不清的感觉？

无良老板着急去机场，还没等简安安从要跟傅思远共进午餐的打击中恢复过来，就钻进驾驶室里一溜烟跑了，剩下某两人站在原地闻汽车尾气。

任昊书走了,简安安一下子觉得此地不宜久留,她微微偏了偏身体:"那个,傅总,我好像也有点儿急事。"

"比吃饭还要急吗?"

傅思远嘴角上扬,勾起一个完美的弧度,看得简安安一愣。

迷迷糊糊地,她听到自己说:"倒是没那么急……"

啊啊啊!

果然美色误人,简安安从前觉得自己的自制力很不错,直到她遇到傅思远,才发现这个男人的魅力简直势不可当!尤其是那低沉的嗓音一出,整个世界都罗曼蒂克了起来,像她这种涉世未深的妹子,根本招架不住……

"不急就吃过饭后再去吧,这附近有家西餐厅是我家的产业,味道不错。"顿了顿,傅思远又补充了一句,"最主要的是安全保密措施做得很好,不存在被偷拍的可能。"

简安安心里有些纠结。

平心而论,她是想跟傅思远一起去吃饭的,但又怕会重演昨晚的惨剧,再被人肉一次,可傅思远话都说到这份上了,如果她还畏首畏尾的,那么以后两人干脆就不要有接触了。

尤其是现在,傻站在这里才最危险。

见简安安犹豫不决,傅思远伸出手来想拉她一把:"走吧,上次说要请你吃饭的。"

突如其来的动作让简安安慌了慌神,瞬间往后退了好几步。看到傅思远面上的微笑僵住,她才发现自己做了什么傻事:"抱歉傅总,昨晚的事情让我太紧张了。"

解释后,傅思远的神情才晴朗了几分,并不是简安安厌恶自己,只是被人肉之后难免会杯弓蛇影。此刻,他对人肉也深恶痛绝,并且十分难以理解人肉搜索存在的意义。

人当然要为自己的一言一行负责,可一个人在网上犯了错事,会有网络警察来管理,利用人肉的方法,只能是以暴制暴。甚至当人肉这种网络暴行流传广泛之后,像简安安这样完全无辜的人,也被人将

129

各种信息放在网络上，任人品头论足。也许人肉的网友只是为了好玩儿，并没有恶意，可难免会被有心之人利用，作为攻击当事人的靶子。

傅思远利用自己的势力删除了关于简安安的信息，可在网络上几乎每时每刻都发生着类似的事情，他根本管不过来。像人肉这种对公民隐私权无情践踏的行为，就应该被彻底消除。

"是我要说抱歉才是，连累了你。"

"这个不能怪傅总的，而且傅总你也删掉了我的信息不是吗，说起来我还要谢谢傅总你呢。"简安安微微一笑，轻声道，"我们就去傅总家的西餐厅吧，我也好久没吃过西餐了，都嘴馋了。"

"好。"傅思远看着简安安笑意盈盈的脸，轻轻地点了点头。

这家西餐厅周围的环境僻静优雅，一看就很上档次。读大学的时候，简安安曾听舍友提起过它的名字，众人眼里流露出的皆是艳羡之色。

这种层次的消费，是她从未有过的体验，而且她并没有感到有什么不适，反而很新奇地打量着周遭的一切。

写小说的时候经常要写到类似的高档餐厅，一般这种情况下简安安都是选择百度，看着百度图片里的高档装潢极尽奢侈地描写。

好不容易亲身体验一回，这样的机会简安安可不能错过。

不过快进去的时候，她才突然想起一件十分重要的事情，让她行进的脚步顿时慢了一步。

"怎么了？"

面对傅思远关切的眼神，简安安露出一个尴尬的笑脸："没事，只是突然有点想去卫生间。"

"餐厅里面有，你可以先去。"

"嗯！"

两人走进餐厅后，简安安没敢停下就往卫生间跑，倒不是因为人有三急，而是她突然想起有一件十分重要的事情要做。

关上厕所门后，简安安飞快地掏出手机，打开百度开始搜索：西餐礼仪有哪些？

是的，你没猜错，简安安根本不懂西餐的正确打开方法。作为一个混迹于二次元的宅女，她可以轻易分辨出泡面料包产地来自本地还是日本，但像西餐这种必须文艺高雅的东西，却是一窍不通。

也不是没吃过，只是在这样的餐厅里还是第一次。

大学附近有家西餐厅，舍友们偶尔会去奢侈一把，大家彼此都是穷学生，根本不讲究什么礼仪，一边吃一边开玩笑，刀子叉子碰撞在一起叮当作响。

现在出了校门，简安安自然不可能用以前的心境来要求自己，更何况一看这家餐厅的档次就很高，如果自己出了糗，那岂不是很没面子？

她仔细地阅读着百度来的西餐礼仪，心里默背：使用刀叉，应是右手持刀，左手拿叉，将食物切成小块，然后用刀叉送入口内，刀子放在盘子上时，刀刃朝里，头在盘子里，刀把放在盘子边缘……

不能让傅思远等太久，所以五分钟后，简安安便推门而出。她在镜子前稍微整理了一番仪容仪表，然后深吸一口气，按照记忆中的路线往外走。

等她回来的时候，餐具已经摆放完毕，侍者帮她拉开座椅，简安安轻声道谢以后入座。

入座后，一份菜单被放在了简安安面前。

嗯，纯英文的。

傅思远道："不知道你喜欢吃什么，所以就还没点。"

简安安看着面前天书一样的菜单在心中呐喊，其实我真的不挑，傅总你真的可以全权负责的……

不过她还是硬着头皮上了。好歹她也是211大学毕业的本科生，六级成绩也不低，虽然说不学英语很多年，但人到了这种时候脑子里总能调动几个单词出来。

幸亏她的英语不是体育老师教的！

"吃这么少？"傅思远有些意外地挑了挑眉。

简安安矜持无比地笑笑："最近减肥。"其实是因为她只认识这几个菜名。

"就算减肥中午饭也该吃饱，晚上适当减食会比较健康。"说着，傅思远又添了几样。

侍者接过菜单后就离开了，在等待上菜期间，简安安明显有些心神不安。她好像高估了自己的记忆力，刚刚背的那些西餐礼仪因为纯英文菜单打岔，现在全部混乱了。

看着简安安一脸纠结的样子，傅思远有些好奇。他也不知道自己为什么会如此关注这个女孩儿，她也没有长两个鼻子三个嘴巴，但偏偏让他忍不住去看她，忍不住去猜她。

"你在想什么呢？"难道又想去卫生间？

见四下无人，简安安小声道："傅总，我偷偷问你一个问题，你不要嘲笑我。"

"嗯？什么问题？"

"就是那个刀叉，到底是左手拿刀右手拿叉，还是右手拿刀左手拿叉？"

明明刚刚查完的时候背得很熟，这会儿却不知道怎么回事全记混了，简安安原本打算看周围人怎么用，可她用眼角余光看了一圈才发现，这家餐厅一桌跟一桌之间都有隔挡物，根本观察不到其他人。

听完简安安的话，傅思远轻笑了一声："其实，我不习惯用刀叉，都是用筷子吃的。"

真的假的？像傅思远这样的存在，不是应该从小接受各种贵族礼仪训练，然后各种高端大气上档次英文法文信手拈来，礼仪不到位绝不动嘴吗？

现在他却说，自己用不惯刀叉，只用筷子吃。

真是活得久了！什么都见得到！

简安安本来想是不是傅总又在开玩笑了，然而等开始上菜后，侍者果然给傅思远送来了一双筷子。

"那个，能再来一双筷子吗？"简安安的表情略窘。

"请您稍等。"

侍者很有礼貌地离去，然后又拿来了一双银筷子。

桌上摆放的毫无疑问是极其正统的西餐，像这样的餐桌，对于不习惯的人来说无疑是压抑的，然而简安安今天这顿饭吃得格外愉快。

不用考虑礼仪的问题，也不必担心被围观，拿着筷子想怎么吃就怎么吃。正如傅思远所说的那样，这家西餐厅的食物尤其正宗美味，正餐跟饭后甜点都好吃得让人忍不住想吞掉舌头。

"好棒的西餐厅！"作为一个吃货的心已经完全被俘虏了！

虽然看起来略贵，但她最近也算小发了一笔，偶尔来尝尝还是没问题的。

傅思远看着简安安满足的笑颜，被感染得心情也颇好，直接就道："我送你一张VIP卡，下次想来可以打五折。"

"傅总你简直是史上第一好老板！"

"昊书呢？"

这个嘛……

简安安眨了眨眼："可不可以并列第一？"

"如果我说不可以呢？"傅思远一本正经地道。

简安安一脸纠结，心中的天平摇摇晃晃，一会儿偏向任昊书一会儿偏向傅思远，毫无疑问这俩老板都很好，只是哪个更好一些，让她犯了难。

"只能二选一的话，还是选任总。"

"为什么是他？"

简安安半开玩笑道："因为如果全民公投的话，大家肯定都会投给傅总你，那样任总就太可怜了。"

这样的理由，听起来倒是很新奇，也算得上机智，至少没让傅思远感觉到任何不适。

"我会把这个消息转告给昊书的。"傅思远擦了擦手，十分绅士地站起身来，"走吧，我下午的飞机。"

简安安愣了愣："这么快就要走？"

如果没记错的话，他是昨天晚上才到的A市。今天是长假过后的第一个周末，难得的假期，傅思远却要在飞机上度过。

傅思远勾起嘴角，声音里带着一丝无奈："身不由己。"

站在他这个位置，神经无时无刻不紧绷着，抽空来A市帮任昊书解决公司事务已经是极限，童远传媒那边还有一大堆事情等着他回去处理。

开娱乐公司的，不分白天黑夜都有突发状况，稍微处理不妥当都有可能是灾难性的打击。幸好傅思远有一批十分得力的属下，才让他看起来不是那么忙碌。

两人走出西餐厅，傅思远果然让侍者拿了一张VIP卡给简安安，目送着傅思远的身影坐上车离去，"我送你吧"这四个字哽在喉咙里硬是没敢说出口。

简安安收好VIP卡，默默地拿出手机给纪曼打电话。

"曼曼，你现在在哪儿啊？"

一想到家里等待着她的是关于相亲无穷无尽的盘问，她就觉得崩溃，暂时不想回去。尤其是相亲男还被任昊书给骂走了，他回去还不知道会怎样说自己。

这么一脑补后，简安安越发不想回家了。

纪曼几乎是秒接电话，不用猜都知道她肯定是在玩儿手机。

"在家里啊，闲得无聊看韩剧。"

"韩剧有什么看的，你出来我请你喝咖啡。"简安安边走边说。

"我听到了什么，是不是有人在说她要请客？哇，这个人竟然是安安，一定是我在做梦吧！"

"哼，限你半小时内出现在我面前，否则请客无效！"

"报上你的坐标，我十五分钟以后绝对到！"

两人约好见面地点之后，简安安便起程赶往咖啡馆，点好咖啡没多久，纪曼就出现在她面前。

"怎么突然良心发现想请我喝咖啡了。"纪曼放下包，大大咧咧地坐在简安安对面。

"我感觉现在的自己是有家不能回。"

"为什么？"纪曼好奇地睁大了眼睛。

"一言难尽，你先点喝的吧，我慢慢给你说。"

"好，你等我一会儿。"

等两人的咖啡小吃都摆上了桌，简安安才缓缓道："今天我被家里人逼着相亲了……"

"真的假的？"纪曼激动地放下杯子，嘴里一连串蹦出很多个问题来，"怎么样，相亲男是个正常人吗，多大了，月收入多少，有房没？"

"你的问题太多，让我一个个回答。"

"行，那就一个一个来，你先告诉我最重要的，他月收入多少？"

简安安想了想："他是在银行工作的，月入一万。"

"听起来还不错呀，在Ａ市这个工资收入绝对算可以，那他家情况呢？"

"家里情况我不清楚，不过应该还行，但是没有买房。"简安安补充了一句，"他跟我是校友，研究生毕业。"

纪曼相亲经验丰富，听完情况就评价道："研究生，月入一万，这个条件已经是相当可以了。"

"条件听起来不错，可是我感觉人有点儿奇葩，还有学历歧视。"

简安安把相亲男的开场白说给了纪曼听，纪曼却道："等你多相几次就明白了，像这种人真的还凑合，有的奇葩第一眼见我就跟我说，以后必须把他父母也接到Ａ市赡养什么的，我直接无语，都哪儿来的那么大脸，我才见他第一面而已！"

"听起来好可怕，我不想相亲……"

"唉……"

说到相亲这个话题，纪曼也是颇为无奈，她的年纪比简安安还要大上那么一点儿，受到的压力自然也是成倍的。相亲这条不归路，如果可能的话，她不想简安安重蹈她的覆辙，所以她只好劝说："安安，如果不想相亲的话就找个男朋友吧。"

"找个男朋友，谈何容易。"简安安托着下巴，神情木讷。

"其实以你的条件，如果真的想谈应该还挺容易的，只是如果你要求太高的话，恐怕不那么容易……"

要求高？简安安不由得审视自己，是自己要求太高吗？她试图回忆相亲男的那张脸，可无论怎么努力都只能记起一个大概来，反观傅思远的脸，她却记得格外深刻。

难道这才是真相？

因为有傅思远做对比,于是她的眼光一下子就被拔高了好几个高度,甚至达到了她不该达到的程度。

纪曼说得不错,相亲男的条件在A市已经算可以,但比起傅总来,差得不是一星半点儿,用云泥之别来讲也不是不可以。

明明知道傅总不是自己可以妄想的对象,明明知道两个人的世界相距着一整个太平洋,可她就是忍不住想,忍不住靠近……

"曼曼啊,我觉得我可能是一个肤浅的女人。"

"噗——"

纪曼笑喷了:"肤浅多好啊,你没听说过一肤浅遮百丑嘛,等你肤深的时候你就知道有多么痛苦了。"

"别闹!我说的肤浅跟你说的肤浅那是一回事吗!"

纪曼忍住笑:"好好好,不跟你闹,那你跟我说你是怎么肤浅的。"

"就是看到一个男人长得又帅又有钱,而且对自己还挺温柔体贴,就忍不住对他有好感了……"简安安越说声音越小,说到后来直接把头埋了起来。

"哈哈哈哈哈!你就直接说你看上傅思远不就行了!这么遮遮掩掩的干吗!"

"曼曼……"

简安安有些无奈,早知道如此就不告诉纪曼了。

"好了好了,不笑你。"纪曼止住笑,正经道,"有好感是正常的,如果一个男人长得又丑又穷对你还呼三喝四的,你喜欢上这种人才叫天下第一奇闻,像你刚才描述的那样,那不是全天下少女都梦寐以求的理想对象吗?"

简安安想,好像是这么个理儿。

纪曼继续分析:"一个人喜欢上另一个人,到底图什么,图他的钱图他的貌图他对你好,这三样都占了为什么不能有好感?"

"可是,我们之间的差距太大了……"说是天堑也不为过。

女人喜欢上一个男人的理由很简单,男人喜欢上一个女人的理由更简单,自己又有何德何能被傅总那样的男人喜欢呢?

"这就是另外一个话题了,我曾经对很多男人有过好感,最后能跟我在一起的不过三两个,但是也不妨碍我继续对男人有好感啊!"纪曼的情感经验说不上丰富,但比简安安要强得多,"喜欢是自己一个人的事情,又不是谈恋爱要让对方允许你才能喜欢。"

"你说得好有道理,可是自己一个人默默地喜欢,那不就成了暗恋吗?"

"是暗恋啊,我又没说不是暗恋!"纪曼打开手机,翻开傅思远的微博首页,放到她面前,"这些人都在暗恋,而且大部分人连傅思远都没见过。"

简安安看着傅思远微博底下的各种评论,沉默不语。

或真诚或搞笑的评论背后,都是一个个活生生的人,明明知道他不会对这些评论有任何反应,却还是义无反顾地留下自己的痕迹。

看着这些评论,就好像是找到了同类那样温暖,她甚至还庆幸,至少自己真的认识他,跟他聊过天,吃过几回饭。

"无论是学历工资外表傅思远都秒杀相亲男,你跟傅思远关系处得不错,自然就看不上相亲男了,所以说没有对比,就没有伤害。"

"这样下去简直是注定孤独一生的节奏……"简安安郁闷不已。

"这个……其实我觉得你跟傅思远还是有那么半点儿可能的……"

纪曼会说这句话自然是有原因的,她就算再不靠谱,也不会拿这个跟好朋友开玩笑。昨天晚上的偷拍事件她从头围观到尾,人肉的可怕有目共睹,她晚上都没怎么睡觉,直到半夜一点多的时候,情况突然发生变化——网络上热议纷纷的照片被删掉了,简安安的个人信息也被删掉了,热门话题上换上了新的八卦,但凡跟这件事有关的帖子都沉了下去。

速度之快,简直让她瞠目结舌!她从前算是半个娱乐圈内的人,对娱乐圈的公关手段略知一二,但像这样的速度还是第一次见识到。

果然是对待总裁跟对待员工待遇不同吗?

好像不是这样,因为简安安只是个小员工而已,她给公司创造的价值甚至比不过傅思远手下任意一个三线明星。但这次童远的处理态度,丝毫不亚于处理一级突发事件。

137

纪曼很了解简安安绝对没那么大能耐，能做到这件事的只有傅思远，可傅思远为什么要不辞劳苦地解决这件事，那就有些微妙了。

不管他喜不喜欢简安安，至少肯定他对简安安是有好感的。

"但我也只是猜测，最主要还是看你自己的感觉。"毕竟纪曼不是当事人，就算她再怎么聪明机智，也不可能将傅思远的心思摸得一清二楚。

跟纪曼的午后茶话会并没有如同想象中一样持续整个周末下午，半个钟头后纪曼接了一个电话匆匆离去，留下简安安一人在咖啡店里对着两杯微凉的苦涩咖啡发呆。

一口气灌下属于自己的那杯，她深吸了一口气，然后站起身来。

"埋单——"

该面对的总要面对，逃避无法解决任何问题。

乘车回到家中，虚掩着的门让简安安心里咯噔了一声。她站在家门口苦苦思索着，一会儿该用什么理由打消母亲顽固的相亲想法，没想到下一秒门被从里面拉开，露出一张此刻她最不想见到的脸。

"安安，你怎么不进来？"

简安安略心虚地道："我刚打算推门你就出来了。"

"哦，情况怎么样啊？"

看简母的样子应当要出门，可她出门前还是不忘盘问一番。

"不怎么样。"简安安实话实说。

简安安以为相亲男回去后会狠狠地告自己一状，但看现在的情况，应该是什么都没说？如果真的如此，那这倒是相亲男为数不多的优点了。

"你没看上他吧，其实我也没看上。"简母一脸"我理解你"的神情，"磨磨叽叽的，而且挣得还没你多，根本配不上你。"

"这个……"

简安安额头冒出三根黑线，真不知道她告诉简母自己现在的收入状况是对是错。而且虽然最近一段时间挣得较多，但网文这种东西你根本没办法保证每个月都能稳定收入这么多。

就连大神也有扑街的时候,更何况是小透明。不过因为收入的问题让简母否定了相亲男,也算是歪打正着,不用简安安再煞费苦心找理由了。

简母急着出门,跟简安安没聊几句便匆匆离去。她一走,简安安顿时身轻如燕,步伐无比轻快地回到房间里开电脑。刚一开QQ,好几个联系人消息一股脑冒了出来。

有聊天群的、编辑的,还有寒江雪大神的。

寒江雪:合同看得怎么样了?

寒江雪:如果没问题的话,我们就要签约了。

简安安是第一次出版没什么经验,好在她跟网站签约后,就会有专门的编辑负责这件事。虽然要收百分之二十稿费这件事让很多作者颇为苦恼,但对于毫无经验的新人来说,专业编辑的加入无疑会减轻许多负担与麻烦,至少不会上当受骗。

第九章
走向人生巅峰

关于简安安的合同，网站是作为重点来把关的，毕竟《长生劫》名气摆在那儿，把这个 IP 运营好了也会因此受益。

当然，不仅编辑跟晋江要把关，简安安自己也要把关。

她仔细地研读了寒江雪发来的合同，看完之后只觉得大神对自己简直是真爱，不仅印量上充足，就连版税也是照着粉红级别给。能签下这样的条件，连简安安的编辑都说，是她赚了。

这样出版下来，她拿到的稿费可以在 A 市首付一套精装房了！

雪大这会儿的状态是在线，所以她选择打开 QQ 先给寒江雪回消息。

安安：我看过啦！

安安：没问题！我相信大大你！

半分钟后寒江雪回复。

寒江雪：没问题的话就该签合同了，你的文应该快完结了吧？

安安：嗯，三十万字完结，现在已经二十万了。

由于前一段时间被纪曼押在电脑前日码一万，所以字数就这么噌噌地飞涨起来，眼看着就要完结。简安安不是没想过拉长篇幅，可又一想，靠灌水字数挣那些钱根本没意义。如果这本书彻底红了，那么带来的后续收益将是无法想象的。但若是因为后期注水而严重伤害文章质量，未免太得不偿失。所以她还是决定，就按照自己原有的计划一步步完成这部作品。就好像基友告诉她的那样，这么多读者看你的文都是因为你，如果你因为其他各种因素改变了自己，那么也就不要怪读者抛弃你了。

寒江雪作为大神，全是靠经典作品说话，所以她的神格才能如此稳固。作为图书出版商，她也尽量做到不让手下的作者去修改自己的作品，保持作品的原有面目。

寒江雪：下周你来一趟B市吧，我的公司跟晋江都在B市。

安安：可以周末去吗？

寒江雪：不可以。

安安：那岂不是要请假？

寒江雪：是要请假啊，要请就干脆多请几天，等你来B市我带你好好玩儿。

安安：那我估计得请年假。

寒江雪：请请请！

安安：我去跟老板说说。

按理说请假的事儿是要跟人事部请，但公司有规定，三天以上的假期都要老板亲自点头人事部才能批。B市距离简安安所在的A市虽然不算太远，但来来回回的，也要耽搁不少时间。

简安安打开微信给任昊书发消息，想起老板那张笑眯眯的脸居然有些心虚。

安安：老板……

安安：我。

安安：想。

资产阶级剥削者：不可以。

安安：我还什么都没说你就拒绝我，要不要这么任性！

资产阶级剥削者：我是老板我当然任性，等你当了老板一样可以任性。

安安：嘤嘤嘤。

资产阶级剥削者：今天太阳打西边出来了，安安居然都会卖萌了，这更加坚定了我的想法。

资产阶级剥削者：不可以。

安安：【微笑】【微笑】【微笑】【微笑】【微笑】。

资产阶级剥削者：别发了！看得我背后凉飕飕的！

安安：【微笑】【微笑】【微笑】【微笑】【微笑】。

资产阶级剥削者：好吧好吧你说，只要你不发微笑表情什么都依你，你这磨人的小妖精！

安安：感觉老板你并没有立场说我……

资产阶级剥削者：还说不说了，不说我下线了！

安安：我想请年假！

资产阶级剥削者：我的预感果然没错，你竟然想离开我……

安安：这次是真的有正经事，老板你要相信我！

资产阶级剥削者：什么正经事？旅游？相亲？

安安：【微笑】【微笑】【微笑】。

资产阶级剥削者：走走走你赶快走，走得越远越好！

安安：谢谢老板，等我回来了给你带礼物。

资产阶级剥削者：所以果然是旅游吗……

跟无良老板好不容易请好假，简安安又上QQ跟寒江雪仔细商量了一下时间问题，最后决定周一先去上一天班，然后连请四天假，这样连着周末两天的时间就是六天，不管是签合同还是旅游绰绰有余。

不过周二早晨出发，周六晚上回家，这样算下来有五天的时间简安安无法码字。

需要五章存稿……

听起来挺多，但简安安卡文期已经结束，稍微努力一把还是可以拼出来的。于是订好机票后，她就开始码字，光周末这天晚上就写了一万字出来，如果不是因为手指酸，写一万五也不在话下。

一想到即将到来的假期，简安安就兴奋得不像话！

辛苦奋斗多年的梦想终于看到了一丝曙光，叫她如何平静入眠？她从前只是个小透明，像出版这种事情从来只敢想想，等这一天真正来临的时候，一切都虚幻得好像做梦。

梦里她成了大神，拥有一大票死忠读者，作品被搬上了大银幕小银幕。

在梦的尽头，是一堆红色的人民币，她躺在"软妹币"做成的床上，笑得格外傻……

时间匆匆，转眼就到了周二。

简安安在父母的叮咛下拖着行李箱往机场走，刚走没几步路就看到纪曼的车在她家小区门口停着。纪曼摇下车窗，露出一张笑意盈盈的脸："上车，我送你去机场。"

"哇！曼曼你怎么这么爱我！"

简安安欢呼一声，立刻十分自觉地将行李箱跟自己都打包上车，暖和的车厢让她浑身舒爽。

"你现在可是大神，不抱好大腿怎么办？"看着简安安系好安全带后，纪曼一脚踩下油门，往机场高速上走。

简安安笑得合不拢嘴："放心，不仅大腿是你的，小腿也给你。"

"见到雪大记得帮我要签名。"纪曼用下巴指了指后座上的袋子。

"原来你的目的在这儿……"

"哈哈哈哈哈哈……"纪曼扭头朝简安安挤了个鬼脸，"心里知道就行不要说出来嘛，说出来我多不好意思。"

简安安邀纪曼一起去，想着她现在算是自由职业者，平时也没什么大事，一起去有个照应，况且寒江雪是她的女神。纪曼却出乎意料地拒绝了，而且罕见地坚定……

最终这趟旅途只能简安安一个人完成，说不遗憾是假话。纪曼是她来晋江的第一个好友，虽然签约的时间比她还晚些，但对各种八卦秘辛知之甚多。

刚来晋江的时候简安安完全不知道什么叫签约，什么叫榜单，傻乎乎地写了快十五万字结果冷得掉牙，差点开始怀疑人生。这个时候纪曼出现在她的文下并且主动勾搭了她，这才让她打开了新世界的大门。

纪曼的产出不高，而且更新极为不稳定，从来不跟风热题材，可就是这样，她的文成绩也比简安安从前的文好。字里行间来看，她写文绝对超过五年以上，但她从来没跟她提过以前的事，所以简安安也一直没问过。

简安安现在的成绩比纪曼好上一些，所以就思量着推她一把，谁

143

知……

带着疑惑，简安安一路神志清明，直到飞机广播传来降落通知。好快，从A市飞到B市，竟然只需要两个小时。所以傅思远每次过来的时候，就跟打了个车一样吗？

为什么又想起傅思远？

简安安努力摇了摇脑袋，将他的脸从脑海中摇了出去。

作为本国首都，B市的机场建设跟A市那叫一个天差地别。简安安下飞机以后，看着大厅里川流不息的人群，有一种刘姥姥进大观园的不真实感。她迷茫地寻找着方向，直到一个悦耳的声音在背后响起。

"暖暖——"

简安安回头，身后的女人比她高了小半头，身材高挑肤色白皙，红色嘴唇性感迷人。

怎么看，都是个美人。

简安安曾经见过她的照片，可照片里的她不及真人一半美。难怪纪曼总是说寒江雪是她的女神，也就只有这样的人物，才担得起女神这两个字。

第一次见到女神，简安安有些不好意思道："叫我安安就好。"

"安安。"倪雪笑了笑，"这样也好，免得我总联想起某游戏。"

接触了一段时间后，简安安发现寒江雪表面上看起来高冷，但实际上特别平易近人。

她们两个之前素未谋面，在QQ上也没交谈过几次，但见面之后，彼此都像好久不见的老朋友一样相谈甚欢。一开始简安安还有些不好意思，因为寒江雪的外表实在艳丽，很容易让人产生距离感。但聊了几句后，距离感立刻被她抛在脑后。

作为东道主，寒江雪十分尽责，合同签署完毕后，便带着她在B市吃喝玩乐。四天的时间过得很快，转眼就到了简安安该回去的日子，两人都有些不舍。

"安安你在B市多待几天吧，还有好多地方我没带你玩儿。"

虽然寒江雪名下有图书公司，但基本上倪雪是不管事儿的，除非像《长生劫》这样她特别喜欢的项目才会跟进。她的性格偏孤高，身边三次元的朋友不多，能从二次元发展到三次元的更不多。全职写作的生活比外人想象中枯燥，她也不可能天天在外旅游，所以简安安这次来她格外开心。

尤其简安安完全就是个逗比，各种段子开口即来，有她在身边的日子每天都充满欢乐，不过毕竟还要上班，还有工作。

"这次恐怕不行，等以后有机会再来找雪大你玩儿，而且你也可以来A市啊。"

倪雪用筷子戳了戳面前的食物，略苦恼道："我也想要一个同城好基友，就像你跟纪曼那样。"

相处几天下来，她自然从简安安的口中得知了纪曼这个名字，好生羡慕啊。

"你可以去网上找呀，同城应该有很多的！"

"唉，还是算了，我年纪大经不起折腾了。"提起这事儿，寒江雪的眼神里透露出几分微不可见的哀愁。曾经她也有一个关系特别铁的朋友，可是后来朋友不再写文，逐渐消失在了茫茫人海中，QQ永远是灰色。

她曾想过很多方法挽留，可最终她还是走了，她也是她来到晋江的第一个朋友……这段"虐恋情深"现在提起来，她都有些不好受，后来她又有过很多朋友，可关系全部淡淡的，根本找不回当初的感觉。

简安安给她的感觉跟那个好朋友很像，但又更年轻一些。

"不要闹好吗，你这算哪门子的年纪大！"

倪雪冲简安安眨了眨眼："你猜我多大？"

"看起来也就十八吧，当然了你要是说十六我也是可以信的。"

"哈哈哈，安安你小嘴真甜，做你男朋友肯定特别幸福。"

简安安也笑了。

"每个见到我的妹子都说，做你男朋友肯定特别幸福，然而我到现在还没有男朋友，是不是我吸引人的方向不对？"

这句话不当假，她从小到大都特别招妹子们的喜欢，就寒江雪刚刚那句话，在她记忆里至少有五六个妹子这么对她说过。

上大学的时候宿舍妹子说：大一想找个高富帅，大二想求个小鲜肉，大三是个男人就行,大四觉得我们家安安真挺不错。"

虽然是开玩笑,但是足以看出简安安真的很受妹子欢迎。后来她把这事儿跟纪曼说了,结果纪曼特别打击人道:"妹子们喜欢你,是因为你长得肉乎乎的,站在她们身边特别安全。"

"所以,你没谈那肯定是你不想谈,跟歪瓜裂枣谈有什么意思,自然是要高富帅才行。"

"毕竟我的名字叫紫雪樱泪·冰瞳·蝶翼·安……"

"噗哈哈,那这世界上能配上小公主你的可真没几个。"

这么玛丽苏的公主,自然要有一个汤姆苏的王子相配,简安安顺口就道:"有啊有啊,我觉得微博上那个傅思远就不错。"

"这个……"

寒江雪微微一笑,指了指简安安背后的地方:"你说的傅思远是他吗?"

傅思远现在的心情很复杂。

复杂程度不亚于当初八卦杂志爆出童远传媒手下一线男星其实是Gay,而且还跟助理搞在了一起。

是的,你没猜错,傅思远其实是认识寒江雪的。

地球都成村了,更何况一个小小的B市。

寒江雪真名叫倪雪,家世算不得显赫,在藏龙卧虎的首都可以说不值一提,但在英国留学的时候,她曾是傅思远的师妹。

同样来自于B市,又上了同一所中学,傅思远就算再怎么冷淡也跟倪雪打过几回交道,算不上熟悉但面熟总是有的。其实在两人进餐厅以后,傅思远就注意到了简安安,一开始只是有些奇怪为什么她不上班反而出现在B市,后来……

如果他没记错的话,倪雪回国后开了一家图书公司,而他的童远传媒曾与之合作过。他心中浮现一种猜测,但没有确凿的证据以前他不敢妄下结论,于是他让助理将倪雪的资料发了过来。

资料显示,倪雪除了图书公司老总以外还有另外一种身份——网络小说作者,笔名是寒江雪。

没错，就是当初他关注暖玉生烟后，暖玉生烟晒出的那个十万粉博主，也是他第一次见到简安安时在漫展门口遇到的，正在开签售会的作者。

真相好像马上就要浮出水面，但傅思远还是不肯相信，直到他打开了寒江雪的微博窥屏……

@寒江雪：暖玉生烟要走了，不开心。

这条微博发于二十分钟前，暖玉生烟还没给出回复，但给不给都不要紧，真相已经昭然若揭。

简安安就是暖玉生烟，暖玉生烟就是简安安。

按照剧情发展的规律，此刻的傅思远应该打断某两人的饭局，毫不留情地质问她为什么隐瞒自己，可傅思远选择了默默地在两人背后继续光明正大地偷听。

直到简安安说："有啊有啊，我觉得微博上的那个傅思远还不错。"

傅思远终于忍不住转头看向简安安，对方一无所知，反倒是倪雪先发现了他的存在。

"嘿，学长，没想到能在这里遇到你，真巧啊。"

倪雪面上挂起看似热情，实则疏离的笑容跟傅思远打招呼，与刚才那个欢声笑语的寒江雪俨然是两个人。

听到雪大跟傅总打招呼后，简安安顿时有些崩溃！学长是什么情况！所以说雪大跟傅思远其实是老相识吗！好了，那么现在问题来了，她的马甲还好吗？

简安安想起第一次见傅思远的时候，寒江雪在 A 市办签售，那个时候傅思远指着宣传单问她这是在干什么，从当时傅思远的表现来看，应该是不认识寒江雪的。想到这里，她松了一口气，努力压下自己心中的波澜，露出一个恬淡的笑容："原来傅总跟雪雪也认识，果然这个世界真小。"

别问她为什么雪大会变成雪雪，也别问她为什么要笑得如此恬淡，她真的什么都不知道。

"话说得不错，这世界真小。"

147

傅思远颇有深意地看了简安安一眼，然后拉开椅子坐在了两人的对面，某人被这眼神看得后背发凉，忍不住将身上的外套裹紧了几分。

"傅总？所以安安你跟学长也认识吗？"寒江雪觉得两人之间的氛围有些奇怪，但究竟奇怪在哪里她也说不上来。如果她是个热衷于看八卦的人，应该一早就发现，当初天河游戏官博被人肉出来后，名字跟暖玉生烟的真实姓名一模一样，然而她甚至连天河游戏都没关注过……

她的八卦信息还停留在三次元，傅思远看完了盗文喷了简安安一条负分长评不说，还怒砸十万块。

倪雪成神很多年，收到过很多小天使的地雷，还没有一个小天使豪爽到傅思远这种程度。一般而言砸上个一千块钱都算得上真爱粉了，如果砸十万的话，作者肯定会牢牢记住这个读者的名字。

倪雪紧接着道："哦，差点忘记小说的事情。"

话音刚落，简安安就语速飞快地解释："对对对，我们刚刚在讨论小说来着，雪雪我刚刚跟你讲的那个玛丽苏总裁文的故事等回去再说好吗？"

寒江雪愣住，玛丽苏总裁文，这都哪儿跟哪儿啊？不过简安安说完这句话以后，就用自己的大眼睛乞求地看着她，湿漉漉的眼神像极了她家养的那只又娇又嗲的加菲猫，让她一下子不知道该如何是好。

一般当她家猫露出这种眼神后，她瞬间就会理智全无，买买买吃吃吃玩玩玩，什么都依你。简安安虽然不是喵星人，但那眼神杀伤程度堪比喵星人，所以她还是很没出息地点了点头："好，你说什么就是什么。"

简安安松了一口气！她简直要给自己的机智点一百个赞，论随机应变能力她若是排第二，恐怕没人敢排第一。然而就在此时，傅思远终于开口了，他沉声道："是个什么样的玛丽苏总裁文故事，说出来我也听听。"

"傅总你不会想听的，真的。"简安安暗自抹了把冷汗，给真总裁讲玛丽苏总裁文绝对是在用生命搞笑。

"你这么一说，我更想听了。"傅思远勾起嘴角，露出一个恰到好处的微笑。

关键时刻倪雪伸出援手,帮腔道:"其实也没什么啦,都是小说作者在乱扯,跟现实生活差距太大,我们都是说着开玩笑的。"

可傅思远今天铁了心要让简安安说故事,倪雪的话根本一点儿用都不顶,他松了松领结:"开玩笑也好啊,现实生活这么无趣,多开几个玩笑有益于身心健康。"

倪雪只好给简安安投去一个同情的眼神——没办法了,敌人太强大容我先撤退一步,安安你放心我会帮你收尸的……

话都说到这个份上了,再不开讲简直不给傅思远面子。通过这么长时间的接触,简安安早就发现傅思远这个人表面高贵冷艳,其实心眼特小,得罪了他的人绝对不会好过。

就好像当初那一千个负分,又好像现在还躺在她家里的整箱急支糖浆。

压力山大的简安安只好调动自己那匮乏的总裁文储备,给霸道总裁傅思远讲故事。

"女主的名字叫温柔……"

刚说半句就被傅思远打断:"难道不是紫雪樱泪·冰瞳·蝶翼·安?"

"咳咳——"正在喝水的倪雪被呛住了。

简安安连忙拍了拍她的背:"雪雪你没事吧,要是实在不舒服的话我陪你去看医生。"

喝水被呛住而已,又不是被枣核卡住,自然无大碍,咳嗽了两下就好了,但听简安安的语气,明显是要遁,所以倪雪就道:"好像是有点不舒服,咳咳……"

于是两人正打算三十六计走为上策的时候,傅思远又开口了:"那我送你去吧,车就在楼下停着。"某人关心完倪雪,又转头对简安安道,"到了车上你可以继续讲。"

简安安:"……"

倪雪立刻道:"没事没事,就是呛了一下而已,现在已经好了。"

傅思远给了简安安一个眼神,不用开口简安安都知道是什么意

149

思……

"这个紫雪樱泪·冰瞳·蝶翼·安,家世显赫,父亲是C国首富,身家100000000000000亿,母亲是超级巨星,粉丝有1111111111111那么多,住在999999999999999平方米的豪宅。紫雪樱泪·冰瞳·蝶翼·安从小就容貌过人,肤若凝脂,宛若天使一般美丽,当她哭泣的时候眼里会流出七彩斑斓的宝石,虽然她父母非常有权有势,但她的性格十分天真善良,而且智商有四百五那么高,五岁的时候就钢琴十级,六岁的时候融会贯通八国外语,十岁的时候就连爱因斯坦都感慨于她的卓尔不凡。"

桌上的两个人显然已经被这玛丽苏小说给深深地迷住了,简安安深吸了一口气,继续编:"你们以为这就算完了吗?简直天真,女主这么厉害,配得上她的男主自然要更出色,男主的名字叫冷漠·傲天·狂,表面上是一个普通高中生,其实是世界首富,身家是紫雪樱泪·冰瞳·蝶翼·安父亲的1000000000000000倍,同时他还是黑暗组织狐火的老大暗夜世界的帝王,从小在枪林弹雨中长大,拥有一张集合了贝克汉姆、福山雅治、莱昂纳多……所有优点的帅气面容,为人冷酷无情,只有面对女主的时候才会露出一丝罕见的温柔……"

这玛丽苏的剧情,终于让傅思远也忍不住动容:"所以你们都是这样写小说的吗?"

简安安挥了挥手:"当然不是啦,写成这样是要被读者负分招呼的,只是吐……"

傅思远追问:"吐什么?"

"吐吐……"简安安灵机一动,唱道,"突然好想你,你会在哪里,过得快乐或委屈……"

气氛足足冷够了两分钟。

两分钟后倪雪回过神来,鼓掌叫好:"唱得真不错。"

傅思远:"……"

"这么喜欢唱歌应该去做歌手,做写手简直屈才。"傅思远从钱包里拿出一张明片递给简安安,"或者做演员也可以,这是我的名片,如果你考虑改行请一定跟童远签约。"

话里话外都是嘲讽，简安安除非是傻子才听不出来。如果这话是别人说的，她可能会毫不犹豫地喷他，你这么会讲话应该去做相声演员，可对方是傅思远，一想到自己隐瞒了对方这么久，她的气焰顿时就消失得无影无踪。

她抬起头看向傅思远，觉得自己必须拯救一下她在总裁大人心目中的形象。

"那个……我真的不是故意的……"

傅思远垂眸："嗯，你是成心的。"

这是打算不依不饶的节奏？简安安破罐子破摔："虽然我没说过我就是暖玉生烟，可我也没说过我不是呀。"

"当初那个说自己只是个普通读者在晋江看文的肯定不是你。"

"傅总你记性真好……"多么痛的领悟。

所以说现在掉马甲眼里流的泪，都是当初为了捂住马甲扯谎脑子里进的水！

透过傅思远那深不见底的眼眸，简安安分明看到了三个大字——不信任。

心好痛，感觉不会再爱了！

好不容易对一个男人有好感，却自己作死把对方的好感度刷成了负。

像她这种人，活该孤独一生！

"还凑合，只是半个月前的聊天记录想忘掉也不容易。"

傅思远也快要搞不懂自己了。

他明明不是这样咄咄逼人的一个人，却忍不住一次又一次地毒舌。将心比心，如果他在网络上写小说，肯定也不愿意自己的上司知道。因为文章是一个人思想的结晶，不管有意无意都会透露出一些个人观点。

有些东西可以放心大胆地给陌生人看，却不愿意让熟人知道半个字。作者的心情，明明是可以理解的，这个时候聪明人就应该装作自己什么都不知道，然后就你好我好大家都好。他向来把自己定位成善解人意的聪明老板，偏偏遇到简安安的时候，所有聪明才智都被他抛到脑后，幼稚得跟任昊书有一拼。

一直在两人身边围观的倪雪终于理清了思绪，见简安安心情低落，于是打圆场："好了好了，安安不想让三次元的朋友知道笔名是很正常的事情，这是个人选择，学长你就不要再为难她了。"

简安安抬头看向倪雪，眼神里充满感激！

然而……

什么叫为难？傅思远觉得，倪雪果然跟他不怎么熟悉，否则不会不清楚他为难一个人的时候会是怎样。

就在这时，简安安也开口了："其实这件事真的怪我，我不应该隐瞒傅总这么久的，我认错，傅总你大人有大量就放过小女子我吧。"

傅思远轻哼了一声："下不为例。"

"哇，谢谢傅总，傅总你人最好了！"简安安整个人一下子就活泼生动起来。

看着简安安毫无保留的笑容，傅思远也忍不住跟着微微勾起嘴角。她身上好像带有一种魔力，可以给身边的人都带来快乐与温暖，即便是傅思远这块寒冰也难以招架。

眉眼弯弯的笑脸，比这世界上最高档的化妆品效果还要好，就算是一个平凡无奇的女人也会因为发自心底的笑容而添色不少，更何况简安安的外表也算不得平凡。

用食物来比喻，就好像是一块奶油蛋糕。

白白的、软软的、甜甜的。

尤其是那双大眼睛，就连傅思远这样见惯美人的存在都不得不称赞一句，真好看。

不仅好看，还会说话。

当她乞求地看着你的时候，傅思远就好像看到了一只猫咪在喵喵地撒娇求小鱼干吃。如何冷静对付这样的对手，目前好像还没有什么行之有效的方法，他无奈地想。

"所以你来B市是为了签出版吗？"联系到倪雪的图书公司，很容易就能联想到。

"是呀，不过除了签合同外，还在B市玩了一圈儿，多亏雪大带我。"

倪雪忍不住小声抱怨道："可惜安安明天就要走了。"

"雪大放心，以后有空我还会来B市看你的，到时候无论如何也要带上曼曼！"

傅思远问："那影视版权呢，也一并签了吗？"

他对《长生劫》这本书算得上真爱了，虽然是一本网络小说，但相当合他胃口。从一开始看小说的时候他就在想，如果把小说影视化了会怎么样，后来虽然因为简安安大纲的神转折差点粉转黑，但影视化这个念头倒是一直没打消。

童远传媒主要做艺人经纪，在投资影视这方面算是刚刚起步，像《长生劫》这样的高热度小说改编剧绝对是首选。不管是公事公办还是出于私心，傅思远都希望能够拿下《长生劫》的影视版权。

"我的公司只做图书，还没那么大胃口，学长既然开口了，童远是不是有拿下的意思呢？"寒江雪给简安安使了个眼色，示意她抓紧机会。

热门小说影视化在业内早已不是新闻，小说自带话题度与粉丝很大程度上会避免扑街。市场很热，但贫富差距也很大，大神的版权能卖上百万，小透明的作品无人问津，甚至会以极其低廉的价格各种转手。倪雪算是在晋江呼风唤雨的大神，可由于题材问题，没有一本影视化成功过。

卖出版权是一回事，能成功开拍是另一回事，拍完之后可以上映更是完全不同的事。但只要这个作者有一部作品成功上映，或者成功在省级卫视播放了，那么这个作者绝对就红了，而且是大红大紫那种。

其实也不是没人勾搭简安安要她卖影视，只可惜不是出价太低就是完全没听说过名字的公司，像童远传媒这样业内闻名的靠谱公司，还是第一家。

傅思远微微点了点头："嗯，是有这个意思。"

"看来我真的要走上人生巅峰了！"简安安忍不住感慨。

原本遥不可及的梦想似乎就近在指尖，只需要前进一步就能够触碰到！幸福来得太突然，让简安安有些不敢相信。她使劲儿捏了捏自己的脸，试图让自己从美梦中清醒过来，却只感觉到一阵疼痛。

"别捏了，脸本来就大，越捏越大。"傅思远忍不住道。

简安安顾不得反驳自己脸并不大,因为她现在整个人还有些晕乎乎的。

"我感觉自己好像在做梦,突然又出版了又卖出影视了,这么好的事情怎么全部砸到我头上了呢?"

"别开心得太早,我只是说有这个意思而已。"

一盆凉水从头上浇下……透心凉心飞扬……

"哦,看来并不是在做梦。"

"噗哈哈,安安你要不要这么可爱!"倪雪忍俊不禁,摸着简安安毛茸茸的脑袋,安慰道,"放心吧,《长生劫》现在这么火,就算童远不给拍,等书出版之后,有的是人排队等着拍。"

"嗯嗯!"简安安连忙点头附和。

傅思远看着两人这么亲密无间地互动,突然也特别想像倪雪那样,把手放在简安安的头上,轻轻拍两下。这个冲动来得太突然,让他有些措手不及,后来虽然忍住了,但内心里的种子毫无疑问已经种下。

"看来我还得抓紧机会。"

简安安调皮地笑了笑:"是啊,过时不候!多耽误一天就等于多一个竞争对手,不如我们趁热打铁现在就签下合同吧?"

"那就要看你的表现了。"

"什么表现?"简安安有些纳闷。

"从今天起不虐男主。"

"这个嘛……"

好像很难的样子。

短暂的相聚后又是分别,有倪雪送简安安回酒店,傅思远的存在显然变成了多余。

独自驱车回家后,他的脑海里却总是那张挥之不去的笑脸。

想一个人的时候,会忍不住微笑,会忍不住想跟这个人多待一会儿,会忍不住拉近两人之间的距离,这意味着什么,已经二十八岁的傅思远自然懂。

傅思远坐在阳台的藤椅上,点燃一根雪茄,漫无边际的黑夜里没有一颗星星，只有微弱的烟火闪闪发亮。他解开衬衣最上面的两颗纽扣，任由凛冽寒风吹向自己，可就是这样，也吹不灭他心中跳动的火焰。

如此沉默了一个小时后，他终于打开手机。一开始只是随便看看，到后来终于去了简安安的主页，刷新出了几条新状态。有跟倪雪的互动，有更新提示，最新的一条微博则是在请假。

请假博底下的转发评论量已经相当惊人，可以看出现在暖玉生烟在微博上的影响力已经不亚于任何一位大神。粉丝们纷纷表示，暖大你这么勤快，出去旅游都不忘更新，请一天假没什么的。然而傅思远在看了这条请假博后，脸上的笑意却越来越少，甚至破天荒地没拿稳手机。

微博内容如下——

@暖玉生烟：抱歉明天的更新可能赶不上了，因为作者突然收到消息说相亲男在我家门口围堵，所以我打算避避风头再回去……

天微微亮。

傅思远生活规律，一贯起得很早，今天自然也不例外，助理将买好的早餐放在餐厅桌上，敏锐地发觉本该出现在客厅的行李箱并没有出现。

早晨八点半的飞机，现在不收拾行李的话很可能晚点，这不是傅思远的行事风格，他总是将所有事都安排得十分妥当。但傅思远也是人，是人难免就会有失误的时候，而作为傅思远高薪聘请的助理，他的任务就是在事态还未发展到不可收拾之前弥补失误，所以他问道："总裁，需要我帮您整理行李箱吗？"

傅思远眸光一暗："不用。"

初晨的声音有几分沙哑，却带着几分毋庸置疑的确定。

助理愣了半秒钟，随后匆忙点了点头。好奇怪，今天不是去 A 市的日子吗，机票都订好了……不过他只是一个助理，上层的决定他无权置喙。

十五分钟后傅思远吃完早餐，对助理道："今天是不是有一个电影节邀请我？"

"是的，不过因为行程问题我已经帮您取消掉。"

"不用取消了，我会出席。"

第十章
少女心炸裂的声音

凭傅思远在业内的地位，去是给主办方面子，不去也在情理之中。

童远传媒旗下数个艺人都在邀请行列之中，作为总裁的傅思远如果出现在现场，无疑也是给这些艺人增一分话题。电影节开幕式在晚上七点，说是群星荟萃也不为过。

从电影节红毯上各路明星艺人的着装打扮上，就能明显看出其经济发展水平的蒸蒸日上。无论是男星还是女星，为了博镜头博头条可谓无所不用其极。

本次电影节提名最佳女主角的热门人选，更是以一袭低胸长裙闪耀亮相，从话题度跟热度来说，无疑将是今晚最大爆点。但是当各路记者将照片传出，已经开始拟定通稿新闻的时候，傅思远却出现了。

狗咬人不是新闻，但人咬狗绝对是新闻！同理，傅思远出现不算新闻，然而傅思远并不是一个人出现的，这可就是天大的新闻了！

业内皆知傅思远的洁身自好，虽然是单身但从来不跟任何艺人一起出席活动，感情方面也从未有过绯闻传出。童远作为业内三大艺人经纪公司之一，老板的话题度甚至比旗下一线艺人还要火爆。

多少人盯着傅思远这块鲜肉垂涎三尺，多少人费尽心机想搭上童远总裁然后高枕无忧。这些人无一例外都失败了，而且越是努力的人跌得越惨，最惨的那个直接从二线明星被拉下，雪藏数年。

有前车之鉴，很多明星是有那个贼心没那个贼胆，傅思远的生活总算变得清净许多。可今天，傅思远竟然带着一个女艺人共同走红毯！

这个场景一出现，前面那位明星的胸算是白露了，记者们的通稿也白写了。无数走红毯的艺人、围观红毯的群众、记录红毯的记者,都将目光移到了跟傅思远一起走红毯的女星身上。

到底是什么样的女人才会得到傅思远的垂青,难道她长了三头六臂?

看起来也不像啊!

本身红毯就是今天炙手可热的话题,大热门低胸礼服霸占热搜还没过几分钟,就被空降的傅思远给打到了犄角旮旯去。很快整个微博上的人都知道了,今天电影节傅思远跟他旗下一名女星共同出席了。

这名女星名叫虞又晴,名气不盛年纪也不大,还是个90后小花骨朵。本次电影节虞又晴有一项最佳女配提名,微博粉丝也只有五十万左右,在星光熠熠的电影节红毯上可以说是不值一提。

可今晚过后就不同了。

她跟傅思远一起上红毯,话题度不知道多了多少,而且当闪光灯全部对准虞又晴后,众人才终于意识到这个妹子有多美。吃艺人这碗饭,不怕你不够美,怕的是大家都不知道你美。

在童远传媒的刻意而为下,虞又晴一张十分惊艳的美照被无数营销号转发,一时间这个90后妹子被推上了一个堪比珠穆朗玛峰的高度。

除了长得美,虞又晴的演技也不错。

在小花小鲜肉横行的当今娱乐圈,演技仿佛成了最不值一提的事情,可在普通观众眼中,演技还是蛮重要的。尤其是在当红明星都在被群嘲演技的时候,一个有演技的花骨朵,好像不红都说不过去的样子……

酒红色长裙令她的皮肤显得愈加白嫩,明眸皓齿闭月羞花,举手投足间仙气十足,跟旁边的傅思远站在一起毫不逊色,甚至让人有这么一种感觉,也就是这样的人,才入得了傅思远的法眼。两人的惊艳亮相迅速爬上各大媒体头条,尤其像论坛微博,简直是被美照刷屏的节奏。

这样的势头如果保持下去,妹子的事业肯定会上升到一个前所未有的高度,只可惜出来混的都是要还的,一个小时后天涯娱乐八卦的头条就变成了这样——

虞又晴是个整容怪难道你们不知道吗！

　　楼主显然有备而来，主楼直接二话不说上干货，从出道以来到现在虞又晴的变化一一上图，通过图片对比楼主打包票这妹子至少开过眼角整过牙齿垫过下巴，削没削骨不好说，因为虞又晴以前挺胖的，瘦下来后脸也跟着小了好大一圈。

　　证据确凿，只要看过前后对比图的正常人都知道她肯定是整过了。围观众人恍然大悟，难怪我觉得她美得不像个真人，原来是整容的啊！虽然楼主在最后十分可惜地感慨，其实妹子减肥成功后就已经挺好看的，为什么想不开要去整容呢？但挑在这个时候发帖，炒作的味道浓得简直隔着屏幕都能闻到。

　　普通网友也就是兴致勃勃看个八卦，童远传媒上下却是一片紧张备战状态。毕竟这件事的当事人一个是他们家老板，一个是接下去打算力捧的新人，如果形象崩了那造成的损失可不是一点两点。

　　童远传媒比起一般的艺人工作室来说已经算是财大气粗，但在业内跟它势均力敌甚至强过它的公司也不是没有，巧的是，今天原本预计上头条的那位，就是童远死对头家公司出来的。

　　童远家的老板跟艺人一起抢了本该属于自家的头条，正生气着呢女主角的黑料就自动往嘴里送，简直是天赐良机！于是在公关的推动下，网友的围观下，虞又晴整容的话题被推上了风口浪尖。

　　虞又晴五十万粉丝的微博已经涨了快二十万，最新一条微博底下的评论也是快奔向十万的节奏。童远放出的那张美照被拿来跟天涯楼主镇楼图对比，杀伤力堪比核武器。

　　这边舆论如火如荼地讨论着，电影节那边也不安生。

　　虞又晴最佳女配的奖项已经是板上钉钉的事，不然傅思远也不可能跟她一起走红毯。在新生代艺人中，虞又晴算是资质非常不错的那种，人也很识相、很聪明，是童远接下来打算力捧的对象。

　　整容其实不算什么，现在在座的艺人有哪个敢拍着胸脯保证自己绝对没整过容，从天上扔下十块砖砸到十个明星，其中五个都整过容，还有三个是微调过的。只是这些人没被扒皮，也就睁一只眼闭一只眼，当什么都没发生过。虞又晴被扒了,算她倒霉,但她的的确确整过容这没啥可说的。

于是从头到尾她还没美过两小时,丑照就已经满大街都是,现在童远传媒给出了两套方案备选。

第一种方案是几乎所有整容艺人的选择,装死不认,反正是在增加话题度。采取这种方案比较稳妥,而且会保证后续话题度,整容这个话题甚至可以不断拿出来翻炒,圈子里有女星就走的这条路,而且走得格外典型独特,全世界都知道她整容了可她就是不承认,全世界都拿她没办法。

第二种方案就比较剑走偏锋,让她干脆就承认整容一劳永逸。

整容不像是出轨包养吸毒这种黑点,完全是她个人的选择又没干扰到别人,为了变漂亮为了上镜,整容怎么了?只要能心甘情愿承受整容后遗症,好像其他人并没有什么立场指责她吧?

虞又晴是个野心家,从她敢整容上位就知道。她很明白如果拒不承认,扣在她头上的除了整容还会有撒谎这项帽子,与其被怀疑人品,倒不如就让观众们谈论她的脸。所以她很快就通过助理给童远公关部发去消息,说明她要选择第二方案,而且会在接下来的颁奖仪式上公布自己整容的事实。

消息放出以后,接下来的事情就是扭转舆论。

公关部全体加班,忙得一个人当作三个人用,傅思远指示要部长调动一切可以调动的力量。

于是乎,正在酒店抱着手机围观八卦的简安安收到了无良老板的消息。

资产阶级剥削者:安安安安安安。

资产阶级剥削者:虽然我知道你现在很伤心,傅思远那个渣等他回来我就收拾他,不过现在情况紧急这个活儿非你不可。

安安:啥事?

资产阶级剥削者:帮你情敌写篇长微博。

安安:我情敌是谁?我完全不知道呢。

资产阶级剥削者:就是那个整容还跟傅渣一起出席红毯的虞又晴,

放心她跟傅渣其实没什么事儿,她的金主是我一个哥们,两人貌似还挺甜蜜。

安安:告诉我这些干什么,我跟傅总又没什么关系。

资产阶级剥削者:我截图了……

安安:截就截,谁怕你!

资产阶级剥削者:你不怕我,我怕你了好不好!可是哥们让我帮忙我实在没招啊,想来想去也就安安你比较冰雪聪明。

吃人嘴软,拿人手短,简安安毫无选择,只能应下这门差事。好在她并不是第一次干这活儿,一回生二回熟,半个小时后,一篇声情并茂的长微博新鲜出炉,然后她先在微博上转悠了一圈,确保没人跟她洗白的套路一样,这才将微博发了出去。

天河游戏官博底下CP粉们正在哭泣!果然傅思远本质上也是个水性杨花的男人,前一周还跟官博君发糖发得根本停不下来,今天就跟整容女走红毯,且不说暖玉生烟了,傅总你把官博君置于何地!

这一天晚上官傅党们的心情简直犹如过山车一样起起伏伏。

先是傅思远跟虞又晴出席红毯虞又晴美照刷屏,后又是虞又晴整容黑料被曝光。还没高兴多久呢,整个事件的女主角又在颁奖仪式上承认自己整容。舆论转向得太快它就像龙卷风,颁奖仪式结束后现在各大营销号已经开始花式洗白了!

但凡是跟傅思远有点儿联系的微博都被全程围观,当然也包括暖玉生烟跟天河游戏。只不过这两位仿佛是打定了沉默到底的主意,一直没开口说一句话,尤其是天河游戏,作为童远传媒的好拍档竟然没转发红毯照,简直就是有情况啊有情况。

就在众人纷纷猜测官博君是否已经悲伤逆流成河的时候,官博君她发博了!

而且一出手就是长微博!

CP粉们猜中了开头却没有猜中这结尾,官博君不但没有如他们所料般傲娇生气,反而开始给情敌洗白。今天晚上这出大戏也是你方唱罢我登场,一出接着一出,可乐坏了围观群众,看热闹不嫌事大呀!

长微博内容如下——

请珍惜你身边的每一个丑人。

人的通性，走在大街上的时候，看到美女帅哥通常会多看两眼，然而最近一段时间，官博发现这个世界上的美女帅哥实在是越来越多了，简直已经眼花缭乱到压根不知道看哪个比较好的程度。

这究竟是什么原因造成的呢？

作为一个严谨考据的官方博客，官博君就此问题进行了一个严肃而又认真的调查。

调查结果表明造成此种现象主要有两大原因。

原因一：物竞天择，适者生存。

找对象的时候都想找个好看点儿的改善基因，丑基因会逐渐被物竞天择的社会所淘汰，按照事物发展的规律，人会变得越来越好看，而丑人会变得越来越稀缺。

原因二：化妆、PS、整容，这三个技术拯救了一大拨丑人于水火之中。

每一个丑人上辈子都是折过翼的天使，在这个看脸的社会中承受着生命不能承受之重。丑人想变美，美人想变得更美，这是宇宙真理。

第一个把白面往脸上糊的女人肯定没想过，有一天全世界至少三分之一的女人都开始效仿她，如果她知道现在化妆已经成为如此成熟、如此稀松平常的事情，肯定会恨不得用面糊当初喷过她的喷子们一脸。

同理整容。

整容技术目前还处于发展状态，存在着各种后遗症与问题，有整成女神的，也有整容失败成外星人的。可是如果某一天整容技术发展到了一种极其高明的程度，毫无后顾之忧，官博相信现在有多少人化妆，到时候就有多少人选择整容。

畅想一下未来，所有人都能通过整容变美，到时候丑人很有可能成为一项极其稀缺的资源。

所以说，整容算个毛线的黑点！

为了漂亮，为了上镜把自己整得漂亮点儿有什么错！又没有吃你家大米！又没让你承担后遗症！你着个什么急啊！

再说了，人妹子也没撒谎说自己纯天然呀！

肯定有人要说了，官博你这么为妹子花式洗白是不是为自己将来铺后路呀，你是不是也打算整容啊？

没错，恭喜你们答对了，我的确是这么想的。如果现在有人告诉我可以完全无后遗症地全身抽脂，我借钱也会去的，然而并没有人能保证，所以我现在依然……

真是一个悲伤的故事。

最后，还是请大家珍爱身边的每一个丑人，毕竟指不定哪天就绝种了呢。

天下洗白文千千万万，此文一出，谁敢与之争锋？

不就是要洗白一个三线小明星吗？官博你至于上升到物种灭绝这样的程度吗？虽然看起来确实还有那么点儿道理，可是官博君你这样让 CP 粉的脸往哪里搁？脸肿得宇宙都要塞不下的节奏！

然而 CP 粉不愧是这个世界上最善于联想的群众，洗白微博一出，就已经有人脑补了好大一出虐恋情深戏。

不要怪官博君脑抽，官博君她心里苦啊。

官配被整容女抢走了不说，迫于上司压力竟然还要帮整容女洗白，CP 粉们在长微博底下纷纷捂住自己肿了的大脸抹泪留言：官博不哭，踹掉傅渣指日可待！

简安安看着微博底下鬼哭狼嚎的 CP 粉评论笑得不能自已，不一会儿就收到了无良老板的微信。

资产阶级剥削者：你以后一定要好好地珍惜我……

安安：估计到时候老板你的长相叫有特色，轮不到我去珍惜。

资产阶级剥削者：嗯，也对，话说你在 B 市，明天帮我去取一份文件吧。

安安：你怎么知道我在 B 市。

资产阶级剥削者：在我面前你还装什么装，知不知道你的小说还是我大力推荐给傅思远的。

安安：……

资产阶级剥削者：其实我一直想把你俩往一对儿凑。

安安：……

资产阶级剥削者：可惜两人都是烂泥糊不上墙，明明都互相有好感了，结果一点儿进展都没有，简直浪费我给你们创造的各种机会。

安安：老板我现在很好奇你脑子里一天都在想啥呢？

为什么会想到把她跟傅思远往一起凑，他们两个的条件难道很般配吗？一个是童远传媒霸道总裁，一个是网站上的码字小透明，怎么看都是毫无可能性的那种！

资产阶级剥削者：其实是傅思远他妈让我给他介绍对象，要良家一点儿的那种，我身边良家一点儿的就只有你了……

安安：老板你应该给傅总介绍一个白富美的，这样成功率可能大一些。

资产阶级剥削者：你以为我没介绍过吗，全部失败了而已。

安安：……

资产阶级剥削者：我觉得傅思远其实是喜欢你的，你可能感觉不到，但是我跟他这么多年交情再了解不过了。

安安：好了好了文件我会帮你拿的。所以这个话题就此打住吧……

资产阶级剥削者：那就麻烦安安啦，童远的地址我发给你。

收到童远公司的地址后，简安安躺在床上将任昊书的聊天记录翻了好几遍，越翻心里越烦。

老板说，傅思远其实是喜欢她的，其实不要脸地说一句在今天之前她也是这么想的。没到那种非你不可的程度，但普通的好感还是算得上。她曾经偷偷摸摸地逛过 CP 粉开的粉红楼，发现 CP 们虽然喜欢乱开脑洞联想，但有些细节抓得很到位。

不管是互动的频率还是互动的语气，很明显傅思远对她都是不一样的，所以她就想啊，会不会傅总也是有那么一点喜欢她呢？如果两人相互喜欢的话，是不是也可以幻想一下恋爱的可行性？

今天晚上之前她还是这么想的，可虞又晴出现了，这些虚幻的粉红泡泡就全部破碎了。第一眼见到虞又晴的时候，就连她也不得不承认妹子的颜值的确很高。

站在傅思远身边，两个人金童玉女很般配的样子。虞又晴本身就是明星，再怎么三线也比她一个透明码字工强。在虞又晴美丽的光环下，不管是暖玉生烟还是官博，全部变得黯然失色。除了某些看热闹的观众，比较死忠的CP粉，大部分人几乎已经认定了虞又晴跟傅思远应该有一腿。

世间凉薄大抵如此，就算没有虞又晴也会有其他人出现。

奇怪的是，内心深处并无多少悲伤，如果硬要形容的话，可能用幻灭这两个字更为恰当一些。

简安安有些自暴自弃地想，一直活在自我欺骗的假象之中，外表不够美，家世太平凡，性格又十分懦弱的她，又凭什么得到傅思远的爱情呢？

她以为自己会失眠，但事实上，这天晚上她睡得格外香，以至于闹铃响了都没听到。

睁开眼已经九点钟，手机显示有四五个未接来电，全是来自于妈妈。

简安安不敢耽搁，连忙把电话回了过去。

"妈，我刚刚睡着了手机是静音。"

"安安啊，怎么今天还不打算回来吗？"虽然简安安在家的时候简母嫌她懒，可这么一走就是一个星期让简母多少有些想念女儿。

"我订了下午的机票，晚上应该就能到家了，不过前天我姐跟我说那个相亲的男的堵咱家门口了，我想先去同学家避一避风头再说。"提起这事儿，她有些郁闷，她跟相亲男那天算是不欢而散，还以为自此以后这个相亲男就不会出现在她的世界中了，没想到他竟然如此丧心病狂。

难道真的是对她一见钟情了吗？可是一想起当天相亲男夸自己可爱，她不由自主打了个寒战。

"他呀，早就被我轰走了，我给他妈打电话，让他妈把他领走了。"简母语气颇为不屑，"本来我都说过了你没看上他，结果他听说你现在写小说挣钱挣得多，又死缠烂打上了，这么大个男人连点儿脸面都不要，真是丢人……"

简安安默默地听着简母在电话那头的控诉，哑然失笑。她就说相亲男怎么突然又冒出水面了，原来是打的这么个主意。

十分钟后，简安安才在各种叮嘱中挂断了电话。

时间已经不早，她放下手机就开始洗漱，收拾完一切，这才拉着行李去退了酒店。

两点的机票，所以她打算去童远拿过文件后直接去机场。午饭在机场随便解决就行，或者多等一会儿在飞机上吃也可以。

倪雪本来是无论如何都要送她的，可一想到自己还要去趟童远总部，就婉拒了这番好意。虽然一个人拖着个大行李箱，多少有些不方便，不过出门叫了出租车，一路畅快地就被拉到了总部。

简安安站在总部门口，抬头望向高楼之巅，颇有种仰观宇宙之大俯察品类之盛的感慨。二次元里大家嘻嘻哈哈，霸道总裁爱上我张口就来，然而现实生活中，总裁这种生物好像跟她生活在不同一个次元。

进门前她再三告诉自己要把持住，一定要收起对傅总那点儿不切实际的小心思、小想法，然而当她终于通过重重阻拦来到总裁办公室后，看到傅思远的那一刹那，就什么都忘了……

大约是有空调的缘故，傅思远脱下了沉闷的黑色西装外套，纯白色衬衣的扣子也被解开了两个，若隐若现的锁骨在阳光照耀下散发着浓厚的雄性荷尔蒙气息。

然而这些在金丝边眼镜的夺目光环下，完全不值得一提。

现在的傅思远，完全就是小说漫画里描写的那种，精英禁欲斯文禽兽男的三次元活体，简直魅力无边！

某人很没出息地捂住了眼睛，什么阶层差距，什么虞又晴全部被抛到脑后，她现在脑子里只想干一件事：扑倒这个男人！

然而就在她内心一片火热地盘算着该如何扑倒的时候，傅思远却突然抬起了头。

"你来了。"

咔嚓咔嚓——简安安仿佛听到了自己的少女心不断炸裂的声音。

所谓的抬头杀应该就是指现在这种场景吧，所以说这个世界真的不公平，颜好的人无论做什么错事都可以被轻易原谅。就好像傅渣，明明跟别的女人秀恩爱了，然而就凭着一张帅脸照样可以令很多妹子对他死心塌地。

165

不行，这样下去不行！

脑海中警铃大作，她简安安绝对不是如此肤浅的女人！绝对不会仅仅因为颜而沦陷，她的人设明明是出淤泥而不染来着！

他是渣他是渣他是渣……

将这三个字在心中默念无数遍以后，她深吸一口气，终于恢复了冷静。

"嗯，老板让我取一份文件。"很好，语速平缓声音沉静，就这么继续保持下去。

傅思远放下手中的笔："什么文件？"

"难道老板没跟你说吗？"

"童远这里没有任何跟天河有关的文件。"傅思远皱了皱眉，然后拿起手机，"我问问他。"

简安安突然有种不祥的预感！凭无良老板的性格，突然让她过来取文件肯定有阴谋！而且正如傅思远所说，这里是童远传媒，有个毛线的文件可以取，唯一跟天河游戏有关的东西就是傅思远，难道老板让她把傅思远打包带回去吗！

还有就是其实文件什么的，完全可以传真……

想通了这一切后，简安安顿时想找个地洞钻进去！她现在这个样子，简直就跟总裁文里有事没事喜欢进总裁办公室的女配一样，连续这么几次后，女配以为自己成功吸引到了总裁的注意力，结果收到的却是人事部发来的解雇书。

她十分庆幸自己刚刚签下了出版合同，就算被炒鱿鱼了应该也还能滋润地生活一段时间……

傅思远刚一打开微信，任昊书的消息就跳了出来。

昊书书书：我把安安骗到你们公司去啦。

昊书书书：请把握这次来之不易的机会，过了这个村儿可就没这个店儿了。

傅思远很是无语。

任昊书的行径他向来捉摸不透，虽然他总是热衷于给自己介绍各种对象，可像简安安这样上心的还是头一回。

当然了，傅思远也不否认自己的确对简安安有好感，只是简安安的心思比任昊书还难猜，让他总是不知该如何是好。

他放下手机，从文件堆里随意翻找出了一个文件夹递给简安安："昊书说的是这份，我刚刚忘记了。"

简安安接过文件夹，眼角余光一看，《三界》企划书。

《三界》也是本小说的名字，前段时间就传出要影视化的消息，没想到居然是童远传媒在投资。

当然了，这不是重点，重点是傅思远应该是随便拿了一份文件给她。所以这个男人是觉得她不认识中文，还是觉得她人格高尚到连文件名都不会偷看……

不管是哪一个选项，简安安都不怎么想承认呢。

文件换手之后，两人间的气氛就变得有些尴尬，沉默了有半分钟后，简安安忍不住道："傅总，那我就先走了。"

"走，去哪里？"傅思远的语气似乎有些不满。

"回去啊，明天该收假上班了。"

傅思远沉声道："那吃过中饭再走吧。"

简安安心情复杂地看向男人，这句话的意思是在挽留吗？还是说，只是句跟谁都会讲的客套话，又是自己想太多？

"还是不了，下午两点的飞机。"敲门而入之前她曾看过时间，从这里往机场赶大约需要四十分钟，估计午饭也只能吃飞机餐了。

"两点的飞机……"

傅思远下意识看了一眼左手手腕上的手表，现在已经是十一点十五分。他刚才还在想，来日方长，周一上班又可以见到简安安。可他又忽略了一件事，简安安虽然是他的员工，却属于另外一个公司，另外一座城市。

她离开了，下次再见到她就要等到一周以后。

这样想着，原本不紧不慢的心绪突然就急躁了起来，他站起身来，将西装外套套在身上："我送你去。"

"哎——"简安安愣了愣，然后道，"还是不麻烦傅总了吧，我自己可以打车。"

"不麻烦。"

简安安还想说些什么，可当那双深不见底的眼眸盯着她看的时候，她发现自己完全不能自我控制了。

"嗯，那就谢谢傅总了。"她听到自己如此说着。

"小事，不用说谢谢。"

得到了满意答复后，傅思远的嘴角微不可见地上扬了几个弧度。

黑色宾利平缓行驶在通向机场的高速路上。

驾驶座上的傅思远一脸正经，副驾上的简安安用眼角余光偷偷地打量依然戴着金丝边眼镜的男人，心情无限美好。尤其是离开童远总部时接受了那些员工惊讶的目光洗礼后，刚刚因为虞又晴萎缩下去的自信心又瞬间膨胀了起来。

虞又晴只是跟他出席电影节而已，又怎么比得上亲自开车送机来得亲密。再说了，虞又晴是有金主的，跟傅思远估计也就是老板跟属下的关系。

想到这里，简安安从昨晚开始略抑郁的心情一下子被治愈了。

"在想什么这么开心？"

简安安下意识地捂住嘴巴："咦，我有表现得那么明显吗……"

傅思远笑了笑，示意她自己看镜子。

从简安安这个角度，最多只能看到一双眼睛，可就是这双满含笑意的眼睛暴露了她的一切心情。简母曾经就说过她，从小就是个心里藏不住事的人，开心与不开心都放在脸上，来得快去得也快。

这样的人大多活得很自在开心，但到社会上很容易吃亏。

简安安看着镜子里的眼睛，收敛了笑意眼神一变再变，确定镜子里映射出来的眼神十分端庄淑女后才作罢。然而她忘记了，这里并不是她家的洗手间，车上还有另外一个人。

车上的另一个人将她的表现尽收眼底，忍不住道："你还没有回答我的问题。"

虽然是追问，语气却很温柔。

"这个嘛……"如果她说在想他会不会被扔出去？

为了避免这种可能性的发生，简安安一本正经道："我在想如何正确地扮演一个官方微博，将我们公司的游戏发扬光大，走出Ａ市走出本国走出世界乃至宇宙。"

"走出宇宙？这个说法倒是很有趣，你跟我具体说说看。"

简安安开始脑洞大开："首先，我们需要一台位面交易器，有了位面交易器我们就可以根据各个位面的不同喜好，开发出各种游戏产品，而我作为本公司的官方微博，可以代表本公司与各个位面的商人进行友好合作的商业洽谈……"

见她越说越兴奋根本停不下来，傅思远忍不住插了一句嘴："请问，如果本公司拥有了一台位面交易器，我们为什么还要执着于游戏事业呢？"位面交易器都有了，难道不应该用在更为高大上的科学研究领域吗？

这是傅思远思考的点，然而简安安的点显然跟他不在同一个位面上，于是反驳道："因为不管什么位面上的生物都有游戏需求啊！到时候我们赚的钱还可以买下一颗星球，每到节假日的时候公司组织外星三日游活动，把这个写在招聘启事上绝对会有一大堆人来应聘。"

傅思远忍不住笑出了声："你说得真有道理。"

"等等，我的英明神武不是重点，重点是傅总你怎么知道位面交易器这种东西的？难道说……"你又看盗文了？

简安安用怀疑的眼神打量着傅思远，看得傅思远背后发寒。

"我怎么就不可以知道位面交易器了？"傅思远轻哼一声，"我还知道时空穿梭机。"

"噗——"简安安终于破功，笑道，"时空穿梭机你都知道，不行你知道得太多了！必须灭口。"

"这又是什么梗？"

傅思远曾不止一次见简安安回复粉丝这句话，可是这句话太普通了，他搜不出来到底是什么意思只能问本尊。

"其实是个笑话，有人走在大街上被一个神经病拿枪指着，必须回答出一个问题，答不出就得死。"简安安此时已经完全忘记了方才要端庄淑女的事情，绘声绘色地讲起了段子，"那人特别忐忑，生怕神经病用什么难题为难他，结果神经病问他一加一等于几，然后路人就松了一口气，说等于二，然而神经病还是一枪打死了路人。"

"是不是因为神经病觉得其实一加一等于三？"

"神经病说，你知道得太多了……"

傅思远："……"

"哈哈哈哈！"简安安看着傅思远无语的表情笑得不能自已，"是不是很有意思？"

傅思远感觉到自己的幽默细胞又一次遭受到了无情的打击。

等简安安笑完以后，傅思远说："我这个人是不是很古板、很无趣？"大家都喜欢像任昊书那样幽默风趣能够活跃场上氛围的人，像他这样的冷场帝走到哪里都不会受人喜欢。

"不会啊，为什么你会这样想？"

"你不用说假话安慰我，我自己的性格自己清楚。"

"可是我觉得傅总你的性格并不是属于古板无趣那种，如果硬要形容的话，我觉得认真比较符合。"因为傅总你一本正经地开玩笑的时候真的好好笑，自然不算无趣。

当然了，后面那句吐槽简安安没敢说出口，毕竟她还在傅思远的车上，而傅思远的车在高速上。

"感觉认真跟古板是一个意思……"嘴里这么说着，傅思远脸上的表情却明显是开心的。很显然，简安安的话让他很受用，但这点儿程度还不够。

"怎么会呢，我以一个作者的尊严告诉你，认真跟古板还是有很大区别的。"简安安想了想，又补充，"最起码对于我这个讲笑话的人来说，古板等于是毫无反应，而认真等于活学活用。"活学活用这一点她简直想给傅思远打满分，虽然后来那件三万块的衬衫让她再也不敢听傅思远的笑话，但这种认真的精神还是值得鼓励的。

"可是我学得不够好。"

简安安觉得今天的傅思远有些奇怪，像他这种霸道总裁，不是应该对自己各种充满自信吗？然而当她仔细观察他的神情时，就发现这个人虽然嘴里说着不够好，但面部的表情体现出来的完全就是：夸我！

继续夸我！不要停！

一定是她产生了幻觉，否则为什么会觉得傅总那么像传说中那磨人的小妖精？于是乎，简安安开始睁着眼睛扯瞎话："我觉得很好，毕竟傅总你是刚开始学，以后会更好的。"

她的话显然让傅思远很是受用，连带着车速也快了几分。

傅思远礼尚往来："其实这都多亏了你。"他身边大多是跟他一样古板而又无趣的人，除了任昊书以外几乎没人敢跟他开玩笑，简安安算是一个，暖玉生烟又算是另外一个，不过简安安跟暖玉生烟是一个人。

"哪里哪里……"简安安刚想说几句话客套一下，手机突然发出嗡嗡的振动声，打断了两人的对话。

依然是来自于简母的电话，所以简安安接了。

"喂——"简安安将手机放在耳边，"妈妈，我现在正在去机场的路上，晚上肯定就回家了。"

她的手机音量不算太大，但在车厢这个密闭空间，不用刻意去偷听，傅思远也能听到电话那头传来的说话声。母女的对话很普通很家常，一开始完全就是母亲在叮嘱女儿注意安全记得吃饭，但到了后来，话题的方向转变得有些突兀。

"安安哪，上次给你介绍的那个对象不靠谱，这回又有人给你说了一个博士生，准备留校当老师的。"

简安安无奈扶额："我不是都说了，不要给我介绍对象了……"

"这回不一样啊，这可是一个前途无量的博士生，以后是当大学教授的材料。"

"他是什么人跟我一点儿关系都没有！"

简安安有些急躁，为什么母亲就不能理解一下她的个人意愿呢？她也并不是完全排斥相亲这件事，只是二十二岁也未免太早了吧！还没来得及恋爱，就要直接往婚姻上走，这样的跨度让她有些难以接受。

她本来觉得，自己这辈子肯定是会结婚的，就算相亲结婚也没什么不可接受，但家长亲戚这样步步紧逼，让她对相亲、结婚都有了一种突如其来的厌恶感。

尤其是现在，傅思远就坐在她身边不远，一定听到了所有的对话。这样想着，她不由得生出一种从未有过的念头：如果现在直接告诉母亲她打算一个人过一辈子，会是怎样一番场景呢？

然而最终她还是没能开口。

父母都是极其传统的人，她如果贸贸然这么说了，对于她的家庭来说无异于八级大地震。

"你这孩子……"简母叹了口气，用同样无奈的语气道，"是跟你没有关系，但这不是还没见面嘛等见了面有没有关系可就不好说了，而且妈又不是非得让你现在就跟他在一起，你去见见，不合适了再推掉不就是了，介绍人也是一片好心……"

简母说了一长串，让简安安本就烦闷的心情更加惆怅了起来："好了好了回去再说，我马上要上飞机了，挂了先。"

说罢，也不管简母是何反应，径直挂断了电话。

挂断电话后的简安安深深舒了口气，原本舒适宽敞的车厢此刻显得有些逼仄起来，只恨不得打开窗户让冷风吹走一切烦恼，而就在这时，一直沉默着的傅思远却突然将油门踩到了底！

第十一章
这一坛陈年老醋我先干为敬

车速瞬间上百!

简安安被吓了一大跳,下意识抓紧了车座,车速越来越快,快到她根本看不清窗外的景物。

"怎么回事,难道车失控了吗?"

傅思远没有转头,只是冷冷地道:"不开快点儿万一耽误你相亲怎么办……"

简安安看着他的侧脸,心里突然冒出一个大胆的猜测。

莫非,他是在吃醋?

但不管怎样现在的车速都有些过火了,傅思远不断加速,车速眼看着就要飙至一个可怕的地步,她忍不住道:"傅总开慢点儿!这样下去会出事的!"

然而对于某人的话,傅思远没有回应。

他在生气。

这一点简安安很确定,傅思远本人也很确定。

傅思远从来是被捧着的,不管是现实生活中还是网络上,而他现在的感受很难用一个词语概括,生气、吃醋、埋怨,好像都有,又好像都不全面。

那天在 B 市初遇简安安,在倪雪问她谁配得上她的时候,明明是她自己亲口说的:"我觉得微博上的那个傅思远就不错。"

一边说着这样的话,一边又去相亲,所以这一切其实又是他自作多情吗?简安安现在开口的每一句话,究竟哪一句是真的,哪一句是

173

在开玩笑,他已经完全搞不懂了。
"你放心,我开车的技术还没那么差。"
车速还是很快,简安安焦虑得要命,另外一个人却还是一副老神在在的模样,就算他吃醋,也不该在这种事情上闹脾气,她一下子就不能忍了,干脆道:"可是就算傅总你把车开到两百码也没用啊!飞机是两点准时起飞的!"
她从前怎么没发现,这个男人其实这么幼稚!
傅思远脸上的表情僵了僵。
在她说完那句话后,明显感觉到车速正在缓缓下降,终于松了一口气。
然而让她虚惊一场的罪魁祸首又开口了:
"如果你着急,我可以安排私人飞机送你。"
……
所以这个人的脑回路是怎么长的?不管从哪一方面来看她对这个相亲都是很抗拒的吧!为什么傅思远会得出一个她很着急的结论?
她转头看着傅思远:"没错我就是很着急,你安排吧。"
傅思远握住方向盘的手明显紧了紧。
"你在说谎。"他很笃定道。
"没有,我说的是真的,我是真的很期待相亲,毕竟对方可是博士生,将来有可能在大学任教。"
傅思远不屑地冷哼一声:"博士生很了不起吗?"
"如果我没记错的话,傅总你好像只是个研究生哎……"简安安绝对不承认自己现在的心情很好,看着方才还不可一世地飙车的男人吃瘪的样子,刚刚那些担惊受怕的郁闷全部消失得无影无踪。
傅思远不服气地转头看着她,眼神格外认真:"我是剑桥毕业的研究生,毕业的时候导师留我读博,但是那个时候我已经开始回国创业,所以才婉拒了导师的好意,如果我当初选择读博,现在一定就留在剑桥任教了。"
"可是你说了这么多,还是改变不了你只是个研究生的事实啊!"
"这不一样的,我的研究生学历比较有含金量。"

"含金量是什么我完全不懂，反正你不是博士。"

傅思远许久说不出话来，因为他不管说什么，都会被简安安用一句"你不是博士"堵回来。

他的确不是博士，可学历就那么重要吗？

"难道你衡量一个人的标准就只有学历？"傅思远转过头，避开简安安的目光，"也未免太过于肤浅太过于片面。"

死傲娇！看着傅思远现在这副样子，简安安忍不住在心里吐槽，但是又觉得有些可爱，怎么办？

她的内心陷入了无限挣扎之中，一方面觉得傅总竟然会吃醋肯定是对自己有点儿意思，趁现在赶紧表明她对相亲男毫无意思，说不定两人就这么成了！另一方面又觉得这家伙吃醋闹脾气的样子好可爱好萌，好想求更多……

真不愧是磨人的小妖精！

天人交战后，简安安内心深处邪恶的一面占据上风，决定继续调戏小妖精。

"傅总此言差矣，学历虽然只是人的一个方面，却能体现出很多人的很多特点。首先，他能考上博士代表他这个人的智商绝对高；其次，很多学生例如我高考后就无心学习了，别说博士就连研究生都不想上，他能坚持一直上到博士，就代表这个人的毅力也是很值得人钦佩的；最后，博士学历可以让他在今后的工作岗位上拥有一份不菲的薪资，生活不能说大富大贵，但小康是绝对没问题的。"

然而简安安忘记了，她面前的这个人是剑桥 MBA 毕业，她方才说的三点内容在傅思远的人生履历上根本不值一提。除了对某些段子缺乏理解能力，他在其他方面的能力全部是简安安所望尘莫及的……

"我顶多可以承认他有毅力。"

看着霸道总裁嘴角勾起的那抹迷之自信的微笑，简安安先是愣了愣，而后恍然大悟。

果然是没有对比就没有伤害！她也是脑子抽了，才拿普通人跟傅思远做条件对比，简直找虐不解释。

比智商，能考上世界一流名校的傅思远不会输给任何人。比工资，人家根本不需要工资这种东西好吗！一件衬衫就比很多人一个月的薪水还要多了……

所以傅思远才说，他顶多可以承认博士男有毅力。

可惜毅力这东西，就跟诚实勇敢善良一样，是个非常虚浮的玩意儿，既不能拿来当饭吃也不能拿来当水喝。

调戏不成反被嘲笑，简安安此刻好心累，她叹了口气："好吧，不跟你争了，事实证明任何人跟傅总你比都会被比到犄角旮旯去。"

傅思远心道，那你还不喜欢我，偏偏要去见那个博士男？可嘴上他还是很谦虚地来了一句："话也不能这么说，我觉得自己还有很大进步空间，不过你相亲的对象水平可真不怎么样。"

"没错，跟爱因斯坦的智商比你还差点，比财富你也比不过比尔·盖茨。"小妖精，这样你满意了吧？

傅思远转过头，深深地看了简安安一眼，没有说话。

这些人跟他有任何可比性吗？不得不说，简安安这次拿出来做比较的两个人都远比自己厉害。任傅思远如何嘴硬，也不好意思说自己比爱因斯坦聪明，比比尔·盖茨会挣钱。

再度印证了一句话：没有对比，就没有伤害。

"可是爱因斯坦已经过世了，比尔·盖茨连儿子都有了，所以你是不可能跟他们在一起的。"

话都说到了这种程度，只剩下一层薄薄的窗户纸还没有捅破。只是傅思远不说，简安安也不肯开口，就这么僵持着、朦胧着，也不知道什么时候才是个尽头。

"放心，我还是很有自知之明的，不敢肖想这两个人，我的要求很简单。"

简安安不敢问他，你刚刚说的那句话是什么意思，甚至也不敢问他，我不能跟他们在一起，那你觉得我可以跟谁在一起呢？那两位对她来说是遥不可及的，可眼前这位又何尝不是这样呢？

突然就生出一种极其强烈的自我厌恶来，如果现在的她不是这样的，是否就能更加勇敢一些，是否在追求爱情的道路上就能走得更远一些……

简安安默默地垂下头,手指不由自主地颤了颤。

过了大约半分钟,可车内的时间仿佛过了一年那么漫长。

傅思远轻声道:"那,你的要求是什么样的呢?"

"我的要求很低,活的,男的。"简安安又补充道,"当然了,他的长相也要看得过去,身高也不能太矮吧,学历不能太低吧,如果还有钱那就再好不过了。"

这要求听起来低,却根本没有衡量标准。

如果在简安安的心里,只有比尔·盖茨才算有钱的那种,那么就连傅思远也得靠边站。

"这样的人你身边就有,为什么非要去相亲?"

身边就有,远在天边近在眼前的那种吗?

简安安用眼角的余光打量傅思远,发现他的耳垂一反常态有些泛红,握住方向盘的手指,也有些不耐烦地抖动着。发现这两个小细节后,她一下子就不淡定了!

"身边虽然有这样的人,可惜他不是我男朋友,所以才会去相亲。"

会是她猜测的那样吗?

会是她在自作多情吗?

这一切,真的不是在梦中吗?

她抬起头望向远方,已经可以看到机场的轮廓,想说的话如果还不说出口的话,很有可能就再也说不出口了。

于是她沉了口气,双手紧握成拳。

"傅总——"

"嗯?"同样在纠结的傅思远下意识转头看向简安安。

"不然……"她笑着,就好像在说一个再普通不过的笑话,"你做我男朋友吧?"

突如其来的悸动让傅思远心神不宁!

这句话,应该算得上告白吧?

很多人对他说过这句话,有些时候他甚至连对方的名字都不清楚,可唯独简安安的这句,让他由衷地感到欢喜。就好像是从很久很久以前,他就开始在等待着这句话一样。

他突然间就不知道说什么好了。

他有种不顾一切说"好"的冲动，可脑海中残留的理性还在不断叫嚣着。

不够。

仅仅是这样的话，还远远不够！在生意场上混久了的习惯，签订合同前一定要毫无保留地弄清合同的每一个细节！

"你说这句话的意思，是要找一个男朋友应付相亲吗？"还是说，就是我原本理解的那个意思……

简安安："……"

上天在制造她的时候，恋爱这项技能一定忘记给她加了……

如果不是这样的话，为什么她的感情道路会走得如此坎坷艰难？作为一个妹子，她把话都说到这份上了，然而男方还是完全不在状态的样子。

按照总裁文规律，当女方说出这样的话以后，男方不是应该勾起一抹淡淡的笑容然后道"不，我不做你男朋友，我要做你老公"吗？

如果现实生活是本小说，简安安是作者，那么她几乎已经可以预见小说的结局——一个大写的悲剧。

好虐！

她终于明白大家喜欢看欢脱文的原因了！并不是因为爱情，而是因为现实生活已经如此之虐，我们只能在小说里找点儿温暖。

简安安自此发誓以后再也不虐，再苦再累都要写出好的结局。然而自己说过的话，哭着也要圆回去，所以她硬是扯出了一个笑容："哈哈哈，这都被你发现了，傅总你真聪明！"

车厢内氛围一片死寂。

正好车已经开到机场，傅思远面无表情地踩下刹车，车缓缓停下。

简安安还从来没见过这样的傅思远。

平时的他虽然看起来也是冷冰冰的样子，但实际上给人一种温柔的感觉，不然她也不会跟他开玩笑了。可现在的傅思远，从里到外都散发着一股恐怖的寒气，让她不由自主地裹紧了外套。

"所以，你又在跟我开玩笑？"连语气都仿佛被冰冻住一般。

简安安一下子就不开心了，明明那个受到伤害的人是她啊，为什么先发脾气的人却是傅思远？

这个小妖精是觉得她好欺负还是怎么的！

"开个玩笑而已，傅总你不会这么开不起玩笑吧？"

反正都被拒绝了，还给你留什么情面，死傲娇回家玩泥巴去！

傅思远沉默地看着方向盘，没有说话。如果他现在转头，就可以看到简安安的脸，那么他一定就能够发现，语气一如既往轻松卖萌的某人的神情是多么悲伤。

可惜，他没有。

"傅总你竟然无情地拒绝了我，也是有些遗憾呢！"傅思远不说话，简安安继续絮絮叨叨，"不过也是在情理之中的，毕竟像傅总你这样的人肯定喜欢那种胸大肤白貌美的顶级美女，或者是那种双商都很高的美女学霸……"又或者是家世一流的世家名媛、坚强勇敢的商界女精英，反正不管怎么样，都不会是一个普通的网络小说写手。

明明从一开始就知道的。

明明从一开始就告诫自己不要陷得太深，不要抱有不切实际的希望，可到头来，为什么会忍不住呢？

简安安仰起头，看着黑色的车顶。

她该下车了，梦也该醒了。

时间静悄悄地流过。

每一秒都是煎熬，她也不知道过了多久。

这瞬间脑海里涌现出很多纷乱的东西，却只有一句歌词分外清晰，来自阿杜的《他一定很爱你》。

"我应该在车底，不应该在车里……"

从前只觉得这句歌词搞笑，直到现在才发觉它是如此贴切。如果她现在在车底而不是车里，那么离开是否就可以变得容易一些？

想到这里，简安安忍不住笑了。

"为什么要笑？"傅思远终于开口了。

简安安很理所当然道："因为爱情啊。"

"就算是爱情,也是可以拿来开玩笑的东西吗?"你口中的话,究竟什么才是认真的呢?

"无所谓,反正爱情这种东西……"太不值得一提了。

爱情如果得不到另外一个人的承认,那跟笑话有什么区别?你所无比珍视的一切,在另外一个人的眼里甚至还不如一个笑话来得有意义。

所以拿来开玩笑,又有什么不可以?

"可是……"

傅思远顿了顿,转过头,看着简安安。

"我当真了。

"我是一个很容易就认真的人,你也是知道的。

"尤其是你说过的话,我每次都会当真。"

他已经很努力地提升自己的幽默感,可好像并没有什么显著的效果。网络上的段子他仍然有一大部分看不懂,简安安的话,他仍然下意识地相信着。

"所以呢……"你当真了是要我也当真吗?

后面的话简安安再也不敢说出口,那样奋不顾身飞蛾扑火的勇敢,大约这辈子就这一次了。

这一次的机会用掉了,她就再也不敢了。

想来那扑火的飞蛾如果有第二次生命,下辈子看到那熊熊燃烧着的火焰,只怕连半步都不敢接近。

傅思远是那团火焰,而简安安是那只被火焰烧得生痛的飞蛾。她现在只想离火焰的中心远一点,再远一点,最好是永永远远不要再相见。

傅思远继续沉默着。

简安安拿出手机假装看时间,笑了笑:"你不说话我可要走了哦,马上就要开始安检了。"

然后,几秒钟后……

"不说算了,我走了。"

简安安叹了口气,转身去拉车门,却发现无论如何也拉不开。

"什么情况?"

难道是宾利车太高端,她开车门的方式不对?简安安又加大了几分力度,然而车门纹丝不动。如此循环往复努力好几回,还是没动。

车门开不了,而车上另外一个人跟车门一样毫无反应,这个时候来帮把手会死吗!

"唉……"

看着窗外近在咫尺的机场,有一瞬间简安安觉得自己要忍不住了!

她是上辈子造了什么孽要遇见这个人!

没公德没道德没口德!死傲娇公主病全世界都惯着他!

老娘不伺候了!

回家就把这货最喜欢的男主给灭了!

然后再上那个官方微博曝光他其实喜欢抠脚!

就这么愉快地决定了!

"你不许走。"

傅思远的粉丝都赶紧听听,这是人说的话吗!都已经被虐成这样了还不让我走,你是觉得这样很好玩儿吗!

"因为你现在是我女朋友。"

这个人到底在说哪国的语言,她居然听不懂。

"我刚刚想了很久,决定还是继续把你刚才的话当真。"傅思远转过头来,一本正经道,"签合同的时候甲乙双方对合同内容存在异议的,以字面意思为准,而你的那句要约,无论到哪个法庭去判别都会被认为是告白的意思,所以我有权利要求甲方也就是你继续履行合同。"

"……"幸亏她是学金融的!不然简直理解不了傅思远这奇葩的脑回路!

"对不起,要约的时效已经过了。"

"你提出的时候并没有说时效,所以我可以认为是无限期。"

"谁规定的无限期?反正我可没说过这句话,在我这儿属于过时不候,当时没答应现在晚了。"

"你这是在耍赖。"

"没错,我就是在耍赖,有本事你起诉我啊!"

"你——"

看着傅思远吃瘪的样子，简安安气得磨牙，刚刚这么虐我，现在一句话就想翻篇儿，没那么容易。

"你什么你，你要是没那个本事起诉我，就赶快给我开门，别以为我不知道门是你锁上的！"

"不开，除非你答应延长时效。"

简安安有些无语："傅总，知不知道你这是在非法拘禁？"

"没错，我就是在非法拘禁。"傅思远松开安全带然后转身，嘴角微微上扬，"不但要非法拘禁，还要非法拥抱，有本事的话你就去法院起诉我，我的律师会替我处理好一切。"

"你……"

话还没说完，却已经什么都说不出口了。

男人的拥抱就好像一张牢不可破的蛛网，将她这只可怜的小蛾子紧紧地困在网中央。没有一点点办法，只能任由他将自己的身心全部慢慢地蚕食干净。

他身上散发着淡淡的古龙水味道。

简安安忍不住揉了揉眼睛："讨厌，你的香水味儿好浓，呛到我了。"

"很呛吗？"

这么说着，傅思远正儿八经地闻了闻袖口的地方，跟她身上的味道相比，确实有些浓。喷古龙水这个习惯是在英国读书的时候养成的，回国之后也一直保留着，他已经习惯了这种味道。

但被简安安这么一说，突然就产生了厌恶的情绪来。

以后还是不要喷了，他这么想着。

"抱歉，会改掉的。"

被这么嫌弃了之后，傅思远就放开了手，于是乎，两人这么面对面看着彼此，气氛格外尴尬。

然而，他也不知道自己是哪根筋搭错了，竟然会如此任意妄为。

他向来喜欢克制自己的想法与欲望，因为他清楚有时候放纵的后果是多么不可承受。

可今天不同。

如果不放纵一回，等待着他的将是比后果还要难以承受的遗憾。

他看着简安安，心里罕见地忐忑着。虽然说他威胁她，不延长时效就不开门，但两人都明白，他不可能永远将她禁锢在车里，最多等到一点的时候，就必须放手。

"不用改啦，其实还挺好闻的，就是略浓。"

没救了！这个男人从头到尾都在散发着吸引力，古龙水的味道更是让简安安忍不住一嗅再嗅，好像上瘾了一样。传说中唯一能与玛丽苏并驾齐驱的汤姆苏，果然杀伤力好大。

不过这个汤姆苏跟一般的霸道总裁龙傲天还有些不一样，性格特别难搞，难怪他一直单身……

但是又一想，我不入地狱又有谁入地狱呢？

傅思远点了点头："嗯，你说什么就是什么。"

"那我说开车门，你照办吗？"

"……"

傅思远沉默着不说话，虽然面部表情还是那个样子，但从他的眼神里可以明显看出内心挣扎。

两人面对面的时候，任何细微的表情都无法躲过对方。尤其是就这么看着他的眼睛，瞬间就让简安安觉得，刚刚的那些惆怅悲伤，其实两个人都是一样的吧……

一样忐忑，一样难过。

如果一开始傅思远问她是否在开玩笑的时候，她说不是，我是很认真地在问你要不要做我男朋友，那么剧情的走向就完全不同了吧？

她的确是个很喜欢开玩笑的人，而傅思远又不止一次被她的玩笑话伤害过感情，所以说有今天这样的局面，她至少也有一半的责任。

这样下去不行，说不定本来能在一起的，再说几句又要被作没了。其实很简单的事情，直接告诉他，我看上你了，你看上我了没？

天塌下来还有个子高的顶着，跟傅思远告白失败过的人估计连起来可绕地球一圈，大不了十八年后又是一条好汉。然而就在简安安开口的瞬间，傅思远竟然也开口了。

"我——"

"我——"

"你先说你先说,我整理一下中心思想再说。"好吧,简安安承认自己还是怂了。

傅思远按下车门的开关:"我把开关打开了,你随时可以离开,但是在你离开之前,有些话还是不得不告诉你。"

"什么话?"

好紧张,为什么感觉比高考出成绩还要紧张!傅思远你要是敢说"我刚刚抱住你其实也是在开玩笑",我今天就跟你同归于尽!

"你不用有压力,就算拒绝我也不会有任何下场,我是很公私分明的上司……"

你能不能快点!这么磨磨叽叽是想磨豆腐吗!我急着赶飞机啊!

"我……"傅思远顿了顿,神情有些不自然地偏开了头,"是真的……"

真的什么?你倒是说呀!

简安安等了老半天没等出下文来,无奈开口:"你是不是想说你喜欢我?"

"你怎么知道?"傅思远有些惊讶。

他想了好久如何用一个词语来代替喜欢,可无论他怎么想,都想不出一个合适的替代词。

就好像喜欢的对象是世界上独一无二的一般,喜欢这个词语也该是独一无二的。

"因为我有预知未来的能力。"简安安看着男人颇为窘迫的样子,忍不住笑了,"好吧,其实我也有点喜欢你。"

"真的?"

"比真金还真。"

"这一回不是开玩笑吧?"

"不是开玩笑!"

傅思远如释重负,自然而然地拉住简安安的手:"那从今天起,你就是我的女朋友,以后就不要再去相亲了。"

那手的温度太过于温暖,让简安安忍不住也攥紧了几分。

"好。"

傅思远忍不住嘴角上扬。他很少笑,戴眼镜的时候尤其正经,但这一笑就好像是融化寒冰的那抹阳光,明亮了整个世界。

简安安看呆了。

难怪周幽王为了博褒姒一笑可以烽火戏诸侯……

都说红颜祸水,可谁知道这蓝颜一旦祸害起来,也是十分不得了。

上一次见到这样的笑容,还是在酒店门口,时隔多日再见,那种眩晕的感觉依然如故。

简安安不知道,当她沉迷于傅思远的美貌中的时候,傅思远也在看着她。

某人这种呆呆的样子,他百看不厌。

好像一只猫,让人忍不住想抱抱她,然后揉一揉她头顶柔顺的毛发,捏一捏她肉肉的脸蛋。现在这副样子,像猫咪瞪着纯真无邪的大眼睛仰起头看他,只差几句喵喵叫。

想到这里,傅思远又忍不住笑了笑。

简安安用另一只手捂住眼:"糟糕,我感觉自己引以为傲的自制力要崩溃了……"

"你在克制什么?"傅思远有些好奇

克制想亲你的冲动啊!

然而简安安根本开不了口,她觉得自己实在是太没出息了,告白这种事情她已经先主动了,初吻也要主动的话简直悲催透顶。她现在感觉自己才是总裁文里的霸道总裁,而傅思远是那个不谙世事永远天真无邪的白莲花女主!

这设定未免崩得有些厉害!所以她决定这次一定要忍住,然而就在这时,身体上却传来了一股异样的感觉……

咦?为什么感觉有人在摸她的头?

温暖的手紧紧贴合着她额头上的皮肤,力度很轻地蹂躏着她本就略凌乱的长发。

淡淡的古龙水味道扑鼻而来。

第一次跟异性这么亲密接触，简安安紧张得心脏都要爆了，甚至连呼吸都不敢用力，只能偶尔贪婪地汲取着空气中微弱的氧气。

"好可爱。"

简安安再度惊呆，傲娇的傅思远这是在夸她吗？

蹂躏完头发，他又忍不住捏了捏她的脸，果然就跟想象中一样手感极佳。

"软软的。"

见惯了锥子脸，圆脸简直越看越可爱，用手捏一捏，还能捏起脸上的肉。

这会儿傅思远又不觉得简安安像猫了。猫的脸毛茸茸的，虽然也很可爱，却不像她的脸一样让人充满食欲。现在的她更像一块美味蛋糕，从里到外都散发着甜蜜的气息。

简安安到最后也没说清楚到底她的自制力是怎样崩溃的，傅思远却从牵过她的手的刹那就没想过克制这回事。

他已经是她的男朋友，又需要克制什么呢？所以傅思远毫不考虑，直接就放开了手，轻轻地咬了一口蛋糕。

"果然很甜。"

简安安捂住被咬的右脸："你居然咬我！"

这是在光明正大地调那个情吗！难道说今天就要车那个震了吗！她感觉她还什么都没准备好啊！

傅思远理所应当地道："你脸红了，有点儿像苹果。"好吧，比喻词又变了。

"像苹果你就要咬我吗，我还觉得你像……"

"像什么？"

"像……红烧排骨……"

或者是糖醋里脊？水煮肉片？大盘鸡？总而言之都是她喜欢吃的东西。说到这里她还没吃午饭，早饭也急急忙忙没来得及吃，一想到这些肉类肚子就咕咕叫了两声，简安安忍不住咽了口口水。

这个小小的动作没有被傅思远错过，他双手捧住简安安的脸，用修长的手指摩挲着她的嘴唇。

"为什么是红烧排骨,你肯定是饿了才会这么说。"

"嗯,是有点儿饿了。"简安安含含混混地点头。

脸好烫,嘴巴也好烫。

本来傅思远的手还算温暖,可跟她的身体比起来显得就有些不够看了。

微凉的手指不断划过她的唇,来来回回周而复始。

再然后——

"嗯?"

手指被咬了一口。

傅思远终于从那种迷样的触感中回过神来。

"我是真的饿了。"简安安控诉地看着傅思远,"所以你放我走吧,不然一会儿飞机该误点了。"

再不走她真忍不住了要!本来简安安的自制力就不好,尤其在对手很强大的时候,能够坚持到这会儿已经算极限。

"你饿肚子跟误点,有什么必然联系吗?"傅思远并没有松开手,"误点也没关系,我给你准假。"

简安安:"说好的公私分明呢?"

傅思远:"……"

"难道你不想跟我多待一会儿?"

"如果我说不想会怎样?"

"不许不想。"

说罢,他低下头,轻轻地亲在了那被手指摩挲得已经很是红润的嘴唇上。如果堵住嘴巴的话,是不是就不用听到自己不想听的话了呢?

浅尝辄止的吻,似乎要侵袭掉简安安的整个世界。

对于跟异性接触只停留在小学时代手拉手放学的简安安来说,无疑很冲击。

亲完之后,简安安回味:"好像跟红烧排骨有些不同……"

"能不提红烧排骨吗?"傅思远有些郁闷。

"不可以,因为我饿了。"

而且亲完以后,更饿了。

简安安看着男人抿起的薄唇，又想起刚刚发生过的事情，脸烧得慌。

她竟然脱单了！以为这辈子都注定孤独一生的自己，居然也会有脱单的一天，而且还是跟自己喜欢的男人在一起。

一切都好像做梦，又如此真实。

"好吧，我送你。"

见简安安发愣，傅思远又忍不住揉了揉她的头发，然后替她解开了安全带。

回过神来，眼角的余光瞥到车上自带的时钟，简安安倒吸一口凉气："怎么都一点半了！"

两个人从市区开车到机场，中途傅思远还飙了一小会儿车，时间明明应该很充裕，为什么过得这么快啊摔！

"可能是因为爱因斯坦的时间相对论。"

"这个理由我给满分，不过我是真的不能耽搁了。"

飞机两点起飞，简安安一点四十的时候才开始安检，一点五十堪堪坐在座位上，在空姐的温馨提示中关掉手机，她下意识地转头，窗外并没有人影。

好吧，这是机场不是火车站。

言情小说里描写的那种男主在窗外朝女主挥挥手，车越开越远，男主的身影也越来越小的明媚忧伤并没有发生。

想想还是有些遗憾呢。

虽然没谈过恋爱，但看过不少言情小说，甚至自己也在写言情小说也时常会想，有一天当她谈恋爱的时候会是什么样呢？对方会是怎样的人，两人会怎样相遇？然而想象了一千种美好的邂逅方式，她也万万没想到他竟然是自己的读者，而且还是个看了盗文之后跑过来写长评喷她的读者。

如果现在去当初那个开帖求助的碧水楼里说，楼主现在跟这个读者在一起了，估计会被喷得很惨。

一想到那画面，简安安就忍不住笑了。

还是不要去说了，因为她的马甲已经被曝光，所有人都知道"要点脸行吗"其实是暖玉生烟,那个读者是傅思远。他们两个人在一起的事情,不需要那么多人知道,只要彼此确定,她就已经非常满足了。

回到家的时候已经是下午,简母专门做了一桌好吃的等待着,全部是她喜欢吃的肉类。如果是从前的简安安,估计会欢呼一声然后开始大吃特吃。但现在,她看着满桌的大鱼大肉,却有些没了食欲。

"安安,怎么不吃呢?"简母给简安安夹了一块她最喜欢吃的排骨。

简安安看着色香味俱全的红烧排骨,想起了中午那个亲吻。

"以后晚上不能吃这么油腻的东西了。"简安安摸了摸肚子上越来越软的肉,突然想到她好像已经很久没上过体重秤了……

简母放下筷子,笑道:"怎么,又要减肥了?"

"嗯,这次是认真的。"

"偶尔吃一顿也没问题,你们这些年轻人不是说什么……"简母努力回忆了一会儿,"吃饱了才有力气减肥。"

"噗——"

简安安笑了,怎么现在连她妈都要变身段子手的节奏,她果然是亲生的!

"这些话都是骗自己的,下定决心减肥的话一定要管住嘴,妈你这回可要好好地监督我别给我添乱。"

简安安的神情罕见地严肃认真,所以简母也不得不一同认真起来。

"怎么突然就这么觉悟高了,以前我说过你多少回让你减肥你不听,跟妈说你是不是这次出门受到什么刺激了?"不得不说简母这毒舌的天赋也是一等一的好。

"哪里来的刺激让我受啊,我这不是去签合同了吗,然后编辑就跟我说到时候成绩好可是要签售的……"

其实,也不能算刺激,但觉悟提高了不少倒是真的。这次去B市,简安安总共跟两个大美女打过交道,一个是天然的一个是人工的,但毫无疑问都是美人,走在人群中都是最亮眼的风景线。

跟她们相比,简安安就显得有些逊色。

"哎呀,我们家安安马上就要成名人了。"简母不无感慨,"是得注意注意形象问题,人瘦了之后那精气神都不一样,不过你也不能纯粹靠节食，还要多运动运动才行。"

"嗯，我会的。"

"对了，介绍人把那个博士生的QQ号发过来了，你不然先加着聊一下？"

"妈……"

"怎么？"

"我已经有男朋友了，所以以后就不要给我张罗相亲了。"

简母震惊地看着简安安，露出怀疑的眼神："不会吧！你什么时候有男朋友我怎么不知道，该不会是你为了不相亲糊弄我吧？"

不怪简母怀疑，实在是简安安从头到尾都不像谈恋爱的样子。人家的女儿谈恋爱了，每次总会把自己打扮得花枝招展地出门，然后每天跟男朋友出去吃饭看电影约会，而自家女儿……

假装有男朋友拒绝相亲，这在妈妈圈里已经不算是新鲜招数，所以简母会怀疑不足为奇。

"别人不了解我，妈你还不了解我吗，我是那种随便撒谎的人吗！"简安安有些生气。

简母连忙道："别急别急，我这不是不了解情况嘛，你说你谈恋爱了，我这当妈的总得关心关心，看看男方靠不靠谱啊。"

"他呀，挺靠谱的。"提到他，连语调都变得轻快起来。

话音刚落，简母的脸色突然变了变："安安，你不会是网恋了吧？"

这个……

"我们俩一开始的确是在网上认识的。"

但是也不能说是网恋吧？简安安想象中的网恋，还停留于初高中生偷偷摸摸去网吧，在QQ上认识了陌生人，连对方是男是女都不知道就开始谈的那种。

像她跟傅思远这样，最多算异地恋。

简母苦口婆心地劝她："现在的网络太乱了，随便谁都可以在网络上发言，到时候等你见到他了估计会后悔死。我上次看新闻联播，一个女孩儿去见网友然后被割了肾，女孩儿的一辈子都毁了，妈可就你这一个宝贝女儿你要是出了什么事……"

"妈,你想象力太丰富了,你放心吧我们不是网恋,他是我们公司的人。"所以割肾这种谣言为什么还在流传……

"你们公司的,还好还好。"简母终于放下心来,"你早说不就完了,那你什么时候把他带过来让我看看,妈帮你把把关。"

"再等等吧……"这才好了一天,见家长什么的,她什么都没听到。

简母还想再问得详细一点儿,简安安却借口自己要写小说躲回了房间里,简母也只好作罢。不过刚松了一口气,手机就响了,是个陌生号,来电显示来自于 B 市。

简安安迟疑了一秒,然后选择了接听:"你好——"

"是我。"

第十二章
818那个精分的官博君

低沉的声线，熟悉的悸动，电话那头的男人是谁，昭然若揭。仅仅是听到他的声音，简安安就忍不住脸颊发烫，如果傅思远在，肯定又会忍不住说："好像苹果。"

但傅思远不在她身边，所以她可以肆无忌惮地脸红心跳，肆无忌惮地……犯傻？

"一般情况下我是不接陌生人电话的，但是我有预知能力，所以猜到了这个号码是你的。"

傅思远低笑两声："既然如此，你预知一下我在哪里？"

"这个……"简安安睁大了眼睛，"你不会在我家门口吧！"

如果真的是这样我就嫁给你！

少女心要炸裂了！

"猜错了，我在我家。"

如果不是在我家门口的话，这个问题有什么意义……

"哦，我也在我家。"简安安语气有些郁闷。

"不要伤心，预言师偶尔出错是可以被原谅的，只要你没有预言错世界末日就行。"

"哈哈哈哈哈！"这个笑话真不是一般冷。

"等等——"简安安突然想起了一个很重要的事情，"傅总你是怎么知道我的电话号码的？"

为什么她会有一种不祥的预感……

"昊书告诉我的，还有不要叫我傅总了。"

不祥的预感成真了……

想到无良老板那意味深长的笑容，简安安感觉背后凉飕飕的。

"傅总，你不会告诉老板了吧？"上天保佑，千万不要啊！

"不要叫我傅总，因为现在是休假时间，我们不再是上下级关系，而是恋人关系。"

"啊啊啊，你给我说重点！"简安安快要抓狂了，一想到无良老板很有可能知道了这件事，她就寝食难安。

傅思远沉默了数秒，然后坚定地道："称呼问题就是重点。"

"那我们先来聊聊次重点的问题，无良老板也就是任昊书，他到底知道了多少？"

"如果是指我们确定关系这件事，他还不知道。"

简安安松了口气："这我就放心了，傅总你千万不能告诉他啊！"

"我拒绝。"

"什么？你再说一遍？"

"除非你重新考虑对我的称呼。"

简安安的气焰一下子就没了，讪讪道："那不叫傅总的话，叫什么呢？"

"叫……"

老公？亲爱的？宝贝儿？在这个问题上，即使是傅思远，也感觉有些头痛。

"还是叫傅总吧。"

想象了一下其他称呼，总有一种迷之不和谐感。如果某天简安安含情脉脉地看着傅思远，然后轻声细语地叫一声"远"——估计她身边的所有人都会以为她犯神经病了。

果然逗比的恋爱技能是负，这个人设连情侣间爱的小昵称都撑不住。

简安安无比郁闷地想，她从今天开始改人设，还来得及吗？

"好吧。"

电话那头的傅思远似乎有些不情愿，但一时间他也想象不到其他合适的称呼来代替。

静默了足足半分钟,然后简安安才开口道:"那傅总,我要去码字了……昨天没有更新,今天如果还不更新的话,读者该刷负了。"

"好,等晚点我去看。"

等等,这进展不太对吧!不是应该很傲娇地来一句,难道你不想跟我再说会儿话吗?如果他真的这么说了,那更新什么的,完全是可以暂缓的呀。

不要怪简安安没良心,只是美色太误人!如果读者知道现在的她正处于恋爱关键期,一定也会很宽宏大量的。只可惜她忘记了一个事实,那就是电话那头的傅思远也是一个读者……

为什么她感觉两个人以后的日常会变成这样——

傅思远:今天的更新呢?

安安:我卡文。

傅思远:快去码字,不码完三千不准上床睡觉。

安安:……

请允许她为自己点上一排蜡烛。

虽然心里有些郁闷,但简安安还是迅速打开了电脑开始码字。

码字这回事儿其实跟练琴也差不了多少,一天不写手就生,三天不写读者都能看出崩。她从周一晚上到现在是一个字都没动过,要想迅速进入从前时速三千的状态的确有些困难。

不过总算她大纲还在,一个小时一千字还是写得出来的。等她更新完,又回复了一会儿读者评论,纪曼的QQ弹窗如约而至。

蔓蔓青萝:【微笑】。

安安:【微笑】。

蔓蔓青萝:【微笑】【微笑】。

安安:所以现在我们是在比赛谁对微笑表情的免疫力更强吗?恭喜你赢了。

蔓蔓青萝:说,你跟傅思远之间发生了什么!

安安:……

为什么她感觉她今天下午才脱单,然后现在全世界人民都知道她脱单了,这一定是错觉!而纪曼会说这句话肯定是有原因的,机智如她立刻上微博窥屏,发现在不久前傅思远果然发了一条很引人深思的微博。

简安安减肥的口号喊了很久,许多陈年微博里都能看到,而傅思远就转发了一条五个月前她发誓要减肥的微博,然后说——不需要减,现在的样子就很好。

那个时候的简安安正要拍毕业照,坚持了一个多礼拜的过午不食,倒也成功瘦了三四斤,只是后来不注意又给反弹回去了。

这么一条微博,如果傅思远不转发简安安早就忘了。

可他偏偏转了!

这事儿可就闹大了,至少从他简短的话语中,围观群众可以看出两个信息:

第一,这两个人绝对面过了。

第二,傅思远竟然觉得暖玉生烟挺好看!

粉丝们又炸了一回锅,但鉴于傅思远翻暖玉生烟的牌子也不是第一次,所以大家也是有些习以为常的节奏。CP粉内部情况却很汹涌,暖傅党经历过前一阵子的寒冬,人都散得差不多了,只剩下个别中坚力量例如MM这样的还活跃着。这回傅思远发了一个这么大的糖,纪曼可不会错过,立刻转发评论,然后上QQ求细节求更多……

看完这一切后,简安安算是放下心来,她打开对话框,在键盘上运指如飞。

安安:在B市的时候偶遇傅总,然后很不幸地暴露了。

蔓蔓青萝:哈哈哈哈哈哈,我早就知道会有这么一天,现在问题来了,暴露的是左胸还是右胸?

安安:……

蔓蔓青萝:说嘛说嘛,放心我绝对不会截图发微博的。

安安:马甲马甲马甲!重要的东西要说三遍!

蔓蔓青萝:当初是哪个人说她的智商够用掉马甲这种事情绝对不会发生在她身上来着?

蔓蔓青萝:说!是谁!

安安：在唱歌，温暖了寂寞，白云悠悠蓝天依旧泪水在漂泊。

蔓蔓青萝：……

安安：不如我们来谈谈你的新坑什么时候开吧？

蔓蔓青萝：不提这个话题我们还能做朋友。

安安：身为你的朋友，我有责任督促你，难道你忘记了当年我们都还是小透明的时候一起许下的成神愿望了吗？振作起来吧！曼曼！

蔓蔓青萝：妈呀，为什么你跟打了鸡血一样，自从你去了一趟B市后，我感觉我这个淳朴老实的乡下姑娘已经配不上你了，掩面哭泣。

安安：讲真，你好久没开坑了。

蔓蔓青萝：因为人家最近在当编剧呀。

安安：什么时候的事情！为什么我不知道！

蔓蔓青萝：你忙着码字赚钱忙着跟傅总卿卿我我，人家不好意思打扰你嘛。

安安：好吧……你在编剧那行混得怎么样？

蔓蔓青萝：还凑合，我以前就是中文系的，我一个师姐现在是大大带着我混。

安安：好棒，那以后如果我的小说影视化了，曼曼就可以当编剧。

蔓蔓青萝：好呀，只要你不嫌弃我就行。

安安：你是我的小呀小苹果，怎么爱你都不嫌多。

蔓蔓青萝：安安真可爱！我去搬砖了！你早点休息啊！

安安：嗯哒！

两人聊完天后已经十一点整。明天是上班族最难熬，也最不愿意见到的周一，为了保持一整天的精神，简安安必须早点睡，但平躺到床上后，却怎么也睡不着觉。

屋子里明明伸手不见五指，她的眼前却总是感觉有光在闪耀。左翻翻右翻翻，如此循环了一分钟后，某人放弃了。

她忍不住打开手机看看有什么新消息。

黑暗中手机的光芒刺得她眼睛生疼，一开始就只好眯着眼睛看。就在这时手机突然振动了一下，简安安返回主屏幕，微信绿色的小图标那里多了一个小小的"1"。

应该是傅思远吧？这么晚了还聊天，他明天是不用上班了吗？不过简安安绝不承认，她有点高兴。只可惜现实是残酷的，发来微信的并不是傅思远，而是跟她在公司里关系最好的一个男同事。

就是当初那个活得比简安安精致的单身狗。

男同事的嘴巴毒舌了点儿，但人很好，简安安最开始来公司的时候他帮了她很多忙，不过他们俩一般也就是在公司里斗斗嘴，私下里圈子不同，是不怎么联系的。这回男同事破天荒地给她发微信，也是因为他偶然见到了一个跟她有关的八卦帖。

毒蛇：看这个帖子，你得罪咱们公司谁了？

安安：让我去看看……

简安安顺手点开帖子，微信跳转浏览器到天涯论坛娱乐八卦版。

"你们公司有没有这种人，外表看起来清纯无害，其实心机比谁都深！"

简安安心里咯噔一声，难道这个楼主是在说她？

她继续往下翻，发现楼主一开始就是纯吐槽，主楼吐槽该心机女一周没来上班让简安安膝盖中了一枪，后面又吐槽此女跟公司里很多男人不清不楚，尤其是两个老板，再后来吐槽此女乱用官方微博给自己制造话题……根据楼主有意无意中透露出的信息，她们公司是小有名气的游戏公司，而那个心机女是公司里的游戏剧情策划，掌管着公司的官方微博。

这几个信息凑起来，很快就有人提起了简安安，毕竟她被人肉过一回，虽然帖子被删得很干净，人的记忆却是无法删除的。

人红是非多，天河游戏沾了傅思远的边上过好几回热门，又闹出了一个官傅CP，看不惯她的人肯定有很多。

这个充满恶意的帖子看得简安安遍体发寒，她从未想过有一天，会有这么多人讨厌她……

看了第一页就已经无心去翻第二页，正好男同事又发来消息，她便顺手关掉了网页。

毒蛇：女人之间的嫉妒啊……

安安：男人也不遑多让。

毒蛇：喂！你不会怀疑这个帖子是我发的吧！

安安：你这样此地无银三百两真的好吗？

毒蛇：好了，不跟你闹，据我分析，这个楼主极有可能就是宋青。

宋青，就是当初那个在公司聚会上露过胸的妹子。整个公司都知道她在勾搭傅总，可傅思远就是铁板一块，根本不认识她是谁。这妹子平时生活作风就很是开放，公司很多人对她都颇有微词，也算是天河游戏公司里一个小小的风云人物。

简安安跟两个老板关系都不错，尤其任昊书从前就很照顾她，会招惹来同事的忌恨也能够想象。虽然没做过什么对不起宋青的事，但她又不是人民币，想让所有人都喜欢是不可能的。

安安：就这样放着不管吧。

毒蛇：你不打算发个微博澄清一下？

安安：怎么澄清？澄清我没有请假一周，还是澄清我跟老板之间的关系是清白的……

简安安在心中默默吐槽，今天之前澄清还是可以的，然而她现在跟傅总的关系还真说不上清白，随便澄清脸会肿的！

毒蛇：那你至少澄清一下抄袭事件，这可是实打实的黑点。

安安：什么玩意儿？

简安安原本觉得，这个黑帖也就是一般水平，半假半真地捏几句似是而非的话，蒙蔽一下看热闹的路人，然而后来她才发现，楼主这个帖子，还是有点儿干货的。

前面说了，简安安的工作是游戏剧情策划。

这份工作跟写小说有异曲同工之妙，只是表现形式上略有差别，她如果往后面翻帖就会知道，其实群众的眼睛还是雪亮的。

楼主没有真凭实据光凭一张嘴乱说，这种东西跟隔三岔五就来天涯偷偷爆明星料的人有什么区别，而且楼主所爆出的那些所谓的"心机"，简直要笑掉群众的大牙。

网友神吐槽：官博君的"心机"还真不是一般的"深"呢！没有"心机"却来发帖吐槽的楼主还真不是一般的"白莲花"呢！

后来楼主被惹恼了，说你们怎么不相信我呢！这个心机女真的人品超级差劲的！不信你们看！她写的游戏剧情还抄袭来着！

说完，楼主摆出几张游戏截图与某小说的对话内容对比……

有足足五六句话都是在照抄，一个字都不变的那种，抄袭证据出现以后，楼里的风向就立刻开始转变。

有人说，从她抄袭别人劳动成果来看就不是什么好鸟，当然了也有人怀疑，这段人物对话是在抄袭没错，可我们怎么知道楼主你贴出来的内容就是官博君负责写的呢？

楼主十分扬扬得意地发表了一大段内容出来。大意就是我慧眼如炬，早就看出这朵白莲花不简单，平时工作效率那么快，一个人的脑子里怎么可能有那么多东西可写？肯定是在抄袭别人的劳动成果，然后经过楼主我细心搜查，果然就搜到了这份证据。

证据确凿，似乎没什么可以辩驳的余地。

帮简安安说话的围观群众全部缄默了，甚至转过头来掐她的也不是没有。

也不怪群众，看完那份证据就连简安安都开始有些怀疑自己。

真的是一模一样。

对话的内容也不算很日常。

类似于"你吃过饭了吗""今天晚上吃的蛋炒饭"，这样的话可能偶尔会出现重复，但楼主贴出来的内容，绝对不能用"恰巧"这两个字来解释……

这段剧情对话的确是她写的没错，但是她敢拿性命担保是自己单独创作出来的，根本不存在任何抄袭问题。不管是当剧情策划也好，小说作者也罢。

简安安敢虐敢狗血敢神转折，就是不敢抄袭！只要是自己辛苦创作出来的作品，那一字一句有多艰难她再清楚不过了。可现在所谓的证据就摆在面前，难道写这本小说的作者跟自己是前世的双胞胎姐妹，脑回路弯曲的形状一样？

简直是天方夜谭！

简安安一下子给清醒了，睡意全无地从被窝里钻了出来，随便套了件衣服就下床开了电脑。她十分清楚，如果要证明自己的清白一定要趁早，等人云亦云以后她抄袭的帽子恐怕不能摘得太干净。

她将楼主所帖小说内容的一句话打进百度，瞬间关于该小说的信息就全部跳了出来，然而当她打开这本小说的首发地址之后，她愣了好久……

这场"818"大戏并未由于深夜的降临而冷场谢幕，反倒在天河游戏一个辩白的长微博中被推到了巅峰。

@天河游戏：《关于某黑帖，我想说的话》
大家晚上好。
我就是那传说中的心机官博君，不好意思打扰了大家的睡眠时间，不过我想你们应该都还没睡吧？
众所周知官博君请了一周的年假，去哪里了你们不用知道，去跟谁玩儿了你们更不用知道，你们只用知道这是年假。
法定休假！法定休假！法定休假！法定休假！法定休假！
当然了，这不是重点，因为我相信群众的眼睛是雪亮的，一定不会因为区区年假就黑我没商量。
让我们直接进入下一个环节的洗白——
这是游戏截图【图片】。
瞧瞧这游戏精美的画质，果然是我大天河出品，质量相当信得过！不管你是四寸的屏幕、五寸的大屏幕、七寸的超大屏幕，清晰度完全不带变的！堪称古风玄幻游戏巅峰之作！现在下载本游戏还有更多精彩好礼，多种炫彩皮肤橙级神器等你来拿！
咳咳。
让我们重新插播回正文——
这是小说内容截图【图片】。
是不是发现有几句话一模一样呢？
不对！官博这么有节操的好人怎么可能抄袭！一定是你们看图的方式不对！给我揉揉眼睛重新看！好好看！

咦?

为什么还是一样的……你们该去看眼科医生了!因为官博这么有节操的好人根本不可能抄袭!如果连官博君你都抄袭,那我就再也不相信爱情了!

事实上看到这个对比图的瞬间官博君差点也要不相信爱情了……

我写的东西怎么可能跟别人的一模一样!一定是我写这段剧情的时候被外星人劫持了大脑!可恶的外星人为了破坏地球的爱与和平,首先就要破坏掉官博君在大家心目中的美好形象,将她打造成一个抄袭狗绝对是不二选择。

了解到事情的真相以后,官博君窝在被子里流下了痛苦的泪水。

为什么?为什么要把我当成目标?我明明什么错事都没有做过!

哭完后,我打开了这本小说,打算跟作者好好解释一番。

噔噔噔——

就在这时,一阵激昂的背景乐响起,官博君忍不住睁大了双眼,难以置信地看着这本小说……

【图片】。

这居然是一本十月份才开坑的小说哎,而游戏八月份就已经上市了呢。

听起来是不是有些奇怪?

一个八月份就已经上市的游戏剧情抄袭了十月份才开坑的小说,这肯定又是外星人搞的鬼吧!

时光机器什么的!预知未来什么的!

@某作者你现在是不是特别想掐死那个发帖的楼主?

在这条微博下,许多网友都开始回复。

官傅一生推:这进展不科学啊,霸道总裁人呢?

缚思远:放心,一切有我。

傅思沅:楼上 Cosplay 差评!

傅思远:这种智商有问题的员工本公司不需要。

傅思院:请不要在广告里插播洗白,这可是官博。

傅思远：这位楼主，你胆子真大，我的女人你也敢黑，不想混了？

简安安揉了揉眼睛。

难道是熬夜太久的缘故，她眼花了？一定是眼花了没错，都这么晚了，傅总肯定早就休息了，而且这种程度的敌人，她一只手就能撂倒，根本就不需要傅总出场好吗！

这么想着简安安安心睡着了，完全不觉得自己的做法有任何问题。第二天一大早，她照常去上班，前台妹子将她从头打量到尾，想说什么最后却闭上了嘴。

简安安莫名其妙地进门，发现不止前台妹子，所有公司同事见到她之后都是那副死样子。不过她请了一周的假，堆积起来的工作如小山，忙起来后就忘记了一切。

直到中午休息的时候她收到了男同事的微信消息。

毒蛇：你真厉害！

安安：谢谢夸奖，不过这件事难道不是常识吗？

毒蛇：从前是不是常识我不知道，以后绝对会成为本公司常识。

安安：有话直说。

毒蛇：发帖黑你的楼主被老板开除了。

安安：可是我今早还看到宋青了……

男同事的话还有早晨同事们异样的眼神，让简安安心里多少有些猜测。可是宋青还好好的呀，而且面上的表情很开心，绝对不是被开除的表现。

毒蛇：不是宋青，是薛雯！不会叫的狗才咬人，安安你自己小心点儿，不过这句话好像比较多余，因为你看黑你的人都被开除了呢。

安安：被开除估计是因为智商不够！

毒蛇：你说得好有道理……

简安安很是生气！如果这件事是宋青做的，她可能没这么生气，因为宋青明摆着就是喜欢傅思远，看不惯跟傅总关系好的自己也是正常，而且两人没怎么打过交道。

可是薛雯就不一样了。

薛雯是她高中同学，比她晚来公司两个月，简安安不知道帮过她多少忙。后来她调去了另外的部门，两人之间的联系也变少了，但是万万没想到她能把自己黑上天涯！

真是知人知面不知心！还好老天有眼，没给薛雯太高的智商，如果真的拼心机，简安安这种战斗力为负的废柴，很有可能输得连底裤都丢掉。

不过，开除什么的虽然很爽，但这样一来叫她在本公司如何立足……

她忍不住打电话给傅思远，电话响了三声之后被接通。

"那个傅总……"

傅思远打断了她的话："你吃饭了吗？"

简安安摸了摸肚子。

"吃过了。"虽然只有一个苹果。

"那过来陪我吃。"

"咦？"简安安呆住，"傅总你来A市了。"

"嗯，刚刚下飞机。"

简安安没想太多就去了，到餐厅之后才发现无良老板也在。

任昊书咬着筷子："你终于来了，再晚点儿我就该饿死了。"

"哦，那我早知道就在门口等着，等你饿死以后再进来。"让你当电灯泡，小心以后脑门亮！

"嘤嘤嘤，安安你不爱我了，是不是因为傅思远，说！"

"老板你说话不要这么难听好不好——"

"嗯？"

任昊书沉吟一声，上下打量着简安安，眼神充满考究——这还是他认识的那个简安安吗？

半分钟后，任昊书扭头看向隔壁的傅思远……

两人这一脸的粉红泡泡是什么鬼？当他是透明的吗？还有，能不能来个人告诉他，这两个人在短短的一天之内是怎么勾搭上的！

"我点了红烧排骨。"

"嗯，不过我最多吃一块，因为今天中午已经吃过饭了。"

"多吃点儿，别听网上的那些人瞎说。"

"可是也不能吃得太多,不然会消化不良。"

傅思远给简安安夹起一块排骨:"给你。"

单身狗任昊书选择死亡。

"老板你也吃呀,你不是饿得要死了吗,为什么不吃?"五分钟后,简安安终于分了一丝注意力给无良老板。

任昊书痛苦地捂住眼睛:"我眼瞎了,看不到食物。"

傅思远放下筷子:"早就劝你不要玩太久游戏,整天对着电脑眼睛肯定会出问题。"

说罢,将菜往他面前推了推。

"快吃吧,放到你面前了。"

"不吃,帮我呼叫一下保护珍稀动物协会,我要求出急诊。"

傅思远皱了皱眉:"你偷偷养了什么保护动物?"

"狗……"任昊书终于忍不住美食的诱惑,拿开了遮住双眼的手,"只不过是单身的那种。"

简安安:"……"

任昊书在十分钟内扫荡干净了属于他的那份食物,然后拿出手机。

"喂,老张啊,对对对,是我,我刚刚吃完饭,现在马上就过去,你等我一会儿。"

简安安无语地看着他:"老板,你装也装得像一点呀,手机铃声都没响。"

任昊书打开音乐,现场放了一首《单身情歌》。

"现在响了。"

伴随着歌声,任昊书离去的背影显得格外凄凉,没想到的是他前脚刚走,傅思远就道:"他终于走了。"

不远处的任昊书内心咆哮——老子还没走远好吗!要吐槽能不能等我走远了再吐槽!这样子对待他很容易让他有种拿起火把烧烧烧的冲动……

然而并无人关注他的想法。

简安安道:"怎么办?我感觉老板好像知道了点儿什么。"

"别怕，昊书就算知道了也不会到处张扬的。"两人是打小一起长大的关系，对这个小伙伴还是相当信任的。

"不是怕，只是……"有种秘密被别人窥破的感觉。那种感觉，跟写文马甲被三次元的朋友知道了一样，让她有些迷茫。她也不知道自己在害怕什么，只是内心深处有一个声音在说：如果只有我们两个人知道这件事就好了。

"放心，一切有我。"

"咦，这句话感觉有些耳熟？"

傅思远轻咳了两声："是昨天你微博底下的评论。"

简安安："……"

"薛雯被开除了。"简安安想了想，"她还是我高中同学来着。"

傅思远抬起头："你心软了？"

"不是心软，就是纯粹感慨，人的变化可真大。"

在她的印象里，薛雯还是当初那个一脸羞涩的小女孩儿，围在她身边问这个问那个。虽然问题很多很烦躁，但简安安想，朋友之间不用计较太多，能帮的就尽量帮了……

"不是人的变化大，而是人有很多面，你所见到的那一面并不是真正的她。"

傅思远有些不愿意跟她说起这个话题。她的脸上，不应该出现类似于忧愁这样的表情，她应当永远开心欢乐才对。

"或许吧，只不过这样一来我在公司很难混。"想起今早同事们异样的眼神，她甚至有种辞职不干的冲动。

"为什么？"傅思远不理解她的脑回路，有这件事以儆效尤，她应该会混得更舒心才对。

"这事儿过后大家肯定是这么看我的，瞧，这就是那个整天抱大腿的简安安，我们不要跟她说话了，万一跟她说话也会被开除怎么办！"

"你想得真多……"

简安安无奈地托下巴："虽然有了金大腿，但是感觉完全开心不起来呢。"

"正确的想法难道不该是，以后在这个公司就再也没人敢欺负我了吗？"

"但是在这件事之前，也没有人欺负我呀。"

"薛雯——"

"这个……全部是因为你这个蓝颜祸水！"

"我？"傅思远莫名其妙躺枪。

"你没出现在本公司以前，我们公司明明十分和谐美满的。"

自打傅思远空降成功后，公司同事的心尤其是女同事的心就全部乱了。明明老板也很有钱，但跟傅思远比起来，完全就不值得一提。

不说别人，就连简安安自己也忍不住沦陷了进去，到今天这种地步，她不得不感慨一句："古有海伦乱国，今有傅总乱天河，世风日下，人心不古啊……"

傅思远忍不住敲了敲她的脑袋："不许乱讲。"

简安安捂住头："好痛。"

"真的痛吗？"傅思远伸出手，自然而然地替她揉了揉。

一开始只是嘴上说说而已，但傅思远这样做，到后来真的就能感受到一些痛感。就好像是身体知道，有人在关心她，所以可以任性地痛。

从前单身的时候，有一次给饮水机换水砸了脚，"咚"一声巨响，简安安也没多大感觉。回家的时候脱掉鞋一看，脚都被砸肿了，红彤彤像萝卜一样，才后知后觉地掉了几滴眼泪。

简安安想，自己好像变得脆弱了，可是多了一个坚强的后盾，脆弱仿佛也不是那么难以接受的事情。

吃过饭后，傅思远坚持要跟简安安一起回公司，不过已被严词拒绝了。

"反正目的地是一样的，为什么不能一起走？"

"这样一来岂不是暴露了我们中午在一起吃饭的事实，会被八卦的。"

"随他们怎么说。"傅思远对八卦毫不在意。

"我再也不想看到'818了'……"

如果她跟老板谈恋爱的事情被公司的人知道，后果简直不堪设想。

倒不是害怕同事会出于嫉妒做出什么过分的事情,因为大家都是成年人,只要智商在线点儿看到薛雯的下场都不会随意出手。惹了简安安没什么,惹了傅思远,他有一千种方式让你在这座城市里混不下去。

但世界上没有不透风的墙,一旦公司同事知道了,肯定有人在网上爆料。按照傅思远粉丝的疯狂程度,还不知道会发生什么可怕的事情。

所以简安安决定,还是低调做人。

傅思远想了想:"我们可以当作偶然遇到。"

"这要怎么当作……"傅总你当公司其他人都傻吗?

就在这时,简安安看到了直达公司门口的公交车到站,于是对傅思远说:"我坐公交,傅总你打车去,就这么愉快地决定了。"

说完,也不管傅思远是什么反应,便一溜烟儿跑上了公交车。

车上人不算多,但也没有座位。简安安扶稳之后,透过窗户看还停留在原地的傅思远,忍不住笑了出来。像他这样连出租都嫌弃的人,估计对公交的嫌弃会更大吧?只是让她没有想到的是,她往窗外看,公交车上的人被她的笑声一吸引,也忍不住往窗外看。

有一个距离她很近的妹子小声道:"好帅!"

"……"果然是蓝颜祸水。

公交车缓慢起步,眼看着傅思远的身影越来越远,她充分发挥了公交车的长度,从车头走到了车尾,直到看到他拦下出租车才收回目光,打开手机,发去了一条短信:"公司见。"

公交车晃晃悠悠地开到一个红灯路口的时候,她收到了回复:"待会儿见,还有在公交车上不要玩儿手机,小心摔倒。"

还没等简安安反应过来这句话的深意,公交车再度启动。

中午上班小高峰,车站等车的人很多,她扫了一眼那黑压压的人头,决定将手机放回包里,趁着人还没上来以前,找好扶手。车停稳以后,一下子就拥上了很多人,这种情况并不少见,她从小到大都已经很习惯了。

拥挤的人群一下子就让车厢空气变得混浊起来,在这一站,这辆公交车足足停靠了有两分多钟。车上的广播一直循环往复播放着:"上车的乘客请向后门移动……上车的乘客请向后门移动……"

207

也不知道播放了多少遍，终于有人忍不住骂了一句："都挤成这样了还往后门移动，后门跟你什么仇什么怨！"

一下子整个车厢的人都笑了。而且只要一联想到"后门"这个词语的某些特殊含义，简安安就忍不住哈哈哈。

"有那么好笑吗？"

从头顶传来一个熟悉的声音，让她的笑声直接戛然而止。

咦？

什么情况？

简安安十分艰难地转头，看着那张近在咫尺的俊脸——他怎么会在公交车上！她刚刚明明看到他上了出租车的呀！所以说"待会儿见"这句话的意思，真的就是待会儿吗……

她的额头冒出三根黑线："傅总，能不能告诉我为什么你会出现在这里？"

"是安安啊，真巧，没想到在公交车上也能遇到你。"

简安安："……"

这个假话可以更假一些吗？

"傅总你为何如此任性……"

如果注定是这样的结果，那么一开始就应该去打车，至少出租车上还有座位可以坐。像现在这样夹在人群中连呼吸都很困难，她到底是造了什么孽！

傅思远努力朝着她的方向挪动了几步："大约因为我有钱。"

简安安用充满同情的眼神看着他，一看就很贵的西装被挤得皱皱巴巴，估计身价跌了百分之五十。

"可怜的有钱人，没挤过公交车吧……"

"你每天都是这样上班的吗？"

这句话是在讽刺她更可怜吗？一定是她想多了，手动拜拜！

"是啊，上学也这样，那个时候背着个大书包，比现在还难受。"

这次轮到傅思远同情地看着她："我送你一辆车吧。"

简安安终于有一种她现在正在跟霸道总裁谈恋爱的自我意识！

她问："什么样的车？自行车、三轮车、摩托车？"

傅思远道:"四个轮子的那种,什么牌子都可以。"

"我……"简安安眨了眨眼,"没有驾照。"

"那就去考,三个月就能拿到。"

"没时间。"

"时间就像海绵里的水,挤一挤总会有的。"

"你是说海绵宝宝吗?"

傅思远:"……"

一直近距离被迫听两人讲话的汉子终于忍不住插嘴:"放开那个海绵宝宝!让我来!"

简安安、傅思远:"……"

我们两个说话关你什么事儿啊!

汉子这时候又道:"我说姑娘,你男朋友要送你车你就让他送呗,反正又不用你花钱,拿到车以后你要是不想开,送给我这样英俊的路人也是可以的嘛,好歹也是男人的一片心意,你就不要纠结了。"

简安安顿时无语。正好这个时候汽车再度到站,英俊路人下了车。这一站下去不少人,却上来更多的人。公交车司机为了多赚点儿钱也是无所不用其极了,前门堵严实了上不去,就让把钱一投从后门上。

这么一来原本还有些空地方的后车厢瞬间被塞了个严严实实,整辆车跟个沙丁鱼罐头一样。

傅思远站在简安安身后,试图用自己的身躯给她隔离出一点儿空间来。

简安安无奈道:"不然我们下站下车吧。"

傅思远转头看了看人群:"前提是我们能挤出去。"

"噗哈哈,说得也是……"

看着她的笑容,傅思远突然觉得,其实这样没什么不好的。虽然很挤,但两个人之间的距离更加贴近了。她洗发水的味道、她笑的声音,还有那隐藏在长发下,若隐若现的淡粉色耳朵,只要一低头,就能感受到。

她的耳朵很小,没有打过耳洞的痕迹。伴随着公交车摇摇晃晃,耳朵一会儿出现一会儿又消失,看得傅思远有些心痒,但这里这么多人,他根本不可能有多余的动作。

就在这时，司机猛地一个急转弯。

"哎……"

车上几乎一半的人都惊呼出声，简安安的声音夹杂在里面，显得格外微弱。

但是她惊呼的原因跟众人不太一样。

因为刚才那个转弯，让她跟傅总之间的距离又近了几分，就是那瞬间，她感觉到有一个硬硬的东西……

根据总裁文定律，这个东西究竟是什么昭然若揭。

简安安想，难道傅总发那个情了？不过发那个情也是很正常的事情，毕竟大家都是成年人，这也正说明自己的魅力不算太弱。但她还是第一次遇到这种事情，难免就容易想入非非，想起那天某人换上童装后的身材，觉得鼻子有些热。

然而——

"你手上什么时候多了一本书……"

第十三章
你这磨人的小妖精

简安安看着某人手里突然多出的那本书,问出口后,语塞了好久。

"下出租车的时候看到报刊亭里刚好有卖寒江雪的书,就顺手买了一本。"

"怎么,这本书有什么问题吗?"

她看着一脸正直的傅思远,微笑着摆了摆手:"没什么!真的没什么!"

我真的没有多想!那个硬硬的东西真的是本书!

"没问题就好,我今天晚上看看。"

等等……

好像有什么不对。

"傅总,你刚刚说这是谁的书来着?"

"寒江雪啊。"

"不许你看!"简安安语气不容置疑。

傅思远不解地皱眉:"为什么?"

"也不许问为什么。"简安安从他手中夺过小说。

"好霸道……"

简安安用手指轻轻挑起傅思远的下巴:"小妖精,以后你只能看我的书。"

"你说谁是小妖精?"

"哎哎哎,有人说过小妖精这三个字吗,有人吗有人?"

傅思远:女朋友总把自己当成霸道总裁怎么办?在线等,挺急的……

等到了公司，简安安才发现自己之前的考虑都是多余的。傅思远的目的地根本就不是公司，他跟任昊书约了生意伙伴在外面谈。于是她就这么抱着雪大的书回公司上班，忙了整整一个下午。快下班的时候，她终于解决掉了整整一周遗留下来的工作，忍不住用手机上了会儿网。这么一上网可不得了，昨天晚上她挂出来的那个作者竟然反击了！

@天河游戏：骂别人之前先看看自己干不干净，我是借鉴了你游戏里的几句话，但这里面有一句话也不是你自己原创的吧？

这个作者倒是蛮聪明，挂人的时候记得带上了时间，只是看到对比图之后，简安安又醉了……

这不就是她自己的小说吗！果然天道好轮回，出来混总是要还的！她当初选择这份工作的原因是跟码小说很像，反正想小说的梗也是想，想游戏剧情的梗也是想，想出来的梗既可以用在游戏上又可以用在小说里。谁能想到被薛雯这么一闹，不仅她写的剧情被拿出来挂，就连她两年前的小说也被拿出来鞭尸……

为了捂住小马甲，简安安工作的时候一般不爱用自己小说的设定，但总归是一个人写出来的东西，语言表达思维回路都是一样一样的，难免就有漏网之鱼。

被挂出来的小说是简安安的处女作，成绩不怎么好读者也不多，她几乎是单机版完成了这部作品。后来她又写了好几本书，这本书就被她遗忘在历史的长河之中。

直到今天才又被人翻了出来。

其实这个作者的话说得也没错，虽然只有一句话，但这句话对景物的描写方式十分特殊，也就只有简安安这种人的脑回路才想得出来。

这事儿被爆出来以后，各路粉丝都不淡定了。官傅CP粉们表示，就一句话而已，怎么可以算抄袭呢！作者就说，既然一句话不算抄袭，那我的五六句话也不能算抄袭，你们凭什么来掐我！

暖玉生烟的读者则在简安安的微博底下号："跟她撕！跟她撕！竟然敢抄我们暖暖的小说，简直不想混了！"

暖傅党则在傅思远的微博底下各种打滚："傅总请你出来主持公道，

暖暖被官博君欺负了,你必须站在暖暖这边才行!"

暖傅党瓢把子 MM 此时却发了一条意味深长的博:"不掐不掐我们不掐!掐多了脸会肿!"

简安安看了之后连忙上 QQ 求救。

安安:怎么办?事情好像一发不可收拾了⋯⋯

蔓蔓青萝:谁让你作死,同一句话用两遍。

安安:我不是故意的啊,那本小说我大二写的,哪里记得还有这么一句话在。

蔓蔓青萝:为今之计,只有坦诚暖玉生烟就是你的马甲了。

安安:还有别的方法吗?

蔓蔓青萝:或者你就装死不认,就一句话而已还能掐出个花来,最多以后大家提起官博的时候会说,快看这是那个抄袭婊,竟然又出来蹦跶了呢,真是笑死人了。

安安:我怎么感觉你很开心的样子⋯⋯

蔓蔓青萝:我能不开心吗!期待了这么久的掉马甲!

安安:手动拜拜。

蔓蔓青萝:我仿佛已经看到了安傅党的群众在向我招手,这是爱的呼唤,这是命运的号召!

安安:我跟傅总已经在一起了。

蔓蔓青萝:其实掉马甲也不是什么坏事呀,你想想看暖玉生烟现在的名气,对公司也有好处的。

蔓蔓青萝:等等⋯⋯我看到了什么⋯⋯

蔓蔓青萝:!!!

蔓蔓青萝:你再说一遍!

怎么今天她身边的人都要让她再说一遍?是因为她说话的音量不够大吗?简安安看着满屏的感叹号,联想到曼曼震惊的表情,忍不住笑出了声。

蔓蔓青萝:求细节求更多求大腿!

安安:等会儿我先发个微博。

事情发展到了这个地步,就算她再怎么想捂住马甲也是无济于事。

好在暖玉生烟现在已经不再是当初那个默默无闻的小透明,迟早有一天她会从幕后走向台前,而本次的抄袭风波只不过是把它强行提前了而已。只是看看微博底下为她义愤填膺找回公道的粉丝们,她有些不舍得。

暖玉生烟的粉跟官方微博的粉是完全分割的两个群体,甚至因为傅思远,还一度开撕……她从前是小透明的时候盼望着自己的粉丝要是多一点就好了,这样一来如果发生了什么事还不至于孤立无援,没想到的是她现在粉丝的确有很多,只是粉丝性质却朝着一个奇怪的方向发展了……

暖傅跟官傅这两大群体中,无疑暖傅的人数要更加占据优势。因为暖玉生烟自己写小说,本身就比一个光会卖萌打广告的营销号吸粉。再加上很多正义的路人也参与到了此场事件之中,官傅党的现状岌岌可危,甚至有粉丝让官博道歉。

#官博道歉#这个话题不知道是哪一方先开始刷的,等刷起来之后已经飘上了热门话题。十五分钟后,围观群众在此话题下发现了某官博的身影。

@天河游戏:
#官博道歉#
【图片】

官博君竟然发了跟暖玉生烟的聊天截图,所以这是知错就改的节奏吗?暖傅党兴致勃勃地点进去看官博打脸,打开图片以后却发现有些不对劲……

暖玉生烟:抄袭狗道歉。

天河游戏:不道。

暖玉生烟:现在道歉还来得及。

天河游戏:不道。

暖玉生烟:不道算了,反正你帅你有理。

天河游戏:这么夸自己真的好吗……

"麻麻"问我为什么肿着脸,我哭着对她说,童话里的故事都是骗人的!

再也不相信爱情了！

微博陷入了一瞬间的安静，安静过后是前所未有的疯狂！所有粉丝一脸震惊！所以我们掐了大半天都是白掐吗！

不信不信本宝宝不信！官博君少往自己脸上贴金，你怎么可能是我们的暖大！

有人说，官博君她好歹是一个公司的门面担当，不可能乱说话的。但又有人说，想当年某极品纯爱作者抄袭的时候，竟然说被抄袭作品是她自己的马甲号写的，最后不也是被打脸扒皮了吗，所以官博君的一面之词也是不能相信的。

于是热心网友又转战到暖玉生烟的微博主页去围观，发现此时暖玉生烟刚刚赞过官博君的这条微博……

一定是手滑！

然而半分钟后暖玉生烟又转发了！

手滑的可能被排除了！就算是手滑也不可能滑出这么这么长一段文字来……

然而粉丝们还是一脸我不信我不信的样子，纷纷脑洞大开："暖大是不是被盗号了？"

结果过了没多久，寒江雪转发了这条微博。

盗号的可能性又被排除了呢……

粉丝们纷纷流下了感动的泪水，表示好好好你们说什么都好，只是答应我们，不要再打脸了好不好！

从对家变成自家的感觉实在太过于酸爽，不管是官傅党还是暖傅党都想静静。就在这两个 CP 都偃旗息鼓的时候，官暖这个 CP 一经推出就十分火爆。粉丝表示，自从站了这个 CP 之后，每天都有糖发，"麻麻"再用担心我被打脸了呢！

紧跟着，立刻有人在网上发帖——

主题：理性讨论官暖 CP 热度不断攀升的原因。

刚刚才发现这个新的 CP，短短一个小时的工夫就爬上了热搜，看完事情经过之后我竟然可耻地萌了，有同好吗？

№ 0 ☆☆麻麻再也不用担心我被打脸于 2015-10-1900:00:00 留

言☆☆☆

1l：前官傅党举个手。

2l：前暖傅党也举个手。

3l：雪暖党路过。

4l：安傅党笑笑不说话。

5l：我能说我一开始就站的官暖吗？只可惜当时站的是情敌相爱相杀梗……

6l：喂喂！这个楼要歪了！说好的讨论这个CP热度不断攀升的原因呢！

7l：六哥，认真你就输了，你以为站这个CP的还有正常人吗？

8l：戳七楼，表示我自己还是很正常的，这个CP会热不是很正常吗！无条件地深爱，不管做了什么错事都可以被原谅，永远不用担心被背叛，每天清晨起床看到自己最爱的人就躺在自己身边，爱她爱到朋友圈全是她的自拍状态全是关于她的心情，嗷嗷嗷嗷，这种爱情才是真爱！不站这对CP的全部是愚蠢的凡人，哼！抱走我们家可爱的两只！

9l：戳七楼，八哥，你确定你正常吗？

10l：戳七楼，九哥你这个问题问得好多余，细思恐极啊！

而身为安傅党中坚力量，纪曼，也就是可怜的7l，眼看着众多小伙伴纷纷投诚心中警铃大作，立刻上微博拉队友。

@晋江蔓蔓青萝：官暖是什么，安傅党请挥舞起来，让我看到你们的双手！

然而并无人理她。

等了老半天，纪曼终于迎来了第一个也是唯一一个转发。

@任昊书：【左手】【右手】！

哎？这人不是安安公司的老板吗……

公开脱掉马甲的简安安松了一口气。

事情的发展虽然有点儿超出意料，但至少没有弄出什么难以设想的后果。虽然也有人跳出来说是炒作，但粉丝们表示，只要CP够萌炒就炒，只要给我们发糖吃，下载一下这个游戏充值一下也是可以的，反正大爷有的是钱。

当然，网上闹成这样，三次元也并不是那么安静。

天河游戏这样的游戏公司，公司员工几乎全部是网瘾少年，官博出抄袭事件之后，公关部总共开了两场会议。第一场会议十分紧急，被任昊书傅思远大晚上叫起来加班，还没等他们商量出来个结果，简安安就自己发了条微博洗白成功。

最后这场会议得出的结论是——像薛雯这样不听指挥的员工必须开除。

本以为这件事就这么完了，结果到了下午一波未平一波又起，好在这一次是在上班时间，召集人开会也比较容易。部长正站在会议室里分析情况，隔壁办公室又传来捷报，公关部长表示：简安安你可以啊，只做剧情策划简直屈才！

开完会后，某部员跑去问简安安要签名："安安安安，我是你的书粉，求亲笔签名！"

简安安十分怀疑地看着他："说好的去看总裁的××岁小娇妻呢？"

"你还敢说！后来我回家去搜！搜出了十几本！"男同事一脸愤然，现在的作者怎么可以这么懒，连名字都懒得想。

简安安无语："你还真去搜了啊……"

"这不是重点，重点是你快给我签名，安安现在可是名人啊！"

第一个签名给了同事，虽然有些诡异，但她也没什么拒绝的理由，于是就打开笔盖写下暖玉生烟四个大字。写完之后简安安还略欣赏了一番，她的字好像还算好看。

"再来一个，我妹妹也是你的粉丝。"

"我怎么没听说过你还有个妹妹？"

"远房表妹。"

"哦。"

简安安又签了一张。

"还有我远房表哥、表弟、表叔、表姨……"

217

"你到底要多少张！"暖玉生烟这四个字笔画很多，写了几张简安安手都酸了，结果男同事还一直让她签。

男同事道："不多不多，一百张就够了。"

简安安："……"

"你要这么多张是想拿去淘宝卖吗？"

"这都被你发现了。"男同事捂住嘴巴，肆无忌惮的笑容看得简安安有些手痒。

她一把夺过签名纸："对不起，爷不伺候了！"

最后男同事抱着签好的那几张有些郁闷地走了。他走后，简安安揉着酸痛的手指不由自主地想，她的笔名是不是太复杂了？还没等她想出个结论来，下班时间到了，于是简安安收拾好之后往外走，走到门口看到了一个熟悉的人影在不远处站着。

"曼曼！你怎么在这里！"

听到简安安的呼唤后，纪曼三步并作两步走到她面前，大力拍了拍她的肩："你还说呢！身为好友我竟然不是第一个知道你恋情的人，你是不是不爱我了！"

两人找了一家火锅店坐着，点好菜后，坐在对面的纪曼用探究的眼神仔细打量着简安安。

简安安被她看得后背发凉，忍不住打了个寒战。

"这是什么眼神？"

"单身狗的眼神。"纪曼一边说一边伸出手来捏了捏她的脸，"没看出来，真没看出来，安安你竟然如此厉害，竟然拿下了那朵高岭之花。"

"其实我到现在都还有点儿不敢相信……"

在去机场的路上，狭小密闭的车厢里，鬼迷心窍一般开口说了任性的话，后来回到家里冷静下来以后，简安安简直不敢相信她居然告白了！

不仅告白了，而且还告白成功了。

一切都好像是做梦，这梦境太美，她还不想醒来。

"安安你怎么可以这么呆！"纪曼松开手，托着下巴一脸温柔道，

"年轻真好，想爱就爱了，安安你可要好好珍惜啊，等你到了我这个年纪，就会发现爱一个人实在是太难了。"

"曼曼，这样说好像你已经四五十岁的样子，更何况就算是四五十岁也有追求爱情的权利啊，爱是不分年纪的！"

"也不是说不能追求真爱，只是……"只是伴随着年纪增长，就会越来越懒，懒得去谈恋爱，懒得去对一个人好，王子跟公主完美的爱情故事，现在就连小说作者都懒得去写了。

看着简安安，某些沉浮在脑海深处，已经快要被遗忘的记忆又翻腾了出来，纪曼猛灌了一大口橙汁。

"话说你俩这速度也忒快了吧，我没记错的话你们'十一'的时候才认识。"

"喂！这个话题未免转换得太生硬了吧！只是后面到底是什么我还等着听呢！"

"只是——"纪曼刻意拖长了音，足足三秒钟后才唱道，"因为在人群中多看了你一眼，再也没能忘掉你容颜……"

简安安："……"

她终于明白傅总每次听她唱歌后的心情了！不过既然纪曼不想说，她也不会不识相地继续多问，倒是拿出手机看了一眼时间："好像是有点快，今天才十九号。"

从认识到确定关系，还不到一个月。

如果今天纪曼不提这个话题，简安安还以为自己跟傅思远已经认识了很久很久。

"不过你也不要太在意这个问题了，毕竟爱情来得太快就像龙卷风，只要你喜欢他他也喜欢你就行。"

"话是这么说的。"但是两个人在一起很简单，难的是能否一直在一起。

简安安突然觉得，她其实很不了解傅思远……

正想着，服务员推门上菜，蔬菜肉卷摆了满满一桌子，翻腾的火锅不断冒出热气，纪曼将一大盘牛肉卷放进了麻辣锅底："安安不要担心，现在这个年代什么都要讲一个快字，尤其是像傅思远那样的男人就像火锅里的肉，你晚一秒都有可能被抢走好吗！"

"这个比喻还真不是一般的贴切。"锅开了以后简安安顺手给自己夹了一筷子肉。

"也不看比喻的人是谁。"纪曼一边聊天一边吃肉，两不耽误，"说出来你可能都不信，我跟我初恋认识了一天就好了，然后好了一节课的时间，又分了。"

"这才是龙卷风吧……"

"何止龙卷风，说是闪电也不为过啊。"

直到现在纪曼都已经不记得初恋的脸了，但这段闪电一般的恋爱经历，深深地刻在了她的心中。好像是小学五年级吧当时，她那天穿了一条新裙子上学。当时她学习好，老师会故意安排她跟一些学习跟不上的同学做同桌，而那个男孩儿是从外校转来的。

那男孩儿长得蛮好看，跟纪曼班里的同学都不一样，还特别幽默风趣。上午两人认识了，下午上自习课的时候男孩就对她说："你长得好可爱呀，做我女朋友好不好？"

五年级才多大，正是找玩伴的年纪，所以纪曼没挣扎多久就点头同意了。

两人拉着小手上了一节课，快下课的时候数学课代表过来收作业，男孩儿没写完，于是向女朋友求助。

"曼曼你的作业借我抄抄。"

纪曼有些犹豫："可是……抄作业是不好的……"

"你怎么可以这样，有你这么当女朋友的吗！"男孩儿一脸幻灭地松开了纪曼的手。

"……"

"然后呢然后呢？"简安安听得入迷，连肉也忘记吃。

"咳咳——"纪曼被火锅辣得呛住了嗓子，又喝了一大口饮料才缓过来，"然后就没有然后了啊，我被甩了。"

"就因为不给他抄作业！"

"没错，就是这么简单的原因，导致后来谁问我要作业我都给，被伤害出了心理阴影。"

"哈哈哈哈！对不起我笑了！"

"笑吧笑吧，果然逗比的人生充满笑点，就连失恋被甩都伤心不起来。"这么说着，纪曼自己也忍不住哈哈笑了起来，笑完以后，她十分严肃道，"所以吧人生，行乐当及时啊。"

"嗯！"简安安认真地点了点头。

吃饭途中简安安接了傅思远的一个电话，于是结过账以后，纪曼就毫不意外地在火锅店门口发现了傅思远的身影。

热恋中的情侣，总是忍不住每分每秒都待在一起，即便两个人住在不同的城市，也阻挡不了想要见面的心情。

纪曼很自觉地不去做那个二百五十瓦的电灯泡，互相打趣了几句就找借口开溜。道别之后，看着两人不断远去的身影，她又忍不住感慨了一句——

"果然年轻就是好……"

时间一晃而过。

转眼就到了十一月。

光棍节前夕，简安安照例跟傅思远发微信聊天，一聊就忘记了时间，十二点的时候，某人发来一条消息："节日快乐。"

祝她光棍节快乐！这是要被甩的节奏吗！赶在这个时间，简直恶意满满，手动拜拜……

她强迫自己冷静下来，不会的，傅总不可能这么对她……

安安：可是今天是光棍节啊。

傅思远：就因为是光棍节，但我们已经不是光棍了，难道不值得开心吗？

安安：你说得好有道理，我竟无言以对。

傅思远：你有想买的东西吗？

安安：中国好男友，然而我并不喜欢在双十一抢东西。

傅思远：哦。

双十一还没到微博上就开始热闹，很多博主都在说，我能想到最浪漫的告白就是你清空了我的购物车。所以傅思远也忍不住想表现一下自己的男友力，可惜简安安虽然宅，却对买买买没多大的兴趣，尤其是双十一这样的日子，快递又慢东西也没便宜多少。往年的双十一最多就是大吃一顿，赶上今年要减肥，连大餐都省了。

她以为这就算完了，结果第二天刷微博刷出了这么一条来——

@傅思远：如果要把《长生劫》拍成电影，你们觉得谁来演男主比较好？

简安安原本想，既然马甲都掉了，那么干脆全职好了。从一开始就想全职写作的，奈何挣钱的能力太弱，根本赶不上物价上涨的速度。现在《长生劫》红了，不仅网络上VIP收益每天上千，其带来的后续收益也十分可观。尤其是跟雪大签了出版合同，钱包瞬间变鼓了很多，看样子马上又要拍成电影，影视版权的收益虽然还没谈但肯定不少。

"既然如此那你为什么还在公司？"任昊书十分好奇地问。

"还不都是因为你！"

一直用各种理由阻止她辞职也就算了，双十一这么个忙碌的日子，竟然给公司里所有的单身员工都放了假！可怜的她一个人要干三个人的活，到现在饭都没吃！

"谁让你们这些狗男女在今天这种节日也秀恩爱，知不知道单身狗在这样的寒冬里非常难过，可以不爱，请不要伤害好吗！"任昊书正义凛然道，"所以为了广大单身狗能够扛过这个寒冬，作为单身狗保护协会荣誉会长，我必须肩负起责任来。"

"老板你偶尔也对自己的公司负责一些吧……"

任昊书痛苦地捂住眼睛："可是我现在后悔了，公司走了一大半人，加班加得我好饿好累好想死。"

他玩儿惯了，这样高强度的工作自然受不了，可是工作不能拖，他身为老板自己说过的话哭着也要执行下去。

简安安也饿了。这种时候如果不吃点儿东西根本没劲儿继续工作，所以不管什么减肥不减肥，她从抽屉里拿出了备用粮食："来老板，吃点儿狗粮。"

任昊书瞬间眼前一亮，刚想夸安安简直是天使下凡，当他看清"狗粮"是什么东西的时候，顿时流下了悔恨的泪水。

"安安我同意你辞职还不行吗！求你不要杀我。"

"噗哈哈哈，对不起我忘了狗不能吃巧克力。"

简安安剥开巧克力放进自己嘴里："这可是老板你说的，不许后悔。"任昊书挑眉。总有刁民想害朕……

其实简安安辞职的念头由来已久，只是老板一直以各种理由拖着不同意，她也就只好继续干下去。而且天河游戏是个不错的公司，虽然任昊书人没节操了点儿，但总归还算是挺有担当。她对上班没什么上进心更谈不上喜欢，干到头可能也就是个策划。来上班纯粹是为了那份稳定的收入。有一天当这个理由都不存在的时候，那么继续待下去也没有多大的意义。

"其实我不明白，你为什么一定要走呢，现在这样一边上班一边码字，创收不是挺好的吗？"任昊书很无奈，整个公司这么多人他就看简安安最顺眼，可是这个最顺眼的现在要走了，每天看着那些不怎么顺眼的人，也不知道公司还能开多久。

简安安咬了一口巧克力："现在看着是挺好，不过我都二十二岁了，总得为自己的人生规划规划。"全职码字也不代表每天啥都不干坐在家里面对电脑。她想成为寒江雪那样的大神，想成为众人皆知的畅销书作家，还需要做出很多努力。

"唉，我本来以为你是因为那个'818'被伤害了幼小的心灵，没想到你居然已经达到了人生规划这样高的精神领域，是在下浅薄了……"

提起"818"，简安安的表情变了变："其实，也有小部分的原因是这个。"

"孩子你还太嫩，等你到了我这个年纪就会明白，'走自己的路让别人说去吧'真的是人生真理。"任昊书用过来人的慈爱目光看着简安安，罕见地正常了一回。

然而就是这罕见的正常让某人有些吃不消，她还是比较习惯那个贫嘴的老板："老板你的人生格言难道不是走别人的路让别人无处可走？"

"好像也很有道理的样子……"

223

两人又乱扯了一会儿，简安安吃完巧克力有了精神就继续加班，任昊书则是饿得不行，跑出去买饭吃。

双十一不仅电商们疯狂，各大游戏公司也在疯狂推出各式各样的活动，而无良老板又任性地给所有单身员工放了假，剩下的员工每个人都一个人掰成三个使，本来五点就可以下班，硬是拖到了八点半才堪堪完成。

简安安拖着疲惫的身躯回到家，躺倒在床上累得一动不想动，这时候简母敲门而入，看着床上的女儿面露不悦。

"连鞋都懒得脱，你是有多懒。"

"累死我了要——"

好久没这么辛苦过，别说任昊书不适应，简安安也不适应。

"你这孩子，当初让你考公务员你不考，非要去什么游戏公司！"说罢简母把一碗热气腾腾的炒饭放在了简安安的床头柜上，"快起来吃点儿东西，今天肯定饿坏了吧。"

炒饭的香气扑鼻而来，勾得简安安忍不住抬起了头："妈，我辞职不干了。"

简母先是愣了愣，而后又笑了："你终于想通了啊。"

"我以后要全职写作。"简安安宣布了自己的决定。

"你说什么？"简母脸上的笑容一下子僵住。她不喜欢简安安去游戏公司上班的原因就是嫌不稳定，结果现在简安安好不容易想辞职不干了，却跟她说要全职……

还不如去游戏公司继续干呢！

"全职写作，就是把写作当作我的工作，为了这份工作奋斗终生。"

"简安安，你给我清醒一点儿，你辞职我同意，但如果你辞职之后就不想再去工作的话，这我绝对不可能同意的。"

简安安翻了个身，然后坐直身体："我怎么就不继续工作了，写作也是一份工作啊。"而且还是她最喜欢的一份工作。能够做自己喜欢的工作是多少人的梦想，多少人整日忙忙碌碌忘记了自己的初衷。现在实现梦想的机会就摆在她眼前，再向前一步就能触碰到，她又有什么理由驻足不前。

只可惜,她的家庭很传统……

简母是知道简安安在网上挣了一些钱的,但只要沾上网络这两个字,总让她难以放心。

"安安啊,你听妈一句话,不要任性,网络上的那些东西都虚假得很,你今天能挣到钱明天说不定连网站都倒闭了,到时候你工作也没了,那可不是长远之道。"

其实简母说得也挺有道理,但简安安这一次固执地想任性一次。

从小到大她都很听父母的话,小学的时候喜欢过一阵画画,可没上多久就被父母以影响升学的名义给叫停了。高考的时候她的分数不算低,完全有选择的余地,她想报名校的中文系,父母却说中文系出来以后毕业就等于失业。最后她妥协进了本地一所大学的金融班,但这个专业的一切都让她感觉到格格不入。她的数学很差,学金融却对高数的要求很高,连着好几年都有高数课,上得她颇为痛苦。

她的经历在这个国家并不算少数,可以说大多数的孩子跟她一样。愿意去聆听小孩儿真正想法的父母,愿意去支持小孩儿想法的父母,实在是不多。但她其实不怨父母,父母都是为了她好,她也很明白。

现实跟梦想的差距有多大,简安安再清楚不过,只是现在跟高考的时候完全是两种情况,她有那个资本走自己想要的路,为什么不能走呢?

简安安告诉母亲:"我现在也不完全靠网络,马上实体书就能出版,而且也有公司要把我的小说拍成电影。"虽然后者还没签合同,可傅思远应该还是可以信任一下的,而且就算没有他,也已经有好几家影视公司在跟网站洽谈相关问题了。

"拍成电影,真的假的?"简母有些不相信自己的女儿现在已经厉害到了这种程度。

"当然是真的啊!到时候电影上映了把家里人都叫去电影院,让他们都看看你女儿的作品。"

想象一下那个场景,简母脸上笼罩的乌云终于散去不少。

"那敢情好,本来我还想等你的小说出版了,亲戚朋友一人送一本呢。"

简安安忍不住笑了笑:"所以说妈你就别担心了。"

"担心还不是为你好,那你跟妈说说你现在挣了多少钱了?"

"反正比我上班挣的多得多。"

把话都说到这个份上了,简母也不可能再阻止什么,最后只好点头同意。

简母走后,简安安忍不住给傅思远发消息,将这个决定也告诉他。

安安:我辞职啦。

傅思远:好。

安安:喂!你这个反应未免也太冷淡了吧!

傅思远:真好,以后就可以经常见面了。

安安:这才像话,不过傅总你难道不阻止我吗?我现在可是真正的"家里蹲"。

傅思远:这样更好。

安安:这个时候难道不是应该说,安安你放心,一切有我吗?

傅思远:安安你放心,一切有我。

安安:……

她是不是应该夸奖他一句好听话?

傅思远:我明天有空,去找你。

安安:找我干吗?约会?

傅思远:嗯。

简安安看着手机屏幕,突然间不知道该说什么好。她跟傅思远是异地恋,大多数时候傅思远在B市上班,而她在A市上班,两人在一起之后跟没在一起之前好像根本没多大的区别。只是聊天的时间变得更长了,对彼此的了解更深了,像普通情侣那样手牵手去约会,好像还真没有过……

最主要的是,简安安根本想象不出跟傅思远约会的场景——一个连情话都要让她教的男朋友,还指望他有什么浪漫细胞。

但其实这一点不仅她清楚,傅思远自己也很明白。于是乎,他点开了简安安经常去逛的一个匿名论坛,发了一个求助帖——如何给女朋友一个浪漫的约会？

　　楼主：在线等，急。

　　其实，碧水论坛的作者妹子还是挺乐于助人的，就好比说当初简安安发的那个帖子吧，一分钟内就有十几个双眼皮姑娘跑出来支招。虽然这个楼最后变成了粉红CP楼，但绝对不能否认妹子们的善良心地。

　　然而今天是一个特殊的日子。

　　十一月十一日。

　　11.11

　　四个孤孤单单的"1"整齐地排列着，明明距离那么近，却无法靠近半步，画面格外凄凉。

　　传说中的光棍节啊亲爱的们！

　　一年中情人节情侣们秀恩爱，端午节情侣们秀恩爱，重阳节情侣们秀恩爱，国庆节情侣们还在秀恩爱，单身狗们好不容易熬过大半年迎来了自己的节日。结果不仅光棍！那个天杀的马云还把今天变成了剁手节！多么悲惨的一天，单身也就算了，两只手都被剁了也就算了，吃一个月土忍一忍也就过去了。

　　竟然有人敢在今天秀恩爱！

　　而且还敢这么光明正大地秀！恩！爱！论坛网友的手中不知何时起多了许多火把。

　　1l：孜然孜然孜然孜然孜然孜然！

　　2l：辣椒辣椒辣椒辣椒辣椒辣椒！

　　3l：楼主楼主楼主楼主楼主楼主！

　　4l：楼主女友楼主女友楼主女友！

　　5l：汽油汽油汽油汽油汽油汽油！

　　6l：火把火把火把火把火把火把！

　　7l：喂，前面的要不要这么凶残，楼主只是来问个问题而已，也没做多大的错事啊！

　　8l：戳七楼，楼主在今天这样的日子来问这个问题，你真的觉得他没做错吗？

　　9l：戳七楼，其实楼主这个问题很简单，楼下来回答。

10l：戳七楼，顺带，楼主只用给你女朋友发短信说，我们分手吧就够了。

11l：戳七楼，分手什么的好残忍，不如就说，对不起我爱上了其他女人但是请你不要离开我好不好。

12l：戳七楼，等等……楼主有女朋友……我好像发现了什么……

13l：戳七楼，虽然碧水是作者论坛，可是也不代表没有男作者吧，等等，男作者来晋江干什么，莫非……

看到这里，傅思远终于有些忍不住了！这么多回帖，竟然没一个人是好好回答他的问题的，这样下去怎能行？于是乎，他决定抛出鱼饵。

楼主：我是男人，以及最终采纳意见的我投十个深水。

钱多就是任性！

楼主这简短的一句话，瞬间改变了整个帖子的走向与画风。烤肉的纷纷收起了烤肉架子，捋起袖子摩拳擦掌，给楼主出谋划策简直比对自己的约会还要上心积极。

一开始是没人回答，后来是回答的人太多，看着整整一页的约会指南，傅思远皱了皱眉头。

这么多意见，听谁的呢？

向来在商场杀伐决断的总裁遇到了自己不熟悉的领域，也只能两眼一抹黑。好在回答的人多了，总能找到几个符合自己心意的。

众多回复中，有一个双眼皮层主的格外吸引他的注意力。明明大家都是一样的双眼皮，打出来的都是一样的中国字，可他就是觉得这个双眼皮双得比较好看。

这个层主是如此建议的："楼主难道没有看过言情小说吗？约会的时候就要带女生去游乐园玩鬼屋，然后再到电影院去看恐怖电影，等你女朋友饱受惊吓扑倒在你宽阔的怀里时，你就会感谢我的建议了。PS：继续戳七楼。"

听起来似乎很有道理的样子，于是乎，他回复了那个层主："请留下你的文章链接。"

不过这位双眼皮层主似乎打定了深藏功与名的主意，再也没有出现在本楼中。傅思远等了一会儿等不到回复，便放下手机去洗澡准备休息。

计划定妥之后,第二天一大早,傅思远便飞到了A市,一下飞机,就看到一个熟悉的身影站在机场大厅翘首以盼。

"傅总!"简安安发现了傅思远,立刻朝着他挥了挥手,然后一路小跑到傅思远身边。

"你都不是我员工了,以后还要叫傅总吗?"

"这个……我叫习惯了,一时还改不过来……"简安安摸了摸鼻尖,有些不好意思。

"以后总要改口。"

简安安轻咳了两声转移话题:"咳咳,不提这个,你今天过来是有生意要谈吗?"

"不是,说好的要去约会。"

约会……她看着傅思远正儿八经的脸,风中凌乱了半分钟……

傅总说要跟她约会,现在问题来了,怎么约?

这个词语对她来说自然不陌生,作为一个小言写手,她怎么可能没写过约会?

咦?仔细想想,好像还真没写过!她的小说大多是剧情流,男女主就算相爱也是那种狗血虐恋,相爱相杀什么的。像一般偶像剧里那样男主女主手拉手,然后你一口优乐美,我一口香飘飘的约会,在她的小说里是绝对不可能出现的。

不过没吃过猪肉也看过猪跑,虽然她既没有写过约会,也没亲身经历过约会,但是她势必看过关于约会的小说呀。她努力在脑海中翻找,终于被她想起了小学时候看过的少女漫画的内容,男主女主坐在高高的摩天轮上幸福地相拥,然后彼此许下永恒的诺言。

这个画面比较唯美,就这么愉快地决定了!

"不然我们去游乐场吧!"

"不然我们去游乐场吧!"

咦,这是因为在一起久了,连脑回路都会撞吗?

第十四章
这个女友有毒

十一月的天气最是难熬。

阴郁的天空仿佛随时都有可能飘雨，街头马路上行人无不捂紧大衣行色匆匆。游乐场内倒是很热闹，小孩子们只要玩得开心，哪管天气下雨下雪。就在简安安还纠结于自己到底看没看过正儿八经的言情小说的时候，傅思远已经走到了鬼屋门口。

售票人员看见有人过来，立刻兴高采烈地推销道："现在做活动，情侣票只要二百五哦。"

简安安一下子就清醒过来："二百五，你为什么不去抢，现在的鬼屋都这么坑人了吗？"

"姑娘这你就不懂了吧，我们家鬼屋是从'霓虹'引进的超真实超立体'怨魂病院'，看到我身后这个建筑物了吗，里面都是哦。"

简安安往后一看，发现确实如售票员所说，这个鬼屋的规模不是一般的大，而且怨魂病院什么的，这个主题她真的好喜欢！

等等——

说好的摩天轮呢，为什么会来鬼屋？

她看着傅思远掏钱买票的样子，突然有了一个大胆的猜测——难道说，昨天碧水那个帖子是傅总发的？

昨天她码完字以后闲得无聊刷帖子，正好看到首页一个高楼讨论得热火朝天。她原本以为楼主是故意编造了一个帖子报复社会，但看到后面发现楼主竟然是认真来征求意见的，本着乐于助人的念头，她就给他出了个主意，让他带女朋友去鬼屋看恐怖电影。

事实上这个情节依然是来源于她前几天看过的一部小说。纯真可爱的女主被拉进鬼屋之后,被鬼屋里的各种阴森场景吓得不轻,就忍不住抱住了男主的胳膊,丧病的男主就顺势摸摸抱抱亲亲……等到了电影院的时候甚至变本加厉……

所以说她看的小说都是这样子的吗?

简安安无比庆幸自己没在那个帖子里把小说推荐给楼主,不然今天会是怎样简直无法想象。

就在这时,耳边响起了一个熟悉的声音——

"走吧,我买好票了。"

简安安回过神来,下意识地点了点头,没来得及说什么,就被工作人员们送进了鬼屋进行体验。这种新型鬼屋为了增添恐怖性,每一次只会放五个人进去,但不幸的是今天天气太冷了,除了他们俩以外,根本没有第三个人来玩儿。

于是乎,这家怨魂病院,理论上只剩下他们两个活人了。

想想也是有些激动呢。

看着周围血迹斑斑的破旧墙面,恐怖的 BGM 随着两人的进入开始自动播放,原本死气沉沉的病院正在慢慢地复活。

鬼屋名为"怨魂病院",顾名思义这是以医院为主题的鬼屋。

医院这种地方,别的不多,死人尤其多。各种各样的死法,各种各样的怨恨,含冤而死的灵魂如果得不到超度的话就会在这个医院一直徘徊下去。

五分钟后,两人身边就逐渐有穿着白衣服的护士医生路过。神圣的白大褂上满是黑红色的血迹,护士跟医生神情麻木脸色铁青,手里拿着针筒或者手术刀,一边走一边念叨。

"查房时间到,查房时间到,查房时间到……"阴寒密闭的病院中,这样循环往复的碎碎念尤其瘆人。

傅思远忍不住拉了拉简安安的袖子:"那个……你不怕吗……"

"咦,这会儿还没发生什么呀,有什么可怕的?"简安安有些莫名其妙道。

傅思远:"……"

他是不是选错了地方？然而现在后悔已经晚了，简安安这么一个弱女子都不怕，他要是开口说怕，岂不是很没面子？

"咳——"傅思远清了清嗓，"你要是怕的话我们就出去，放心我不会嘲笑你的。"

"不怕不怕，我们快进去看看，这个鬼屋好好玩儿，我还没见过这样的呢。"

说罢，简安安便在强烈的好奇心驱使下继续往前，傅思远看着她逐渐远去的背影正想跟上，却发现自己无论如何都走不动路了。

"大哥，你的脚踝骨看起来很好吃的样子啊。"

傅思远："……"

他现在出门还来得及吗？

他以为被抓住脚踝已经是极限了！可他万万没想到的是，这仅仅是个开始而已。

地上，天空，四周，这座房间的任何一个地方都有可能突然冒出一个鬼来。而且医院这种地方，鬼的形状还是稀奇古怪的。最惨的是，原本应该很害怕很害怕的女朋友，居然一点都不怕的样子！

按照科学唯物主义理论的观点，这个世界上是不可能存在鬼的，也就是说，这家鬼屋里的鬼全部不可能是真的！

没错！他必须这样催眠自己！

眼前所见到的一切都是假的假的假的！

就这样终于煎熬地度过了半个多小时，傅思远甚至已经麻木了，他觉得自己现在的心理承受能力应该已经上升到了一个极其高的层面，接下来再发生怎样的画面他都应该感觉不到恐怖了。

砰砰砰——剧烈的敲击声在空旷的房间中响起，眼看着出口近在咫尺，他忍住拉着简安安立刻夺门而出的冲动，冷静地看着那个戴着眼镜的医生堵住了门口。

"没想到你们两个居然走到了这一步，几百年来还是第一回呢。"

傅思远皱起眉头："不要继续装神弄鬼，请让开。"

"我藤野担当院长这么多年，还没有一个人能够逃出我的手心，反抗我的人都必须死！"

说着，他拿起了手中的榔头，朝着两人逼近。榔头上还有血迹，刚刚他就是用这个榔头，狠狠地敲掉了一个病人的脑袋……

就在此时。

"砰"的一声，灯灭了。

不仅灯灭了，就连 BGM 也停了。

整个病院漆黑一片，彻底变成了黑暗世界。

傅思远心头一紧，以为这又是鬼屋弄出来吓人的把戏，虽然黑暗的确恐怖，可简安安的手还在他手里攥着。

莫名安心。

身为她的男友，必须肩负起保护女朋友的责任！

停电之后简安安一直没开口说话，傅思远以为她是怕了，于是开口道："安安……"

刚叫了一声，就被一阵诡异的笑声给打断。

"嘿嘿嘿嘿……你们难道以为这里还是当初那个怨魂病院吗，进门之后我就说过吧，这里已经几百年没有人来过了……"

黑暗之中，院长的声音显得格外恐怖。脚步声越来越近，即便是傅思远遇到这种情况心里也有些发毛了，不过他还记着要保护女朋友："安安，不要怕，一切有我。"

"我不怕啊，因为我……"

"什么？"

简安安缓缓转过头，白皙的皮肤在手机白光的照射下一片惨白："早就已经死了啊！"

"吓死本宝宝了！"

灯重新亮起，藤野院长惊魂未定地捂住心口，一屁股坐在了地上，手里还拿着一个遥控器。

"喂，难得我跟你玩角色扮演，怎么这么不敬业啊！"

身为鬼医院的院长，居然这么不禁吓，差评！

"亲，你的角色是游客好不好，没事装什么鬼啊，差点吓死本宝宝知道不！"院长脱下眼镜，擦了一把脸上的血，"你们就是上次公交车上那对情侣吧,我刚刚就想说,好巧啊,又遇到你们。"

"哦,原来是你,那个英俊的路人。"简安安一下子就想起来了。

院长站起身来:"谢谢妹子夸我长得帅,不过再夸下去你男朋友可能会生气哦。"

简安安看向傅思远,却发现他的表情有些呆,而且破天荒地夸奖道:"不生气,你确实很英俊。"

如果不是你"英俊"地先喊了出来,后果简直不堪设想……

从鬼屋出来后,原本还有些清冷的游乐场早已人声鼎沸,摩天轮这类热门项目前更是排起了长队,看着那一眼望不到尽头的长龙,简安安提议:"不然我们还是去电影院吧?"

按照约会攻略,接下来的目的地的确是电影院,然而有了在鬼屋的经历,对于选择怎样的电影,傅思远陷入了前所未有的纠结之中……

"安安,你平时都喜欢看什么样的电影呢?"

"嗯,让我想想,应该是《电锯惊魂》《德州电锯杀人狂》《午夜凶铃》《咒怨》这种的。"

傅思远:"……"

所以说这是从一开始就选错攻略的节奏。

"还是去吃饭吧,火锅怎么样?你不是最喜欢吃火锅了吗?"傅思远其实对辛辣食物没太大的好感,但一想到鬼屋这种东西,辣椒好像就变得可以接受了。

"我是很喜欢吃火锅,可是最近正在上映的一部鬼片我也很喜欢哎,火锅每天都能吃,鬼片再不看的话可要下映了。"

傅思远沉默了半秒钟,心中天人交战。

简安安身为一个女人都不怕,他一个男人要是说怕,说是脸面尽失也不为过。可如果贸贸然去看鬼片的话,方才鬼屋中那样的场景若是重现……

傅思远深吸了一口气:"好,那就去看鬼片。"

电影而已,根本没什么可怕的。就算某人再装鬼吓人,他也有经验,不会再像方才那样惊惧。

"噗哈哈——"简安安忍不住笑了,傅思远一脸纠结的样子真是可爱，不过还好她的人性尚未泯灭，"好啦，不逗你玩儿了，去吃饭吧，反正我也饿了。"

逗你玩儿？傅思远很是无奈："我还以为自己掩盖得很好。"而且还有英俊路人的表现作为对比，他的表现应该不算太弱才是。

"你的表情是没变，可惜手心的冷汗暴露了一切，不过你放心，就算真正的鬼出现了，我也会好好保护总裁大人你的。"

简安安惋惜地摇了摇头，没想到霸道总裁也怕鬼，跟小说里描写的无所不能的总裁那叫一个天差地别……

"你呀……"

他怎么就找了这么一个女朋友呢？完全没有女朋友的自觉不说，还擅自抢走了他作为男朋友的戏份。可是就是这样的女朋友，让他有些难以放手。

这两个字，带着几分无奈，又带着几丝宠溺，听得简安安整个人都有些恍然。

"磨人的小妖精。"简安安忍不住低声吐槽。

"磨人的什么，风太大我没有听到。"

"没什么，我们快去吃饭吧，去晚了该没有位置啦。"简安安欢快地转移了话题。

在寒冷的冬季，火锅无疑是最受欢迎的食物。简安安算是半个路痴，但对于A市火锅店的分布格外清楚，游乐园附近就有熟悉的店面，所以两人也就没有舍近求远，直奔这家店而去。

然而她万万没想到的是，就是吃个火锅的工夫，也能遇到熟人。

而且一遇，就是两个。

他们准备进门的时候，那两人正推门而出。

"是你，简安安。"

傅思远微抬下巴："他是谁？"

这个……

简安安的额头冒出了三根黑线，"相亲男"这三个字卡在嗓子眼里呼之欲出，却总是有些难以启齿。她可没忘记当初在机场高速上某

235

人听到她去相亲的时候是怎样飙车的，虽然说最后也算是阴错阳差促成了一桩好事，可像这样面带笑容地介绍——这位就是我曾经相亲的男方……

她自问还没有修炼到这种程度。

而且现在的场景还不仅仅如此，相亲男身边还站了个妹子，正是前不久被开除的薛雯……

俗话说，夺人饭碗等于杀人父母，虽然说这件事只能怪薛雯自己作死，可她会因此对简安安更加怨念深重那也是意料之中的。这不，还没等到简安安开口，某人就率先冷笑了一声："上班时间就这么光明正大地跟老板出来吃火锅，你果然厉害。"

简安安抹了把冷汗，心道，果然来了，而后微微一笑："我已经辞职不干了。"

所以我在什么时候跟谁吃火锅，关你屁事？

"她又是谁？"二人世界被两个陌生人打断，傅思远的神情明显有些不悦。

薛雯蹙眉，语气颇为古怪："傅总真是贵人多忘事。"

她现在的心情很微妙，傅思远是她倾慕已久的男神，从他还没开微博的时候，她就从财经杂志上知道了他的存在。明明是毫不相干的两个人，但他的那张脸总是在脑海中徘徊不去。她一直渴望着能跟他有所接触，奈何两人之间的差距何止天地，虽然她每天都定时到傅思远的微博底下嘘寒问暖，却连让他眼熟都做不到。会进天河，事实上也是因为傅思远，想着任昊书跟傅思远是好友，说不定某一天就能认识男神。

她抱着这样的念头进了公司，最终却因为对另一个女人的嫉妒被解雇。丢掉工作以后，她不得不接受家里的相亲安排，没想到居然在这里碰到了傅思远，然而令她无法忍受的是，男神身边站着的女人竟然是简安安！如果是像虞又晴那样的美人的话，她甘拜下风。

可简安安，她算哪根葱？

傅思远皱了皱眉，还是没想起这个女人是谁，他转过头对简安安道："既然不认识，我们就走吧。"

虽然认识，但对这两个人实在没什么好感的简安安点了点头。

错过身的那瞬间，相亲男不屑地冷哼："简安安，你果然是这种女人！拜金女！"

刺耳的声音令简安安浑身不舒坦，她正想转头反驳，却被傅思远一把抓住胳膊："走吧，跟这种人没什么好说的。"

男人的声音仿佛带有某种叫人平静的魔力，纷乱的心绪一下子就平稳了下来。简安安咽下这口气，继续迈步前进，但被这么一搅和，连最爱的火锅都没什么心情去吃。

相亲男永远只会用"你果然是这种女人"这句话来评价她啊……

"怎么了，不开心？"傅思远敏感地发现，简安安从进门开始就有些沉默。

"跟傅总你谈恋爱真的是压力山大……"

"亚历山大？"

傅思远放下菜单，不解地看着她："我们俩在一起跟亚历山大有什么关系？"

"……"

简安安的内心几乎是崩溃的！好不容易有了一个悲伤逆流成河的机会，上天却给了她这么一个不在状况的男朋友！

她真的压力好大。

然而机智如简安安始终坚信，这个世界上没有圆不回来的梗，只有不努力的段子手。于是她伸出手，轻轻挑起对面男人的下巴，霸道总裁模式全开："山不到我这里来，我就到山那里去，亚历山大大帝如是说。"

就好像是我们俩，小妖精你不跟我告白，我只好先跟你告白喽。

然而傅思远沉思了一秒，道："我明白了，安安的意思是你是像大山一样的女人。"

傅总你说你的语文是不是英语老师教的！不然为什么同样是中国话，你的理解跟我的理解会隔着一整个太平洋。

简安安微笑着问："我跟大山有什么相似性？"

傅思远目光下移，盯着她身体的某个部分，小声道："都很大。"

顺着某人的目光，她低头一看……

她要报警了！

在对面男人异样的目光中重新套上外套，简安安轻咳了两声掩饰尴尬："今天出门的时候太匆忙。"

"没关系。"热气腾腾的火锅让傅思远的眼镜蒙上一片薄雾，他卸下眼镜，然后解开了衬衣最上面的两颗扣子，"再匆忙一点我也不会介意。"

简安安："……"

为什么平日看着人模人样一本正经的傅思远会这么……这么……这么……

不能描写。

按照剧情发展规律，男主出言调戏女主之后，女主应一脸娇羞地说"你好讨厌呀"，然后男主一把抱住女主，开始上下其手。

接下来就可以这样那样这样那样不能描写了。

想到这里的简安安有些脸红，一定是空调开太热的缘故。

然而就在此刻——

"给你——"低沉的嗓音将简安安从不能描写的幻想中唤醒，修长好看骨节分明的手中端着一碗热气腾腾的肉，场景似曾相识。

火锅的香气扑鼻而来，她这才想起，这里是火锅店，所有这样那样不能描写的行为都不可以描写……

想想也是有些小遗憾。

简安安抬起头，接过小碗后正想道谢，却看到卸下眼镜之后，男人眼眶下的青色一览无遗。道谢的话就这么卡在嗓子眼里再也说不出口。

傅思远他，应该是很忙的吧……

其实不用猜也能想到，像傅思远这样的总裁，每天处理本公司的事务就已经繁忙不已，再加上还要帮无良老板处理天河游戏的事务，简直是一个人要分裂成两个人忙的节奏。

虽然说他很厉害很聪明，但就算再怎么聪明再怎么厉害，也是一个人。是人就会有疲惫的时候，又不是总裁文小说的男主，掌控全球经济命脉，还每天都围在白莲花女主身边转悠。

如果全球经济命脉真的掌握在这种人手里，只怕全球经济早就不知道崩盘多少次了。

跟傅思远告白成功之后，简安安一度陷入迷茫。她没有谈过恋爱，可小说里男女主确定关系之后，不是每分每秒都恨不得黏在一起吗？为什么傅总完全不想她的样子？

每天晚上的电话里，也只是简简单单的嘘寒问暖，好像朋友一样聊聊天说说话。类似于"我爱你""我想你"这样肉麻兮兮的话，从来没听他说过。她也不是爱撒娇的女人，像小女生那样在电话里冲男朋友撒娇卖萌，埋怨对方不来看望自己这种话，她完全开不了口。

一个是面冷心热的傲娇总裁，一个是逗比欢脱的小说写手，这样的 CP 怎么看都好像看不到明天的样子。

她本来都想给自己点蜡了，但看着傅总的黑眼圈，心中却重新燃起了一份希望。他是真的很认真地在给自己策划一个浪漫约会，为了空出整整一天的时间陪她，也不知道加了多久的班。虽然结果并不尽如人意，她却觉得，这个男人从头到尾都在散发着无可比拟的浪漫气息。

吃完火锅后，简安安郑重宣布："反正我也全职了，以后每周我去 B 市找你玩儿吧。"

"可是这样来回坐飞机很辛苦的。"

"山不到我这里来，我就到山那里去，人生导师亚历山大如是说。"

"等等……"傅思远重新戴上眼镜，整理了一番衣服，禁欲气息立显，"我跟大山貌似没什么相似点吧。"

简安安用手指了指某个部位："都很大。"

傅思远：……

感觉被女朋友调戏了一定不是他的错觉！而且话说回来，她是怎么知道大不大的，难道说……

然而希望的火苗并没有燃烧太久，命运总是在你对明天最充满希望的时候给你最无情的打击。爱情的力量虽然无所不能，可遇到命运这个渣的时候，总是败得一塌糊涂。

告别傅思远后的简安安回到家中，中午吃饭时遇到的薛雯给她发来消息："你是傅思远的女朋友？"

简安安这才想起来，她忘记删这个人了。

简安安想了想，给她回过去四个字："关你屁事。"

回复过去的瞬间，薛雯的名字就变成了"正在输入中"，还没等简安安把她拉黑，第二条消息就传送了过来。

薛雯：傅思远的初恋女友回国了，你没戏的。

安安：关我屁事。

薛雯：……

薛雯：你还真是一点儿危机感都没有，先去搜一搜情敌的照片再来大放厥词吧。

安安：关你屁事。

薛雯：……

看着薛雯发过来的一连串省略号，简安安满意地从好友列表中将她成功删除。

世界顿时清净了不少。

有位高人曾经说过，善于运用"关你屁事"跟"关我屁事"这八个字，可以节省人生百分之八十的时间，果然是放之四海而皆准的真理。

从遇到薛雯的那一刻起，她就没想过自己跟傅思远的关系能隐瞒多久。薛雯还在天河的时候都敢上天涯八她，现在被辞了更是肆无忌惮，出了火锅店的门就开始发微博。傅思远跟简安安的CP粉虽然数量众多，然而比起傅思远那一千多万的老婆团来说，还是有些不够看。

傅思远钻石单身汉的形象已经深入人心，洁身自好不乱搞男女关系也不搞男男关系的形象也深得民意。对于他的大多数粉丝来说，在无数公共人物恋爱、结婚、出轨、离婚，乱七八糟的事一大堆的时候，傅思远简直就是公众人物中的一股清流，就算世界毁灭了，只要他还单身，那我们就都能继续相信爱情。

然而就在今天，傅思远跟那个作者在一起的重磅消息炸得粉丝们晴天一个霹雳——男神被拐跑了！粉丝们的心情犹如大地震，平日里CP粉闹一闹他们当没看见就行，一旦成了真，CP粉那点儿人数根本不够看。

　　无数鬼哭狼嚎的粉丝往暖玉生烟的微博底下跑，晋江专栏也在不久之后成功沦陷。不过这样的事情自从她遇到傅思远之后就接连发生，简安安早已见怪不怪，头条也不是第一次上，上着上着她就习惯了，但今天的头条居然不是他俩，这倒让简安安有些奇怪。

　　打开微博后，不管是热门话题还是热门微博，都被一个叫童语的明星给霸占了。

　　童语这个名字简安安自然不会陌生，大名鼎鼎的奥斯卡影后。不管是演技还是外表，全部是一等一的好，据说她在好莱坞混得风生水起，可以说是这么多年来在国际影响力最大的一位国内女星。

　　刚刚建微博不久，粉丝数就已经突破千万，而且还在以一个恐怖的速度继续上涨，以她的影响力与受欢迎程度，突破三千万肯定没问题。

　　简安安挺喜欢她的颜，曾经还进电影院看过她获奖的那部电影。只是这个姓，外加薛雯方才发过来的消息……她心中突然涌现出了一种不祥的预感。

　　就在这时，纪曼的对话框跳了出来。

　　蔓蔓青萝：你的情敌出现了！

　　安安：为什么你们都知道。

　　蔓蔓青萝：你看这个最新采访，是她自己说的。

　　安安：不行，我不能就这么轻易认输。

　　蔓蔓青萝：你打算怎么办？

　　安安：减肥！健身！日更一万！化一化妆我也可以当女神！战斗的号角已经吹响，比我优秀的人还比我努力，我还有什么不去努力的理由！

　　蔓蔓青萝：那个……虽然不想泼你的冷水……

　　蔓蔓青萝：可是比你优秀的人还比你努力，那你努力又有什么用呢？

　　安安：我的膝盖……

　　安安：怎么办？

　　安安：根据我浸淫言情小说多年的经验，男女主如果在进度条三分之二处在一起了，那么剩下的三分之一就洗洗等虐吧！

蔓蔓青萝：怎么虐？又玩儿替身梗那一套吗？

安安：这倒不至于，我看童语的照片，跟我一点儿都不像。

蔓蔓青萝：误会梗？癌症梗？带球跑梗？

安安：够了，我还是相信爱情的……

再这样脑补下去，她不用作者虐，自己就可以把自己虐死了。而且她要相信傅思远，绝对不是那种始乱终弃的人。没错，就是这样！就算她不相信自己，也要相信傅思远！

安安：进入一级警备状态！

蔓蔓青萝：说好的相信爱情呢？

安安：毕竟敌人太强大，而且我们又是异地。

蔓蔓青萝：这种时候就应该放大招。

安安：我也这么觉得。

蔓蔓青萝：在这寒冷的冬季，要给男人带来犹如春天般的温暖，这样他就会舍不得离开你一步！

安安：对！要温暖不要寒冷！

蔓蔓青萝：所以说，现在就下单吧安安。

安安：好，我立刻就去买毛线。

蔓蔓青萝：买毛线？你是不是误解了什么……

安安：在寒冷的冬季能够给男人带来温暖的东西就是围巾啊！而且要亲手织的围巾才有意义，反正我现在辞职了在家没事干，织一条充满爱意的围巾快递过去，这样虽然我不能时时刻刻陪在他身边，但是他一看到围巾就能想起我。

蔓蔓青萝：……

蔓蔓青萝：果然谈恋爱会让女人变笨，安安你以前明明不是这样的。

蔓蔓青萝：笨蛋安安，围巾算个毛线，要买就买护士服。

安安：我要报警了。

蔓蔓青萝：没有身体交流过的恋爱就好像一盘散沙，风一吹，就散了。

安安：我选择死亡……

护士服这种东西，就算她好意思买也不好意思穿啊！而且她对自己的身材没那么自信，如果穿上护士服对方还没有任何反应，那简直可以在地下挖一个洞钻进去然后永远不出来了。

一想到那个场景，尴尬恐惧症就要犯了的简安安打了个寒战，立刻把购物车里的毛线付了款。

万万没想到！当第二天快递送到简安安家门口时，除了她买的毛线，那件护士服是什么鬼！

不带这么坑基友的啊！

话说护士服这种东西大大咧咧地写在快递单上真的没问题吗！这让她以后如何面对快递小哥！

好吧，这不是重点，重点是，竟然是到付……

"美女，货没错吧？"

简安安回过神来，匆忙点了点头，付过钱以后迅速带着两件快递逃离现场。怎料越是这种时候越是状况百出，她前脚刚进门就被简母拦住。

"这么匆匆忙忙是干什么去了？"

简安安调整好呼吸，表情如常："就是去取了两件快递而已。"

"你又买什么了，让妈看看。"

简安安下意识将快递拽紧了几分："没什么啦，就是一点儿毛线。"

"你买毛线干什么？"

"织围巾。"

"你还会织围巾？是给你男朋友吧？"简母笑得颇有深意。

"……"

见她不说话，简母又道："不要害羞嘛，妈又不是那种不通情理的人，只不过你们俩也好了一个多月了，情况怎么样？"

"就那个样子呗，还能怎么样。"不想继续被盘问下去，简安安随便找了个借口要遁，"不说了不说了，我还急着上厕所！"

回到房间后，她第一件事就是把门锁上。

拆快递这项活动绝对可以排到令女人幸福感倍增的运动前十，毛线的那个包裹倒是没什么，护士服的包裹让简安安犯了难。

纪曼寄这件衣服来的意思，再明显不过。虽然说这段感情从一开始就是她主动没错，可主动到穿护士服这样，也未免太过了。虽然私下会没羞没臊地讨论这些话题，但讨论归讨论，实战是实战，她明显就是传说中实战能力负五的渣渣。

打开最外层的快递箱以后，她就再也没勇气继续看下去了。虽然从跟傅思远确定关系以后就开始叫嚷着减肥，可不知为何，她身上的肥肉比《长生劫》文底下的小广告还要顽固。

正所谓野火烧不尽，春风吹又生……

三天后，某人的爱心围巾正式成型。

大学的时候舍友给"男票"织围巾，全宿舍的人都跟着学，好在当时的技巧都还没有忘记。虽然是最简单不过的针法，但女朋友亲手织出来的东西，肯定别有一番意义。

满心欢喜的简安安将围巾装好，满心欢喜地目送快递小哥取走。第二天一大早，她正坐在电脑桌前奋斗《长生劫》的结局，简母却在她的柜子里翻找着什么。

"安安啊，你这围巾要不要先洗一遍？"

简安安想了想，好像是有这个必要。

等等——

妈妈刚刚说了什么！

"我的哪条围巾？"简安安不敢相信地转过头。

简母把装着围巾的袋子拿了出来："就是你前几天织的那条。"

啥？她怎么记得昨天早上就把围巾寄走了！难道是她出现幻觉了？

简安安使劲揉了揉眼睛，然后死死地盯着简母手中的黑色袋子——一种不祥的预感突然涌现！

谁能告诉她，为什么装着围巾的袋子会跟装着护士服的袋子长得一模一样……

而且，一个是围巾，一个是护士服，这两个东西的手感应该是完全不一样的！果然是自己寄错了啊啊啊啊！

她不信命地把袋子打开，里面果然就是她这几天呕心沥血的伟大作品！没办法，她只好将最后一丝希望寄托在了快递小哥身上。上天保佑，只有一个晚上而已，快递应该还没寄到傅思远的手上！

只要傅思远还没有收到快递，一切就还有挽回的空间！

就在这时，微信提示音响起。

简安安拿起手机，心跳几乎停滞。

然而——

傅思远：快递收到了。

安安：……

难道今天是世界末日吗？

"亲手制作的礼物，收到快递后记得戴上，然后拍照给我发过来哦！"

与快递包裹一同寄来的明信片上如此写道。

傅思远毫不犹豫地打开包装，然而里面的东西……

这好像是一件护士服吧？又薄又短的白色布料，小巧可爱的粉红色十字，怎么看都是一件护士服。

寄了护士服过来，简安安到底是怎么想的，难道说是想看他穿？虽然可能性极小，但一想到某人平时那个不按常理出牌的性格，外加她总喜欢扮演霸道总裁，这种可能性还是存在的。不过仔细一看，这件护士服的尺寸根本就不是一个一米八五的男人能够轻易尝试的。

傅思远毫不怀疑他套上去的瞬间，衣服就会被撑裂。

不过这个尺寸，目测跟简安安很合的样子。

短暂沉思过后，他打开微信给简安安发消息……

简安安此刻的心情，用一千万匹羊驼奔腾来描述也毫不为过！她看了看手里的围巾，再看看傅思远的微信消息……

她强迫自己冷静下来！仔细一想事情的发展还不是那么糟糕，傅总那么天然呆的一个人，肯定不明白护士服是什么意思，一切还有挽回的空间！

安安：傅总抱歉，快递是我妈寄的，她好像搞错了。

傅思远：看到你的明信片寄语了，虽然我也很想满足你的心愿，但是尺寸好像很不合适。

安安：不是这个！不是这个！我要寄给你的是围巾！

傅思远：不过既然是安安亲手制作的衣服，浪费的话就太可惜了。

安安：嘤嘤嘤。

安安：傅总你要相信我！我费了整整三天时间好不容易才织好的围巾！现在就拍照给你看！

傅思远：三天时间？那更不能浪费了……虽然不合我的尺寸，但我觉得安安你一定可以穿上。

安安：围巾围巾围巾围巾围巾！

傅思远：等你明天来B市再穿上拍照吧。

不行了……

她要崩溃了……

这个人完全没有在听她讲话！完全没有！不管她说多少遍快递寄错了，不管她说多少遍她织的是围巾，这个男人完全装作听不懂的样子。

说好的纯情少年呢？说好的不解风情呢？说好的善解人意呢！

简直不能让她好好玩耍！

然而最令她坐立难安的是，上次约会后因为亚历山大导师的引导，她说要每周去B市见一次傅总，而明天就是约好要见面的时间……

简安安现在唯一庆幸的就是傅思远不在她面前，不然他要是把那件丢人丢到姥姥家的护士服拿出来逼她必须穿上，那简直是世界末日。

压力好大，眼看着情敌来势汹汹，结果就在这节骨眼上闹了这么一个幺蛾子，现在问题来了，她优雅端庄的形象还好吗？

简安安度过了生命中最为忐忑不安的一个下午。尽管她不断告诉自己要沉着冷静要优雅端庄，可还是忍不住内心想咆哮的冲动。

最后她实在忍不住，就上QQ找罪魁祸首问罪。

安安：我把护士服当作围巾给寄了出去……

安安：现在怎么办啊！

安安：啊啊啊啊！

纪曼此刻正在悠闲地看剧，看到简安安发来的消息后直接把一口奶茶喷到了屏幕上。

蔓蔓青萝：哈哈哈哈，不行，安安你赔我屏幕！

安安：同情心呢？基友爱呢？说好要做彼此的天使呢？

蔓蔓青萝：然而你已经成了别人神圣的白衣天使。

蔓蔓青萝：傅总：谁若折安安翅膀，我必毁他整个天堂。

安安：我明天就要去B市找他了，最后你还有什么话送给我吗？

蔓蔓青萝：记得戴套。

安安：……

蔓蔓青萝：别害羞！这可是非常重要的事情！话说安安你应该明白，不戴套的严重后果吧？

安安：完全不明白。

蔓蔓青萝：算了，不戴套也可以，只要他没病，你先下手为强生下傅家长子，到时候任前女友再怎么厉害都不能动摇你的地位。

安安：这是从狗血总裁变成豪门争斗的节奏？

蔓蔓青萝：人生总是这样，充满无尽的可能性。

安安：只要不变成悲情韩剧，一切都好说……

纪曼完全是看热闹不嫌事大，跟她商量也商量不出个什么结果。最后简安安干脆放弃治疗地关掉手机，把被子往头上一蒙，就这么迷迷糊糊地睡着了。

第十五章
我依然相信爱情

一睡就是一整个下午。

简安安被简母叫醒,整个人都有些恍恍惚惚,她揉了揉眼:"妈,现在几点了?"

"都快晚上七点了你还睡,赶紧起来吃饭。"

"晚上不吃了,我还要减肥。"

"你就成精吧你,我看你这次能坚持多久。"简母叹了口气,指了指桌子上的黑色包裹,"你的快递我帮你收回来了。"

"快递?我没买东西啊。"哦对,她买过毛线,要给傅总织围巾来着……

想到这里,简安安松了一口气,原来早上发生的一切是在做梦,她就说,如果不是做梦,怎么可能会发生如此荒谬的事情。

纪曼送了她一件护士服,她把护士服寄给了傅总,这种那种不可描写,完全都是梦呢。

真好!不用担心了!

简安安心情愉悦地从床上爬了起来,然后兴高采烈地打开了快递……

谁能告诉她这是什么!毛线呢!毛线呢!毛线呢!

为什么会是一件水手服,而且是短得不行的那种……

她强迫自己闭上眼睛,深吸了一口气,然后不信邪地把水手服拿出来,从包装袋里又掉出了一张明信片,明信片上工工整整地写着:"亲手制作的礼物,收到快递后记得穿上,然后给我拍照发过来哦。"

一脸血……简安安转过头去找手机,发现她那可怜的小围巾正好好地躺在床上。

已经顾不上围巾的某人打开手机给傅思远发消息。

安安:绝对不可能是你亲手做的!

安安:你说谎!

傅思远:安安你要相信我,这是我费了三个小时做好的衣服,不信的话你可以穿上拍照给我看。

安安:……

傅思远:礼尚往来,你送我一件,我当然也要送你一件,不过我吸取了你早上的教训,尺码这次绝对是对的。

傅思远:如果我说谎,就罚我改名蓝田。

安安:为什么?

等等!说起蓝田的话就想到蓝田玉,说起蓝田玉的话就想起李商隐的那句诗——

沧海月明珠有泪,蓝田日暖玉生烟……

也是有些猝不及防。

安安:你等等。

三分钟后——

安安:我换好了。

远在B市的傅思远表情一僵,顿时有些手足无措。他寄快递过去纯粹是想逗简安安,凭简安安的性格要让她穿上这种衣服肯定是天方夜谭,所以从一开始他就没有抱多大的希望,只是有些恶趣味地想看她孪毛的样子,万万没想到她居然这么听话地换上了。

也许恋爱真的会改变一个人的性格。

虽然没抱希望,可傅思远也不否认自己内心深处的期待,不然他也不会真的买一件尺码刚刚合适的水手服寄过去。

房间里的温度突然就上升了许多,他忍不住摸了摸鼻尖,然后静静等待着某人的照片。很快,那个某人便发送了一张照片过来,他想也没想地点开大图。

然而——

的确是穿上了没错，可谁能告诉他为什么是海绵宝宝？

安安：是不是很合身？

安安：傅总你要相信我，这张照片里真的是我，你要是看成了海绵宝宝，一定是你眼花的缘故。

安安：如果我说谎，就罚我把姓后面的两个字颠倒。

傅思远：……

也许从一开始他就不应该信任昊书的意见，如果任昊书真的是恋爱高手，又怎会多次被甩。造成现在这种结局，都是因为他太信任那浑蛋了。现在好了，估计自己在简安安心中的形象已经完全崩塌了，他看着图片里穿着水手服的海绵宝宝，深深地叹了一口气。

水手服固然可爱，海绵宝宝也很萌。

只是这两样可爱的东西加起来，为什么就那么诡异呢？

第二天，从大清早开始微博就格外热闹，虽然每天都有各种各样夺人眼球的新鲜事发生，但像今天这样两件大事撞在一起的概率可不怎么高。

第一件大事：火爆一时的网络小说《长生劫》正式宣布完结。

这本由暖玉生烟撰写的网络小说，从入V起便话题不断，更是几度爬上头条。虽然只有短短的三十万字，却毫无疑问地吸引了一大批读者粉丝。尽管创作过程中出现过很多困难与阻碍，但作者大大硬是凭着自己惊人的意志力完成了本书。随着网络版的正式完结，出版公司也传来了好消息，宣布《长生劫》的实体书将于一个月后开始预售。

第二件大事：钻石单身汉傅思远公布恋情，女友非人类。

傅思远作为童远传媒总裁，其私生活向来受到众多网友的特别关注，今晨傅思远发微博爆女友照，然而当众多摩拳擦掌的粉丝打算手撕女友之时，却发现他的女友居然是一个巨大的海绵宝宝……

嗯，而且还是一个穿着水手服的海绵宝宝。

两大消息迅速霸占热门排行，热度不断攀升，虽然将小说《长生劫》推到大众眼前的正是傅思远本人，可《长生劫》的火爆程度大大超出了他的意料，甚至跟他公布恋情的那条微博转发量不相上下。

但毫无疑问，公布恋情的那条微博更能激起网友八卦的欲望。虽然前一段时间有消息传出傅思远跟暖玉生烟已经在一起了，可两方都没有正式承认这条消息，所以粉丝们也就当什么都没发生。

今天这条微博刚一发出，各路粉丝立即开始研究。其实傅思远都二十八岁了，谈个恋爱的确不奇怪，可这样的女朋友未免也太不同寻常了吧！

粉丝们觉得，男神你这样不按常理出牌，让粉丝们连个努力的方向都没有，难道说以后要把自己的整个身体都涂成黄色的才入得了男神的法眼？如果大家都这么想，那画面简直太美……

围观网友猜测，傅思远肯定是被人盗号了，不然不可能发出这么幼稚的微博，但是距离傅思远发出这条微博已经过去了两个小时，网络上闹成这样，童远传媒官方也一个字都没解释，微博也一直飘在热门上没被删掉。还有CP粉们说，这其实是傅思远跟网友们打的一个哑谜，他女朋友的姓名就隐藏在这张图片里等待着他们去发现！

就在网友们众说纷纭吵得不可开交之时，造成这一切混乱的始作俑者却老神在在。

"现在满意了吧？"傅思远的语气里有些无可奈何。

简安安眨了眨无辜的大眼睛："怎么会，这不是才两个小时吗，据说这件衣服是某人费了三个小时才制作出来的心血，要好好地晒够三个小时才行呢。"

看样子，是一点商量的余地都没有了。也不知道这条微博发出以后，自己的形象会崩成什么样，但谁让他有错在先，只能乖乖听话。

傅思远叹了口气，继续将注意力集中在开车上。

"还有那首诗，到底是从哪儿看到的？"以傅总的性格，绝对不可能想得这么远。

"咳咳——"提起那首诗，傅思远不自在地咳嗽了两声掩饰尴尬，"是有粉丝在微博底下这么叫我。"

傅思远是那种求知欲特别强的性格，一开始看到觉得好奇，后来就忍不住去搜索到底是什么意思，终于被他在某个论坛的CP楼搜到答案后，这个梗就深深地印在了脑子里，直到现在想起那两个字，心跳都还会加速。

251

但不得不承认，中华文化博大精深，他还有很多很多需要虚心学习的地方。

发微信的时候一时脑热就这么发了出去，发完之后方觉得有些不妥，毕竟简安安还是个很单纯的女孩。他不知道的是，某人的确有点儿生气，但与其说是生气，倒不如用害羞这两个字形容更加恰当一些。

"粉丝知道得太多了。"用手扇风已经不足以降温，简安安忍不住打开窗户透气，看着窗外陌生的城市顺便转移了话题，"现在这是要去哪儿？"

"去公司，关于《长生劫》影视版权的事情，我介绍你跟主创团队见面。"

"等等——"简安安挑眉，"你怎么就这么确定我会把版权卖给你啊，万一别人开价更高呢？"

傅思远嘴角微勾，露出一个势在必得的微笑："不管其他公司开价多高，我永远比他们多出一百万。"

一百万！简安安被这霸气侧漏的宣言给苏了一脸，自上次送车事件之后，她又一次感受到了跟总裁谈恋爱的好处。

"不过我还是有点儿怕怕的，你说万一拍成电影以后收不回成本怎么办？我的很多读者都是看你的微博来的，都是你的粉丝，现在你已经是别人家的男人了，她们会不会粉转黑啊？"

如果是其他公司买了版权，赔了也就赔了，可童远传媒是傅思远的公司，要是赔了岂不是压力很大，简安安越想越没自信。

"安安放心，不会赔的。"

正好遇到红灯，傅思远拉起手刹转过身来看着简安安，忍不住捏了捏她的脸蛋："而且就算赔，我也赔得起。"

"不管是你还是雪大，都对我很有信心的样子……"

可她对自己总是有些不自信，也可能是傅思远跟寒江雪都太厉害了，对比之下她根本达不到那种高度。她一夜爆红，心态还没来得及从小透明转变成大神，会忧心忡忡也是难免的。虽然任性地辞了职，也算是做了一阵子的全职作者，但越是深入这个圈子，就越觉得这个圈子不比其他任何圈子好混。

二八定律在任何圈子都适用，她虽然很幸运地靠着一本《长生劫》出了头，但将来的路在何方，还是不甚清晰。

"大家都相信你，是因为你有被相信的资本。一部电影要想成功，首先就要有好的故事，我觉得这一点《长生劫》已经做到了。"

"至于票房，这是另外一个层面的东西，剧本、演员、导演，影响票房的因素太多了。"

简安安被傅思远的话点燃了好奇心："那我们现在去公司，就是去见导演吗？"

傅思远正想回答，却听四面八方传来一阵喇叭声，原来是绿灯已经亮了，他放下手刹，一边启动车子一边道："对，除了导演，还有几个演员。"

演员……提起这两个字，简安安原本兴奋的心情顿时被泼了一头冷水。并不是对演员有什么偏见，只是她想到了一个人。

一个突然出现在她面前，充满了神秘色彩的女人，而且据说，这个女人是傅思远的初恋……

她用眼角的余光打量傅思远，一如既往的冷漠。他天生一副扑克脸，很少见他笑，像现在这样沉默的时候，就会令人产生一种距离感——

高高在上，只可远观。

"那我岂不是可以得到很多明星签名了？"语气不似平时那样轻松，甚至仔细去嗅，还能嗅到一丝酸味儿。

"嗯，没问题。"

高冷如傅思远，在跟简安安对话的时候，神情完全变了，从内到外散发出一种温暖的感觉。不过这样的傅思远，倒是让她安心不少。她想，他就算再怎么不解人意，应该也不会做出那种让前女友主演现女友作品的脑残事来。

然而命运总是用事实告诉我们，不要安心得太早，否则脸一定会肿！刚推开会议室的大门，简安安就发现了好几个熟悉的面孔，有男有女，女明星里最扎眼的那个，正是童语。

童语身高大概一米七，烟灰色的卷发慵懒地披散在背后，美目流转之间风情无限。

尽管是情敌，简安安也不得不称赞一句，果然是女神级别。

简安安与傅思远出现后，童语瞬间眼前一亮，朝着两人走来。看着童语越来越近的身影，简安安瞬间蒙了。怎么办？这是要当众示威的节奏吗？身为傅思远的正牌女友，她到底应该如何表现才能打败情敌？

一瞬间，各种各样的想法充斥了她的整个大脑，但还没等她想好解决方法，就见童语张开手臂，一下子抱了过来——

咦？为什么抱的是她？

"女神，我可算见到你了！"

简安安："……"

影后你确定没有拿错剧本吗？

突如其来的拥抱就好像是夏天的暴风雨一样猛烈，让人根本来不及躲避。

简安安猜中了开头，却猜不中结局。

"那个……你是不是认错人了啊？"

这或者是童语麻痹自己而想出来的招数？不管怎样，她告诉自己绝不能掉以轻心！

童语放开了她，神情激动道："是我啊大大，我是'童话里的故事都是骗人的'！"

这个消息的劲爆程度简直不亚于当初她知道傅思远是她新上任的老板！

"童话里的故事都是骗人的"，这个 ID 简安安当然不陌生！两年前简安安初来晋江码字，还是个什么都不懂的小新人，点击跟收藏都少得可怜，当时她还不知道有签约上榜这回事，更没想过可以靠这个赚钱。那个时候最大的码字动力就是文底下读者的评论，直到现在她都还能记起一些读者的 ID。

童话里的故事都是骗人的，就是她第一本小冷文底下从头追到尾的死忠读者。一开始只是聊文里面的内容，后来偶尔她会在作者有话说里吐一些生活中的槽，而读者也会在文底下聊一些生活中的烦心事。

童语两年前初到好莱坞，正值人生中最低谷的某段时期。工作一落千丈，感情遭遇背叛，每天唯一开心的事就是看简安安的小说乐上那么一会儿。而且有什么不顺心的事情，软萌的作者还会很认真地开导她，可以说是黑暗中的唯一一丝光亮也不为过。

只是当时看文的童语本身情况就很糟糕，没办法给简安安带来什么实际的利益。她曾经在文底下说过，等以后情况好转了，一定要包养作者君。

包养这个词在晋江并不少见，作者们求收藏的时候也会说求包养，而读者们遇到喜欢的作者也会豪言壮语地说想包养。一般能收藏订阅每天评论简安安就已经很满足了，所以当时童语的话她看到后也只是笑了笑，并没有放在心上。然而等到她开始写第二本小说的时候，童语却消失了，从此以后再也没出现在她的评论里。因为当时两人的关系实在很好，所以她着实伤心了好一阵子，还担心她三次元是不是出了什么事，时不时地就会去她的读者专栏转悠一圈……

可是两年过去了，童语的专栏还跟两年前一模一样，最后一条评论还是给简安安的包养承诺。说起来，简安安认识童语的时间比傅思远要早得多。只是她万万没想到的是，当初的小读者摇身一变，竟然会成为奥斯卡影后。

这人生已经不能用传奇来形容了，简直就是神话！

而且如果忽略童语的性别，那么故事情节简直活生生一出狗血言情小说戏码，男主在人生最低谷的时候遇到女主，然后男主莫名其妙消失，两年后功成名就的男主归来……

"原来是你啊，你消失后我还担心了好久，害怕你出了什么事。"简安安松了口气，笑着道，"现在看到你好好的，我也就放心了。"

"你们两个以前是认识的吗？"傅思远一脸茫然，这两人好像突然间就变熟悉了，一定不是他的错觉。

"一开始在美国混得很糟糕，后来事业终于出现了转机，可惜从那个时候起我的经纪人就不允许我上网看小说了。"提起当初，童语的神情有一丝恍然，但很快又被笑容所替代，"大大你果然是身娇体弱易扑倒那一类型的，跟我想象中一模一样。"

"等等，能不能先回答我的问题。"

"不过我可没想到童话你居然是这么有名的人物。"故人重逢，让简安安感慨良多，如果两人只是单纯的读者跟作者关系，只怕她会跟她成为好朋友也不一定，但只要一想到童语曾经是傅思远的初恋女友……

"大大现在也很厉害，小说马上就要拍成电影，我们俩的梦想都实现了，真是太好啦！"

童语笑嘻嘻地拉着简安安的手，将屋内的主创人员一一介绍给她。虽然之前对影视圈了解不多，可她居然每个名字都有印象，足以证明这个团队的强大。

虽然网络小说影改早已不是什么新鲜事，但像这样的规模，绝对堪称第一。简安安心里也明白，如果单凭她自己是绝对不可能达到这样的程度的，会有这样的阵容，很大程度上是傅思远的功劳。

不过还没签订正式合同之前，他们可以商讨的东西也不是很多。聊了一会儿后，除了童语以外的其他人就都离开了会议室，偌大的会议室顿时只剩下三个人。

"大大，你觉得我适合哪个角色呢？"

"女主！"简安安不假思索，抛开个人感情，不管从哪一个角度来看，童语都是女主角的最佳人选。

童语充满期待地看着简安安："其实我也这么觉得，而且从很久以前我就想拍大大的小说改编的电影了。"

就在这时——

"我不同意。"

低沉有力的声音一下子吸引了两人的注意力。

傅思远板着一张脸，又重复了一遍："我不同意你演女主，女主要更加年轻一点的演员才行。"

"所以你现在是嫌我老？"

傅思远抬了抬眼镜："三十岁还要演少女，你当观众是瞎子不成？女二还可以考虑一下。"

"呵呵，我没记错的话女主已经好几千岁了，总裁确定那些十几岁的小姑娘演得出那种阅历？"童语冷笑一声，针锋相对地反驳道，"更何况，我今年才二十七。"

"你也知道是二十七而不是十七，难道你打算三十七岁还继续演十七岁的角色吗？"

这两个人一言一语唇枪舌剑，你不让我我不让你，让夹在两人中间的简安安颇为无奈。

说好的初恋情深呢？

说好的情敌见面分外眼红呢？

为什么她觉得事情的走向似乎朝着一个奇怪的方向发展而去了……

年龄永远是一个女明星不能言说的痛，就连奥斯卡影后也躲不过，傅思远拿年龄说事，童语显然有些被戳到痛处。不过提起戳痛处，童语可不甘示弱："你这臭脾气死脑筋，活该单身一万年。"

等等——

单身？简安安有些怀疑自己的耳朵。

"可是，童话你不是傅总的初恋女友吗……"

童语朝简安安抛了个媚眼："谁会喜欢这种不解风情的死脑筋！比起男人，我更能欣赏妹子的美好。"

简安安被这个眼神看得浑身一颤……

童语身上，有一种雌雄莫辨超越男女的美。

既可以妩媚动人，也能够英气十足，她在电影院看过的那部电影里，童语的角色就是反串，当时在她身边的纪曼就曾大发感慨："如果主角是个男人，绝对有无数妹子跪求以身相许，就算主角是个女人，还是会吸引无数男男女女奋不顾身。"

刚才那个眼神，让简安安一下子想起了这句感慨。虽然说不用跟童语这样的女神做情敌的确很不错，但被假想情敌喜欢这种剧情，也是让她压力good大。就好像是你鼓足力气打出去一拳，本以为可以对敌人造成重伤，结果却打歪了方向，撞到了棉花上……

事到如今，围巾也好、护士服也罢，估计都全无用武之地了……

想想也是有小遗憾，简安安微不可闻地叹了口气。

"大大，你觉得我好看吗？"

简安安点了点头："好看！"这是大实话。

童语一下子就开心起来："我觉得大大你也很可爱。"

"所以这是在委婉地说我长得不好看吗……"心好累，感觉不会再爱了。

"不是不是——"童语忙不迭地否认，生怕伤害了大大那脆弱而幼小的心灵，"我只是习惯用可爱这个词而已，我觉得大大你长得很好看很可爱。"

"白白的，软软的，让我想起了奶油蛋糕，好想咬一口。"

傅思远："……"

他就知道不该让童语见到简安安！眼看着童语越靠越近，傅思远忍不住将简安安往自己身边拉了一把，但是没想到他往过拉一厘米，童语就继续贴近简安安一厘米。

一分钟后傅思远终于忍无可忍！

"你给我离安安远点儿。"

童语一脸无辜："凭什么听你的，你算老几啊？论资排辈，也是我认识大大比较久，更何况我听说你还是个盗文狗。"

"哼——"她冷哼了一声，用鄙视的眼光看着傅思远，"盗文狗就请给我夹起尾巴做人，找什么存在感！"

傅思远脸色略难看，但是尚且能保持表面上的平静。虽然看盗文的事情的确是个污点，但这个污点已经过去很久很久了，简安安应该已经不在意了才是。

就在这时——

"噗哈哈哈哈哈哈……"简安安十分没有同情心地笑了，"给童话点个赞，你说得好有道理。"

傅思远瞬间脸色一变。

"想当初我可是口袋里只剩最后一百美元了，都要支持大大正版的读者，现在真是世道变了，看盗文的都这么嚣张。"

不得不说童语的确相当犀利，戳痛处也是一戳一个准！其实他俩也算是从小一起长大了,家里人很早就想把他们往一起凑。本来吧,男才女貌,天造地设的一对,可偏偏这两个人从小就互相看不顺眼。按理说成年以后情况会好些,可看今天这架势,仿佛愈演愈烈了……

"我本以为在美国的这两年你会比以前成熟懂事,才答应你参演《长生劫》。"傅思远顿了顿,然后无情地宣布,"没想到你还是老样子,更坚定了不能让你演女主的决心。"

"别以为你是童远的总裁就可以无法无天了!"童语转过头,无比温柔地对简安安说,"大大放心,我哥也有童远的股份,他拦不住我!"

"哥哥……所以童远里面的那个童字……"

为什么感觉自己知道了一个很大很大的商业机密?

"是啊,所以大大你放心,我绝对会拿下女主!"

女主不女主的,这根本就不是重点!简安安虽然是《长生劫》的小说作者,但对于影视圈可谓一窍不通,甚至连明星也认识得不怎么多,究竟是谁演女主,基本上小说作者是没有话语权的。只是简安安一想起这几天担忧的事情真相居然是这样,她就好想吐血!按照言情小说剧情发展规律,此时的确应有情敌出现,可现在这种场景,怎么看童语都是对自己的兴趣要更大一些。

而且公司名叫童远什么的,一般来说难道不是为了纪念初恋而起的名字吗?她觉得自己幼小的心灵受到了极大的伤害,必须吃点儿好的缓一缓。

"话不要说得太早。"傅思远站起身来,"安安我们走。"

简安安愣了愣:"去哪里?"

"去吃饭,你从下飞机后应该就没吃什么东西吧。"傅思远居高临下地看着简安安,忍不住把手放在她的头发上揉了揉。

低沉的声音中透露出几分难得的温柔贴心,让她根本无法拒绝。她正想点头起身,左手边却突然传来一阵惊呼。

"你们……"童语难以置信地指着两人,"姓傅的你刚刚对我们家大大做了什么,你怎么这么猥琐啊你!"

"我是安安的男朋友。"

"我不信!"童语立刻看向简安安,"大大你说,他肯定在撒谎对不对？"

"这个……"简安安"囧囧有神"地道，"是真的……"

话音刚落，童语就露出"全世界都抛弃我"的生无可恋表情。本身美女就容易让人心软，像童语这样的美人更是我见犹怜。她露出这样的表情，不管是真是假，竟然让简安安的内心生出一种愧疚来。

"想当初在文底下评论的时候，大大你叫人家小天使，没想到这个男人出现以后，大大你居然就这么无情地背叛了我……"童语掩面低泣，"我可是真的很努力地工作，等待着可以包养大大的那一天，没想到竟然被臭男人抢了先。"

"等等，你要包养谁？"

童语指着傅思远："大大你说说看，我哪里比不上这个姓傅的了？"

她显然没有给简安安回答的时间，上一句话刚说完，就开始自行对比。

"首先比认识大大的时间，我跟大大两年前就认识了，这个毫无疑问，我赢。"

简安安点头，这句话说得没错，而且她对这个读者的印象一直很好，不像傅思远的路人甲，带来的都是些惨不忍睹的回忆……

"接下来是外表，虽然老师教导我们要低调做人高调做事，可我觉得做人有的时候该高调就得高调，否则你不出声有些人就觉得自己是天下第一了。我是靠演技吃饭没错，但外表不是我自夸，比一个傅思远还是绰绰有余的吧。"

简安安想，好像也对。傅思远的五官单独拎出来不是很出彩，组合在一起却有一种独特的和谐，缺一分多一分气质都会有损。比起普通人来说，自然很高富帅，但童语可是风靡全球的影后级别巨星，相比之下傅思远就差了一等。

"然后是财富，我虽然不是开公司的，可片酬外加代言费也不一定就比你这个总裁挣得少，更何况童家比傅家有钱，家世方面你也完败。"

这个简安安不怎么懂，只感觉两人都好厉害的样子，反正她这个平头老百姓是比不过……

一连三个比较傅思远都输了,就算他再怎么淡定也坐不住了,如果继续比下去,只怕女朋友就要被人拐跑了!

"说了那么多根本无用,你只是一个女人。"

哐当——

童语推开椅子,嘴角勾起一抹冷笑:"呵,你也就比我多了一根东西。"

"……"

这是赤裸裸的嘲讽!

事情的发展越来越不受控制,傅思远只是想带简安安来跟主创团体见一面而已,怎知道童语居然还跟简安安有过这么一段儿过去……

如果早知道是这样,那么他绝对不会同意两人见面的!

只可惜现在为时已晚,后悔也来不及了,愤怒之中,又听童语用十分欠揍的语气炫耀道:"大大当初可是答应要被我包养的,我这里还有截图,可不能说话不算话呀!"

傅思远看也不看:"我相信安安。"

"那个……"简安安扯了扯傅思远的袖子,弱弱道,"我好像的确答应过她……"

傅思远:"……"

傅思远有点儿小郁闷。好不容易告别了二十八年的单身生活,过上了有车有房有女朋友的幸福生活,命运却在此时给了他无情的一击。

他有点儿小情绪。像他这样的人生赢家,放在哪一本小说里都是男主的待遇,却偏偏被一个女人比了下去。

他有点儿不开心。女朋友居然在两年前就跟一个女人私定终身,现在那个女人从国外回来要求女朋友履行承诺,两人相谈甚欢,请问作者将他这个正牌男友置于何地?

当然,还有最过分的!

本来计划得好好的两人世界,硬是被第三者插足,像个甩不掉的尾巴——

去看电影,童语买票坐在旁边跟着一起看。

去吃晚饭,童语硬是让服务员加了一张凳子看着他们吃。

261

好不容易童语被经纪人叫走了，傅思远终于松了一口气，简安安看着他如释重负的样子，忍不住笑出了声："傅总别生气，童话她没有恶意的。"

"你现在还在叫我傅总，却叫她童话。"孰远孰近，一目了然。

本来傅思远就对这个称呼不满意，现在有了情敌待遇作对比，更是不满意到了极点。难道在简安安的心目中，他的地位还不如童语？开什么国际玩笑！

"那我叫你路人甲？"

傅思远："……"

"路人甲、路人甲、路人甲……"简安安连着念叨了好多遍，越念越顺口，"忽然觉得路人甲这个名字好萌啊，既然你不喜欢我叫你傅总，以后就叫你路人甲好了。"

傅思远看着她，声音中多了几分不易察觉的幽怨："所以我在你心目中的地位就相当于路人甲吗……"

"不要小瞧路人甲，几乎每一个作者都被路人甲喷过，能做到这种地步的读者那可是千万分之一的概率。"想起那条负分长评，她不无感慨道。

"尽管你这么说，可我还是开心不起来怎么办？"

简安安沉默了，傅思远以为她是在想如何安慰自己，没想到下一秒简安安就突然转移了话题。

"糟糕！我追的电视剧要开始了！"

傅思远愣住。难道安慰他还不如一个电视节目重要？

时间一天天过去，转眼就到了《长生劫》预售那天。

刚到 B 市，简安安就从自己的行李箱里掏出了笔记本电脑，一边开机一边号叫："糟了糟了！雪大说让我提前发链接预热，结果我忘记了时间。"

"不急，反正要买的总会买。"傅思远坐到了简安安身边，然后看着她发微博。

一分钟、两分钟、三分钟……

无数读者翘首以盼,激动人心的时刻马上就要来临。

按理说傅思远也该是蹲等在电脑前的一员,然而他早就吩咐助手替他抢购,所以现在才可以胸有成竹。只是他万万没想到的是,十台电脑一齐开抢,却连一本签名书都抢不到。

收到助理短信的瞬间,他的表情有些难看。

虽然他可以要求简安安替自己现签,可简安安一定不会如自己所愿签下自己想要的特签。这下难办了,尽管他立刻指示助理开始高价回购前三千特签的权利,然而直觉告诉他这一次很有可能是竹篮打水一场空……

其实不止傅思远,微博上的读者全部在号叫,明明三千本看起来挺多的,为什么眨眼间就没了?预售期《长生劫》的销量秒破一万,十分钟后销量已经到了一个非常可怕的数据。

预售开始以后,简安安开了QQ同时跟寒江雪与纪曼聊天。

作为图书公司的老板,寒江雪对这样的成绩非常满意,几乎是瞬间就确定了要加大印量的决定。原定二十万的印量现在看来根本不够,她恨不得现在就把简安安拉到公司去签二刷合同。

至于纪曼,则是在QQ上哭号——

蔓蔓青萝:啊啊啊啊,我居然没抢到。

安安:少女淡定,偷偷告诉你,傅总也没抢到。

蔓蔓青萝:我不管,我要特签!

蔓蔓青萝:啊啊啊,我都想好了让你给我签安傅一生推百年好合早生贵子的,结果居然没抢到,这么废的手!干脆剁了算了!

安安:心疼你的手哈哈哈哈。

蔓蔓青萝:等等——我好像发现我没抢到的原因了。

安安:什么原因?

蔓蔓青萝:据说有个土豪一次性抢了三千本特签版。

安安:哪个?

蔓蔓青萝:我以为是傅思远……

安安:不是他,他连一本都没抢到。

五分钟后,纪曼发来了一张微博截图,简安安好奇地打开一看,直接跪了。

@童语：我要让全世界都知道作者大大你被我承包了！三千本特签，请问 @暖玉生烟 可以求写一篇情书吗？

蔓蔓青萝：我也是有些看不懂剧情的进展。

安安：别说你，身为女主的我都看不懂。

蔓蔓青萝：你情敌吃错药了？

安安：你还记得我之前有个可爱的读者小天使叫'童话里的故事都是骗人的'不？

蔓蔓青萝：别告诉我她就是童语。

安安：答对了加十分！

蔓蔓青萝：吐血三升……

安安：你还好吧？

蔓蔓青萝：这句话你应该问你男朋友。

简安安抬起头看男朋友，发现男朋友的表情果然很不好的样子。傅思远一直坐在她身边看着她发微博聊天，当然也看到了纪曼发来的那张微博截图。本来没抢到前三千已经够郁闷的了，结果没想到整整三千本都让"情敌"给抢走了，这郁闷何止是加倍，简直就是成指数增长。

"不许写情书。"我都没有，凭什么她有？

"可是特签的话，理论上是要按照读者要求去写的……"简安安底气不足，声音也越来越小。

"读者的无理要求本就不该被满足。"

说罢，傅思远拿出手机登录微博，然后转发了童语的那条微博，等简安安看到的时候，这条微博已经变成了这样——

@童语：盗文狗滚出！ @傅思远：替她回答，不可以。

第十六章 大概因为爱情

好一出精彩的大戏!

影后跟总裁在微博上真身吵架,这阵仗可不是一般人能相提并论的。

尤其是傅思远盗文狗的话题早就不知道被冷落多久了,如今又被重新刷出来,感觉傅思远的心理阴影面积也是要正无穷大。但围观群众看的就是热闹,闹得越大他们越喜欢,只是苦了两方的粉丝,互相掐架掐得头破血流。

而作为红颜祸水的暖玉生烟,也被牵扯进了这场争斗之中……

本来吧,作为傅思远初恋对象的童语回国,有很多粉丝是抱着看暖玉生烟好戏的态度看热闹的。在某些类似薛雯的粉丝眼中,能够接受男神跟童语这样的女神在一起,却不接受男神跟简安安在一起。

她们都觉得,童语回国了,简安安肯定要靠边站的节奏。可万万没想到,童语发了这么一条微博,不但没跟简安安闹起来,反而跟傅思远闹了起来。

这剧情,这进展,用神转折三个字都不足解释。估计薛雯现在正气得吐血!不过薛雯什么心情简安安不清楚,旁边的某人倒是情绪一直不高的样子。

"我真的比不过她吗?"傅思远看着简安安的眼睛,格外认真地问道。

简安安沉思了数秒,然后道:"论身材论外貌论身份,好像的确差了那么一点点,不过你也不要太伤心,其实你还是有补救机会的。"

"什么机会？"

简安安露出了一个你知我知的微笑："护士服。"

傅思远："……"

寄错快递以后简安安心里虽然忐忑不安了很久，但不知为何，昨天晚上彻夜难眠，满脑子都在想一个问题——假如傅总真的穿上护士服会是怎样一个场景？

虽然这个念头很奇怪、很不妥……可她发现自己根本克制不住。

短暂的沉默过后，傅思远冷静地拒绝了简安安："尺寸不合。"

"我来B市之前专门去买了一件超大码的。"简安安兴奋地在行李箱中一阵翻找，从最底层掏出了一件白色的护士服，"说是护士服，看起来有点儿像医生穿的白大褂，但我勉强也可以接受啦。"

傅思远静静地看着简安安手中的白色衣服，陷入了漫长的沉思之中……

穿还是不穿？

傅思远看着眼前的衣服，前所未有地纠结。在他二十八年的生命中，曾经解决过很多个难题，可没有一个难题像简安安这道这样如此超纲。

就算他再怎么不解风情，也明白护士服代表的意义。

可一般情况下，不是女方穿的吗？但是很显然，从遇到简安安的那一刻起，他的人生就不能够用一般情况这四个字来衡量了。

五分钟的寂静过后，简安安终于忍不住把护士服在傅思远的眼前晃了晃。

"路人甲兄，回神啦！"

傅思远面无表情地伸出右手，按住了那不断作怪的衣服，沉声道："你不许写情书。"

简安安毫不犹豫地点头："没问题！"

"以后再也不准追究盗文的问题。"傅思远继续补充条件。

"只要你肯穿，都依你！"

所谓色令智昏，一想到即将看到的绝世美景，简安安觉得自己简直可以抛弃一切。傅思远还没穿，她就感觉房间热得慌，如果傅思远真的穿上了……

那画面简直太美!

就在这时,傅思远终于从她手中接过衣服,然后面无表情地往楼上走。眼看着那背影越走越远,她先是愣了一秒,然后立刻从沙发上跳下来紧紧跟上。

原本她来B市是打算住酒店的,可傅思远接机的时候就直接把行李箱送到了他家去,根本不给她住酒店的机会。本来吧,男女情侣住在一起也没什么,大不了一个住卧室一个躺沙发。加上傅思远住的是复式房,楼上楼下那么多房间,更是不缺她一个住的地方。

两人刚刚坐在客厅里,而傅思远接过简安安准备的衣服后前进的方向正是二楼……

感觉到简安安正在步步紧随,傅思远转头道:"换衣服也要看?"

某人被这句话说得脸有些烫,她敢拿出护士服已经是破天荒了,自问还没有胆大到观看男人换衣服的那种程度。

"你真的会换吗?不,其实我是想说,你不换也是可以的……"

简安安一开始其实也没抱多大希望,毕竟她的男朋友可不是普通的傲娇,而且傅思远身为总裁,会穿这种衣服取悦女友的可能性实在是太小了……但她没想到的是,傅思远甚至没有开口拒绝她。

她本来也就是开开玩笑,如果傅思远真的很直接地拒绝了她,她也不会太无理取闹。傅思远是高高在上的总裁,而她只是一个不能更平凡的写手,即便她跟他在一起了,这样的隔膜感还是微弱地存在着。她偶尔还会产生一种这一切都是在做梦的错觉,可眼前男人的身影是如此真实。

"如果是其他人提出这个要求,我是绝对不可能答应的。"

傅思远转过身,继续前进。

简安安看着他的背影,站在原地愣了很久……

十分钟后。

傅思远推门而出。

简安安瞬间瞪大了眼睛:"你耍赖!这护士装不是这么穿的!"

穿是穿了,但是里面的衣服为什么还在?这跟没穿有什么区别!而且这件衣服本来就是男式的,看起来跟白大褂差不多。现在傅思远把他套在了外面,简直就跟白大褂一模一样。

虽然说傅医生也很禁欲很帅气,可简安安脑补里的傅护士更诱人,现在根本就是货不对板!

强烈要求退货重来!

傅思远扯了扯身上的衣服:"医院的男护士都是这样啊,没什么不对的。"

"你个大骗子!"简安安恨不得把沙发上的靠垫全砸在这个不靠谱的男人身上。

期待了好久,就给她看这个!

"我从来不骗人。"傅思远拿出手机,给简安安看了一张男护士的图片,"如果再给我一个口罩,我可以扮得更像。"

"……"所以他把这当成是Cosplay了吗?

傅思远又道:"护士服我穿了,你的承诺什么时候兑现?"

"看我心情吧。"

傅思远皱眉:"你刚刚明明不是这么说的。"

简安安无辜地眨眼:"我怎么不记得你规定过时间?有这回事吗?有吗?"

你都把护士服穿成这样了!还想让我原谅你看盗文!想得美!

"你怎么可以这样。"除了干巴巴的抗争,傅思远不知道该说什么好,因为他知道他无论说什么,简安安都会有一百种理由反驳他。

"我怎么样,我说得很有道理啊,你不服?"

简安安轻轻挑起傅思远的下巴:"不服你就憋着!"

两人靠得很近,近得连彼此的呼吸声都可以听到,当简安安的手触及傅思远的皮肤时,从相接的地方倏地传来一阵酥麻感。

"你……"

傅思远想说什么,但脑海中一片空白。鼻子嗅到的,全是她的迷人味道,眼睛里看到的,全是她的可爱模样,耳朵里听到的,全是她的俏皮声音……

大脑完全宕机的傅思远只顾得上一动不动地看着她,甚至连呼吸的频率都忘记。而被某人那直勾勾的眼神看着,天不怕地不怕的简安安,也怕了。

她想松手,却被男人抓住了手腕。

"疼……"

是真的疼。

她第一次知道,男人的力量可以大到这种程度,即便她用尽全身力气,也无法挣脱。

"哪里疼?"傅思远松开了紧握住她手腕的手,但下一秒,那只手来到了唇边。

不断摩挲着,从脸蛋到嘴唇,毫无幸免。

不知过了多久,直到她的嘴唇有一丝麻木,男人才肯放下手指。

却换了身体的另一个部分来替代……

一吻过后,两个人都有些气息不稳。

不管是傅思远还是简安安,在过去的人生中都是白纸一片,虽然没有经验,但从另一方面来说,被压抑的时间也更久,一旦封印被解开,恐怕就一发不可收拾了。

简安安突然想起了一个问题,抬起头,好奇地问道:"傅总,我有一个非常非常重要的问题想问你。"

"有什么重要的问题非要现在问?"

"非常非常非常重要的问题,是关系到很多读者会不会弃文的关键问题。"

傅思远显然不满意这个理由:"爱看不看,不看拉倒,更何况小说都完结了还谈什么弃文不弃文。"

"虽然你说得对,可我对这个问题也很好奇。"她伸出两只手,扶着傅思远的脸颊,语气非同寻常地认真,"傅总你到底谈没谈过恋爱?"

"没有。"傅思远不假思索地答道。

"那为什么大家都说童语是你的初恋情人?"

"她有一段时间为了逃避相亲,对外是这么声称的。"提起"情敌",傅思远气还没消,眼神透露出一丝不满。

简安安深吸了一口气:"那好,现在是最后一个问题。"

"你是不是处男?"

傅思远:"……"

这么直截了当地问这种问题真的好吗?

空气的氛围因这个问题而变得诡异起来。

某人很不自觉地继续道:"其实是不是对我来说无所谓,但是很多读者要求男主是处男……"

傅思远忍不住咳嗽了几声,打断了她的高谈阔论。

"我是。"

"你说什么?大声一点我没听到!"

"我的确缺乏这方面的经验,但你不能因此否认我的能力。"傅思远正儿八经地为自己辩解。

简安安摸了摸他的脑袋,笑眯眯道:"放心,我不会歧视你。"

"那你呢……"傅思远忍不住问了她同样的问题。

"我是不是处女?"简安安指了指自己,大大咧咧道,"不是啊。"

怎么可能不是!一瞬间,脑海中涌现无数个想法与猜测,可最终只有一句话无比清晰——是不是处女,这并不能代表任何事情。

他喜欢她,并不是因为她是处女,同样,不管她是不是,都不会改变他喜欢她的初衷。

就在这时,引发这个话题的始作俑者,又慢悠悠地补充了一句:"我是金牛。"

看着傅思远呆愣的神情,简安安捂着肚子笑得不能自已,但很快,她就再也笑不出来了。因为某个气得不轻的总裁将她整个人都颠倒了过来,然后狠狠地拍了几下屁股!

"好痛……"

她这是被家庭暴力了吗?都这么大的人了还被打屁屁,羞耻度简直爆表。

简安安略委屈地看着某人:"你欺负我!"

"嗯,我就是欺负你。"傅思远很实诚地点头承认。

你以为你这样我就治不了你吗?太天真了少年!简安安深吸一口

气,然后换上了一副可爱的表情:"我给傅总你讲睡前故事好不好?"

傅思远顺手把她抱进怀里:"你讲我听。"

"第一个故事,从前有一对夫妻出去郊游,结果回家的时候丈夫开车开到了另外一座城市去,妻子就忍不住告诉他,你开错方向了,结果丈夫停下车啪啪抽了妻子屁股几下,然后说,现在是我开车还是你开车?"

"第二个故事,还是这对夫妻,丈夫加班很晚回家,发现晚饭却只剩下一盘水煮莴苣叶,丈夫就忍不住嫌弃,这怎么吃,结果妻子从厨房出来啪啪抽了丈夫屁股几下,然后说,现在是我做饭还是你做饭?"

"第四个故事……"

这时,简安安停了下来,不解地看着傅思远,傅思远也直直地看着她。她等着对方开口问她,可某人就是不开口,她只好好意提醒:"我说的是,第四个。"

"是第四个,你继续。"

沉默了半分钟后简安安终于率先忍不住:"难道你就不想问第三个故事去哪儿了吗?"

话还没说完,她心头突然涌现一种不祥的预感……

傅思远嘴角微微上扬,勾起了一个颇有深意的笑容,下一秒,某人重蹈覆辙,受伤的屁股再次惨遭毒手。

"现在是我听故事还是你听故事?"

简安安:"……"

为什么受伤的总是我?简安安整个人趴在沙发上,十分凄惨道:"这不科学!你为什么会懂这个故事!"

"大概是因为爱情。"

说罢,傅思远又忍不住轻轻捏了一把。

"我再也不相信爱情了!"简安安继续哭号,"爱情害得我屁股好痛。"

"真的很痛?"男人的声音里似乎有一丝愧疚的意味。

"疼死了!所以现在你必须让我打回来!"

阴谋诡计行不通,干脆就胡搅蛮缠,反正形象跟节操这种东西,

271

早就喂狗吃了,傅思远却道:"那我替你揉揉好了。"

为什么感觉被调戏了,一定不是她的错觉!她自问英明一世,可最终在傅思远这里败得一塌糊涂,因为她忘记了一个事实——再怎么纯情,傅思远也是一个男人。

而且还是一个年满二十八岁,发育正常的男人。

虽然这个男人没谈过恋爱,没有过那方面的经历,可这不代表他真的纯洁如同一张白纸。本来孤男寡女共处一室就容易擦出火花,简安安在那种话题上挑战男朋友的忍耐力,简直就是闷声作大死。

说揉揉,就真的是揉揉,不过揉的地方,逐渐不受控制起来。男人的身体几乎已经整个压在了简安安身上,两个人的呼吸都乱了,从脖颈到锁骨,再到嘴唇……

"等等——"

简安安努力翻了个身,两眼直直地盯着傅思远,他以为她是想拒绝自己的进一步动作。虽然在现在这种情况下已经很难停止下来,可如果这是简安安的决定,他会选择尊重。

有些事情不能强求,这个道理傅思远很明白。

简安安一直看着他不说话,他心里"咯噔"一声,已经做好了肯定会被拒绝的准备。

没想到就在这时,某人开口了。

"刚刚我是在开玩笑。"所以让我不要太认真吗……

傅思远在心里苦笑,现在道歉是否有些为时过晚?

"我不是金牛,我是处女。"

傅思远:"……"现在是说这种问题的时候吗?

简安安冲着他甜蜜一笑:"所以我其实是有那么一点点洁癖,也有那么一丢丢完美主义的。"

"你的意思是?"傅思远的声音喑哑得可怕。

"要先洗澡,而且要有保护措施……"

剩下的话再也没有开口的机会,全数被吞进吻中。

半个小时后。

简安安躺在大床上双目无神地看着天花板,大脑一片空白。

傅思远正在一门之隔的浴室里洗澡，水流声哗啦啦地响起，听得她心痒痒。房里总共只有这么一个常用浴室，而她还没达到那种可以接受两人共浴的程度。

她自己已经洗完了，而傅思远正在洗。

等待无疑是这世界上最煎熬的一件事。一想到即将到来的事情，身体就紧张得要命，甚至有种夺门而出的冲动。可她也知道，如果自己真的夺门而出了，傅思远会多么失望。

她咬住下嘴唇，试图让自己冷静下来，就算紧张，就算想逃避，却还是不想拒绝……

不想拒绝他，不想看他失落的眼神。

也不知道过了多久，浴室的水声突然停止了，简安安心头一滞。

只听傅思远道："安安，帮我在柜子里拿一下浴袍。"

简安安一下子从床上跳了起来，飞速下了楼，然后在行李箱里一阵翻找，又掏出一件衣服来。

"给你——"从浴室门外伸出一只白嫩的手，手上还拿着一件天蓝色的裙子，嗯，就是当初听任昊书的主意寄过去的那件水手服。

她绝对是在光明正大地报复。

傅思远无奈扶额："不要闹。"

"谁跟你闹了，赶快穿上，不然该冻感冒了。"门外的声音格外轻快，仔细听还带着一分幸灾乐祸。

傅思远看着那只手，再看了看水手服，叹了口气。

简安安感觉右手一轻，衣服就被拿走了，她跑回床上趴着，然后眼睛睁得老大，生怕错过一秒。

一分钟后，傅思远吹干头发推门而出，首先映入眼帘的是修长有力的大长腿，然后是围在腰间，堪堪够用的裙子，至于上身，则空无一物。

偏白皙的皮肤上有几滴未擦干净的晶莹水珠，看得人顿时口干舌燥起来。虽然他穿水手服的方式依然不对，可这样的场景更带感是怎么一回事！

"你这磨人的男妖精！"简安安刚刚还在紧张，现在却恨不得立刻扑倒他。

傅思远顺手关掉了大灯，然后解开了系在腰间的水手服，一边扒开简安安的衣服，一边替她穿。

"其实我觉得还是安安你穿更好看一些……"

晨光熹微。

简安安努力抬起上眼皮，眼前却始终黑暗一片。

如此混沌地过了十来分钟，她才意识到自己的脸上不知何时多了一只手。暖气很充足的房间，皮肤即使露在被窝外也不会感到寒冷。那只手紧贴着自己的脸，让她不由自主地回忆那天送傅思远去机场，这只手从后车厢伸了过来，差点就可以触到她的脸。那个时候的她还只是一个小小的员工，他是她的老板，她永远想不到几个月以后，自己不但辞了工作，还睡了老板。

昨夜的缠绵让身体有些钝痛，却不似总裁文小说里描写的那样什么如同大卡车碾过……

"一大早就这么开心。"

手从她的脸上挪开，转移到了脖颈，轻轻地抚摸着锁骨。简安安觉得有些痒，便拿开了他的手，然后转过身来捏住男人的脸蛋，正儿八经地道："原来小说里都是骗人的，什么一夜七次啊，像个破布娃娃一样。"

"你看的都是什么小说……"

男人的声音里带着些许困倦，甚至连眼睛都尚未睁开，浓密的睫毛像把小刷子一样投影在眼帘下，她忍不住用手指摸了摸："霸道总裁爱上我系列。"

傅思远嘴角微勾："难怪你这么喜欢扮演霸道总裁。"

"怪我咯，谁让傅总你一点都不霸道。"非但不霸道，还萌我一脸血，让人忍不住就想欺负，简安安看着还不打算起床的男人，轻轻叹了口气，"要是能一辈子这样就好了。"

喜欢的人就躺着自己身边，两人紧紧依偎着，没有一丝间隔。他的发他的眼，他的眸他的唇，完完全全属于自己一个人。

傅思远睁开眼睛看着她，眼神幽暗："会的。"

两人对视着，眼里的浓情一览无遗。

不知过了多久，简安安趴在男人的耳边，轻声问道："傅思远，你喜欢我吗？"

热气轻轻地喷洒在敏感的耳朵上，有些痒，又有些烫。他并不习惯于回答这样的问题，对于他来说，说不很容易，但说出喜欢二字，很难。他习惯于将自己真实的情绪隐藏起来，可像今天这样的场景，简安安温热的身体紧紧地贴着他的身体。就在昨晚，他们一起跨越了人生中最为美好的一道坎。

从今以后，他是她的男人，她是他的女人，所以他无法拒绝这个问题。

"喜欢。"

声音小得跟蚊子嗡嗡差不多，可还是听到了，简安安轻笑了一声，连身体都随之抖动了一下："真好，我也喜欢你。"

男人松了口气，以为这就算完了，可某人又道："可是，你为什么喜欢我呢？我以前就想问你，像我这样无才无貌，没钱没势，缺身高缺曲线的人……"

其实从一开始这个问题就一直压在简安安的心底，从来没能释怀过。童语的出现曾经让她不安了很久，虽然最后只是乌龙一场。没了童语，可能还会有其他人，傅思远的圈子，跟自己是完全不同的，如果他们继续发展下去，肯定还要面对他的父母。

沉默了好一会儿，傅思远才慢慢地道："你说得不错。安安确实不够漂亮也不够高，赚钱也不多，不过我也不是那么完美的人，比赚钱比不过比尔·盖茨，比外表比不过莱昂纳多，比身高比不过姚明。"他颇为感慨地说，"可人如果永远生活在比较之中，人生还有什么意义呢？"

"总裁大人说得对，没有对比就没有伤害，就好像你跟童语是不是？"

"不要提她。"

傅思远翻身将简安安压在身下，堵住她的嘴唇，将所有不想听的话全部封在最开始的地方。清晨的男人本就人性丧失一半，更何况昨

275

夜解开封印的滋味太过于美妙,让男人忍不住化身为狼。

"等等——你还没回答我的问题。"

"因为爱情。"

"回答错误,扣十分。"简安安挑眉,"这个问题是有公式可以套的,时间加地点加一件小事再加一句岁月静好。"

十月八号那一天,我跟你一同坐在出租车上,你递给我一盒薄荷糖,阳光恰巧洒在你温暖有力的手上,无声无息之间,岁月静好。

从那一刻起我开始心动。

然而——

"十月一日晋江上你说盗文狗滚出。"傅思远一本正经道,"岁月静好。"

简安安:"……"

这个岁月一点都不静好好吗!

"十月八日,A市机场你说你要太极急支糖浆,岁月静好。"

简安安:"……"

为什么他俩的美好岁月都是这样度过的?现在问题来了,岁月还能静好吗?

"十一月二十日,在家中我拆开了你的快递包裹,岁月静好。"

简安安终于忍不住扶额:"够了,放过我的岁月一马吧,它还是一个孩子……"

"说起孩子。"傅思远伸出手盖在简安安的小肚子上,"安安的肚子里会不会已经有了我的孩子?不过没有也没关系,多做几次就会有的。"

"未婚先孕是不好的。"

傅思远正欲说些什么,就在这时,手机铃声突然响起,简安安从枕头底下拿出手机一看,来自于寒江雪。昨夜《长生劫》预售的成绩超乎想象,所以公司立刻决定要进行加印,需要她去签字确认。需要签名的明信片也已经到达公司,足足五千张。

挂断电话后,简安安略不舍地看着傅思远:"看来我必须起床了。"

"我只有一个要求,不准写情书。"傅思远伸手搂住她的腰,"你发誓不写,我放你走。"

"好,我以你的节操发誓,绝对不写!"

傅思远:"……"

时间一晃而过,转眼就到了九月底,距离《长生劫》开坑已过去一年。无论是对暖玉生烟这个作者,抑或对这本小说,这一年都具有十分重大的意义。

一年前,暖玉生烟只是晋江一个透明得不能再透明的小作者,《长生劫》数次遭遇刷负大军,成为晋江历史上收获负分最多的一本小说。

一年以后,凭借《长生劫》红透半边天的暖玉生烟,一书成神,由小说《长生劫》改编的同名电影搬上银屏,由奥斯卡影后童语主演,票房口碑双丰收。

一部电影大爆带来的利益链条,受益的何止简安安一人,虽然一开始《长生劫》只是作者一个人独立产生的脑洞,但从小说发布在网上之后,这条利益链就开始逐渐扩大。

电影的成功来源于原著小说的成功,而且会使得原著小说的名气更上一层楼,小说红了之后,所能带来的各类衍生版权多不胜数,值得一提的是,《长生劫》的游戏版权得主,正是作者从前工作过的天河游戏。

简安安虽然辞职了,却依然以剧情策划的身份在天河又工作了一段时间,直到游戏上线。

夜影阑珊。

B市一家五星级酒店内,《长生劫》剧组庆功宴热闹非凡。酒店大堂内,衣着光鲜的男人女人手持高脚水晶杯言笑晏晏,往来穿梭。而整场庆功宴中,最耀眼的存在自然是身为女主角的童语。

其实凭她影后的身份,出演一部由网络小说改编的电影,在外界看来有些屈才,但她本人从前在好莱坞混,现在要回国发展,为了迅速提升国内人气,出演《长生劫》这样的电影其实利大于弊。

随着《长生劫》在暑期档的热映,童语的曝光率与身价也是迅速上涨,俨然已是一线,但即使有这样耀眼的光芒,简安安也丝毫不落下风。不仅因为她是《长生劫》的作者,更因为她狠下心来减肥成功。

瘦了十斤以后,仿佛连空气都变得清新了许多。现在的她,站在傅思远身边,完全不会有从前那种自卑的情绪。在其他的人眼中,傅思远跟简安安这样的组合简直就是天造地设的一对。

简安安其实不太适应这样喧闹的场合,但说什么她也算是庆功宴的主角之一,根本无法缺席。台上的演员正在接受媒体采访,台下的人来往络绎不绝。

"小姐,不知道你有兴趣做演员当明星吗?"

"没兴趣——"

要是真想当还轮得到你问?

"暧大,新书的影视版权卖给我公司成不?价钱好说。"

"不卖——"

有人早就预订好了下一本、下下一本、下下下一本……

"作者君,我是你的脑残粉,求合影求扑倒。"

"这个可以。"

"合影可以,扑倒不可以——"

脑残粉转头怒道:"你算老几?"

"老总。"傅思远淡然地扶了扶眼镜。

脑残粉选择死亡。

送走一脸恍然的脑残粉,傅思远径直坐在了简安安身边。

"你喝酒了?"简安安不满地皱着鼻子,一身酒气真难闻。

傅思远靠近她的唇边,嗅了嗅:"你好像也喝了。"

"没办法,应酬需要。"

红人就要有红人的觉悟,痛并快乐着。看着简安安那一脸嘚瑟的样子,他心里有些痒痒:"安安,我的恋爱实习期应该过了吧?"

"咳咳,看在你表现得还不错的分上。"

还没高兴到一秒钟,简安安继续道:"恭喜你成了正式男友。"

傅思远:"……"所以他之前连男友都不算?

"说吧,想要什么礼物?"

"想听你念古诗……"

"什么古诗?"大约是喝了酒的缘故,简安安的脑子一时间有些蒙。

傅思远一本正经地看着她,从嘴里吐出两个字——

"《锦瑟》。"

"不好意思我没读过书,根本不明白你是什么意思。"

傅思远立刻道:"没关系,我可以教给你。"

言传身教啊。简安安像看外星人一样看着傅思远。

"时光是把杀猪刀……"

想当初多么纯洁的一个总裁,居然在她的荼毒下走向了一污到底的路,心好累,感觉自己一不小心教坏了小朋友。

"我们早已回不到从前。"

连这种段子都随口就来,现在问题来了,以后她的地位还保得住吗?

简安安无比悲切地扶额。

好不容易庆功宴结束,助理开车送两人回家。进门之前,男人还能保持精英模样,进门之后,男人慢条斯理地脱下西装外套,一字一顿:"现在开始教你念诗。"

简安安用手按住他的肩膀,盯着男人幽深的眼眸,笑得格外纯良无害。

"等会儿,我今天还没更新。"

时间过了这么久,她当然又开了新文,全职以后总不能一辈子靠《长生劫》这一本过下去。新坑的成绩依然很好,因为《长生劫》电影大爆,新文名气也得到了提升。

"请假一天。"傅思远想也不想。

"我还想要小红花呢,所以没门。"

说罢,也不管傅思远到底是什么感受,简安安一路小跑到书房打开电脑。

在B市待的时间久了,这里已经跟自己家没什么两样,牙刷、拖鞋、杯子,甚至书房里的电脑桌,全部是成双成对的。

开机之后,简安安按照惯例先打开晋江看了一眼后台,结果一眼就看到有人用小喇叭给自己表白。这个小喇叭本是论坛姑娘想出的一种类似于游戏世界的东西,然而晋江推出的此项功能中只有投一个深水才能说一句话,真可谓坑不死人不偿命。暖玉生烟这四个字经常上小喇叭,所以一开始她也没在意,没想到小喇叭滚动过来滚动过去,怎么全是一个人在说话……

　　童话里的故事都是骗人的对作者暖玉生烟说:"大大新坑超级萌,我好喜欢,求加更求速肥!"

　　童话里的故事都是骗人的对作者暖玉生烟说:"暖暖你问我爱你有多深,鱼雷代表我的心,你有看到我的心吗?"

　　童话里的故事都是骗人的对作者暖玉生烟说:"不知道说什么好,反正你只要知道我好爱你。"

　　连续看了五分钟,全是"童话"在刷屏,简安安看得晕头转向,还没反应过来背后就冒出一个冷飕飕的声音。

　　"哼……真幼稚……"

　　然后简安安眼睁睁地看着傅思远拿出手机开始打字,没多久晋江的小喇叭出现了这么一行字——

　　路人甲对作者暖玉生烟说:"前面的你真幼稚。"

　　童话里的故事都是骗人的对作者暖玉生烟说:"后面的你才幼稚,盗文狗请不要乱找存在感谢谢。"

　　路人甲对作者暖玉生烟说:"本人早就支持正版了谢谢。"

　　童话里的故事都是骗人的对作者暖玉生烟说:"呵呵呵呵路人甲你的脸好大。"

　　所有人:"这两人'蛇精病'吧!一百块钱一句话这样吵!"

　　两分钟后战况愈演愈烈。

　　蔓蔓青萝对作者暖玉生烟说:"我就插个楼看热闹。"

　　寒江雪对作者暖玉生烟说:"加一。"

　　暖玉生烟对作者暖玉生烟说:"你们都给我闭嘴!"

　　世界终于安静了。

　　但这份安静并未持续太久,很快就掀起了极为强大的另一波浪潮。

　　蔓蔓青萝对作者暖玉生烟说:"你让我闭我就闭,我岂不是很没面子。"

寒江雪对作者蔓蔓青萝说:"加二。"

童话里的故事都是骗人的对作者寒江雪说:"雪大快去更新!"

……

一番吵吵闹闹后,晋江之巅的小喇叭终于耐不住众人的折磨,一声嘤咛之后失去了所有声响。简安安终于松了一口气,然而这口气还没松完,就感觉到背后一个黑影笼罩在她身上。

"那个……我还要码字……"某人瞬间打开了文档。

傅思远一把抱起简安安,把她放在大腿上,大手顺着裙底十分自然……

这种情况下根本坐不住,更何况是码字!

"怎么不写?"

简安安的内心在咆哮:你个磨人的小妖精走开我才能写啊!

"对了,我记得你遇到我的时候写了一个帖子,打开让我看看。"

敏感的耳垂被人含住,身体开始发颤,完全不听控制,简安安挣扎了一番,最终还是打开了网页。

主题:818那个看盗文还写长评喷我的读者

盗文狗来我文底下找存在感,怎么喷回去才带感?

№ 0 ☆☆☆要点脸行吗于 2015-10-0100:00:00 留言☆☆☆

"嗯……时间过得真快,明天是十月一号了……"简安安看了一眼电脑右下角,终于忍耐不住地抱住男人的脖子,"算了,今天不写了,反正写了也没小红花,我们回卧室。"

"身为楼主,你难道不给大家报告一下事情的进展吗?"

强有力的手臂将简安安牢牢地桎梏在电脑桌前,完全没有起身的意思,不过男人乱动的手倒是停止了动作。简安安以为他是在等自己交代完进展然后回卧室,于是便伸出双手轻轻地在键盘上敲击——

大家好,我是楼主。

一年以后我和这个读者在一起了。

求轻喷!

№ 999 ☆☆☆要点脸行吗于 2016-10-0100:00:00 留言☆☆☆

番外一 是不是哪里不对

有人说，不以结婚为目的的谈恋爱，其实都是耍流氓。简安安从二十二岁开始跟傅思远谈恋爱，二十四岁的时候依然在跟傅思远谈恋爱。眼看着她马上要迈入二十五岁大关，她还没急，她妈妈先急了。

"安安，你的那个男朋友到底靠不靠谱？"

简安安摸了摸鼻子："应该挺靠谱的吧。"

至少比她自己靠谱得多。

"那为什么你们都谈了两年了还不打算结婚，他是不是还没玩够？"

简安安摇头："他不是那种喜欢玩的男人。"傅思远成熟稳重，玩这个词，从来没在他的字典里出现过。

"那为什么他不跟你求婚？"

"这个……"

简安安沉默了。她不知道该怎么替傅思远辩解，因为傅思远的确确没有跟她求过婚。

说不郁闷，那是骗人的。

两人都是对方的初恋，他们俩的感情水到渠成，十分稳定。发展了两年，按理说走向婚姻是十分正常的事情，可傅思远甚至连结婚的意思，也从来没有透露过。

简安安打开手机，翻出傅思远的电话号码，思量了半天也没拨出去。

她化悲愤为食欲，晚饭足足吃了两碗半。

又过了几天，傅思远来A市陪她。

这个被上帝亲吻过的宠儿，脸长得跟两年前简安安初遇他时一样帅，走到哪里都能吸引一大票路人的目光。简安安曾经提议让他出门戴上口罩，结果发现戴口罩更容易吸引注意力，最后只好由他去。反正不管别人怎么喜欢傅思远，傅思远只喜欢她一个，她对两人的感情还是很有信心的。

不过这是以前。

自打那天妈妈在她面前提过结婚这档子事儿，简安安就一直开心不起来。凡是她看过的都市言情小说，男主特别喜欢女主那种，两人情投意合之后，全是恨不得立刻把女主娶回家，怎么傅思远就像个木头人似的毫无反应？

她粗略分析了一下原因，一种可能，傅思远其实没想象中那么喜欢她。另一种可能，还是傅思远其实没想象中那么喜欢她。

思来想去之间，再看到傅思远那张脸，简安安就有些不爽。

"想不想我？"

"不想——"

"亲一下好不好？"

"不好——"

傅思远无辜地看着女朋友，不知道自己做错了什么。他俩是异地恋，平时他在Ｂ市工作，周末的时候才有空过来Ａ市陪她，她偶尔也会坐飞机去Ｂ市陪他。

但不管谁来看谁，两人都很珍惜见面机会，基本上该做的不该做的，都会做个遍。

这么冷淡薄情的简安安，傅思远还是第一次见。

他拉住她的手，态度格外诚恳道："不要生气，我哪里做得不好你可以告诉我。"

"没有啊，你哪里都挺好的。"简安安明显是在赌气，可她又不能直接对傅思远说，因为你不跟我求婚所以我生气。

"口是心非。"傅思远捏了捏她小巧的鼻子。

"快点放开！"

"哼……"

弱点被人拿捏住，简安安立刻挣扎起来，没想到挣扎的时候，又忍不住发出了哼唧的声音，傅思远一下子乐了。

"你是小猪吗，还带哼哼的。"

简安安脸蛋儿微红，立刻不服输地回击道："你才小猪，你全家都是小猪。"

"那你这是承认自己是小猪喽。"傅思远勾起嘴角，宠溺地笑着。

简安安瞥了他一眼，懒得跟他一般见识。

傅思远又道："我知道你为什么生气了。"

"真的？"

难道两人的想法不谋而合了？简安安怎么不太敢相信呢！

"当然是真的，我们在一起这么久，我什么时候骗过你。"傅思远很有自信，因为他觉得自己十分了解简安安。

开心也好，悲伤也罢，他都清清楚楚，而这一次，自然也不例外。

简安安还是半信半疑："那你说说看是什么事儿？"

"不说了，晚上直接给你惊喜。"傅思远摆出一副正儿八经的姿态，越发叫她心生好奇。

难道说，他真的猜到了？

难道说，今天晚上她就要被求婚了？

而且还是一个惊喜，傅思远这个不解风情的木头桩子，什么时候也开始会给人惊喜了？

不得不说，简安安的胃口成功被傅思远给吊了起来，她开始忍不住幻想今晚的惊喜会是什么样。最老套的，大约就是承包下一家西餐厅，然后在烛光晚餐中傅思远单膝跪地献上戒指，再放飞一下自我，傅思远也有可能买下Ａ市市中心最大的广告牌，然后在上面输入文字：简安安嫁给我好吗？

这份好奇一直持续到了晚上。

共进晚餐的时候，傅思远用手蒙住了简安安的眼睛，在她耳边轻声道："猜我要送你什么？"

某人的心跳速率瞬间飙升，恨不得立刻把他的手拿开，看看他的求婚戒指长什么样，可表面上，她依然要冷静要矜持。

她想，傅思远总算开窍了一回。

然而直到傅思远把礼物放到她的手心里，她才觉得触感不太对劲。

说好的求婚戒指呢？

他不是说知道自己为什么生气吗？

简安安忍不住摸了摸手里的东西，毛茸茸软绵绵，居然是活的……

简安安睁开双眼，正对上一双墨绿色的眸子。

小家伙用懵懂的眼神看着她，张开嘴巴小声地喵了一嗓子。

她的心立刻就被萌化了！

"前几天你生日我在国外出差，这是我补给你的生日礼物，看在它跟安安你一样可爱的分上，不生气了好吗？"

简安安两只手一起抱着小猫，用鼻尖蹭了蹭它额头上的软毛："哎呀，你怎么可以这么可爱。"

傅思远也摸了摸简安安的头发："你也很可爱。"

"你根本就什么都不知道。"简安安轻哼了一声，"猫留下，你可以走了。"

傅思远："……"

他这个礼物是不是送错了？

番外二
还能更蠢一点吗

拿到检查结果那天,简安安整个人都是蒙的。

她浑浑噩噩地走回家,将自己锁在卧室里,打开电脑开始写今天的更新。

然而无论她怎么写,都写不出平时的感觉。

情人节的前一周,她与傅思远冷战,两人谁也不理谁就这么一周时间过去了,早在一个月前就说好的情人节计划也就此搁浅。

她原本想,这一次一定要等对方先给她低头认错,可是现在,她的想法完全变了。

什么狗屁骄傲!什么自尊自爱!全部被她抛到了脑后!她现在只想见到他,然后扑倒他……

其实她内心深处早就是这么想着的吧,不然也不会在几天前就买好了今晚的机票。

她叹了口气,掏出手机给傅思远发微信:"我晚上九点到B市。"

然后也不管对方会怎样回复,就关掉手机,坐车去了机场。

到处是依依不舍的恋人情侣,寒风凛冽中,孤身一人的简安安显得格外萧瑟。她跟随着人群走上飞机,坐在座位上一直发呆,直到飞机降落。

邻座的大叔很好心地叫醒了她:"美女,该下飞机了。"

简安安如梦初醒般打了个寒战,然后努力扯出一个微笑:"谢谢——"

她的行李很少,只有一个手提包,而刚走出机场大厅,就看到了傅思远的身影。

足足七天没有说过话,如今再见到他,竟有一种热泪盈眶的冲动。

像是有心灵感应一般,傅思远抬起头,也看到了简安安。

很多时候,只要见一面,就可以化解一切矛盾。

只可惜的是两人都经验浅薄。

傅思远愣怔了一秒钟,不知道要用什么样的开场白才显得不那么尴尬,然而下一秒,她就扑到了他的怀里,把自己冰凉的手指放在他脖子背后取暖。

"哎呀,终于见到你了。"

那一声带着哭腔的"哎呀",一下子就戳到了他内心深处最柔软的地方,让他充满愧疚。

"对不起。"

简安安吸了吸鼻子,抬起头看着傅思远幽深的眼,粲然一笑:"没事,我原谅你了。"

情火燃得太匆忙,几乎要将人烧成灰烬。来不及去欣赏玫瑰,只顾眷恋彼此身上的芬芳,纠缠的灵魂在深深的夜色中合二为一。

所有过往的纠葛,都不必再提。

"我饿了。"

"要出去吃吗?"傅思远看了一眼墙上的钟,直接放弃了这个想法,"家里有牛排,我去给你做。"

"牛排?"

简安安忍不住睁开双眼,笑道:"刚刚看到桌上还有红酒蜡烛,你不会是给我准备了烛光晚餐吧?"这个男人也不是想象中那么不懂浪漫呀。

可惜的是,计划赶不上变化。

傅思远无奈地摇了摇头,穿好衣服下床去做饭,而简安安,又在暖和的被窝里赖了一会儿,不过暖被窝的人不在,越赖越冷,还不如起床。

傅思远在厨房忙活,牛排端上来的时候,简安安已经解决掉了一包夏威夷果。

287

"你不是总说要减肥，这种高热量的东西不能多吃吗？"

简安安舔了舔手指，理直气壮道："辜负了什么都不能辜负美食，减肥什么的，就让它随风而去吧。"

"这才对，其实我最喜欢你肉肉的手感。"傅思远忍不住揉了揉她的头发。

简安安顾不得回应男人的调戏，一心只将全部心思放到盘子里的牛排上。傅思远其实也有点儿饿，但看她吃得这么急，也就不舍得跟她抢了。

就在这时，急促的手机铃声响起，傅思远不禁皱起了眉。

都这个时候了还有人打电话？

屏幕上显示这通电话来自于任昊书，看到名字后，他选择了接通。接通电话没多久，就听"啪嗒"一声，手机被摔在了茶几上。

简安安切牛排的动作顿了顿，却没有停下。

"你隐瞒了我什么？"

"没有隐瞒。"

傅思远闭上双眼，深吸了一口气："为什么刚刚不告诉我？"

"反正你总会知道。"

简安安颓然地放下刀叉，双目无神地看着远方。

任昊书的声音仿佛还回响在耳边，不断轰炸着他的大脑，当事人却坐在自己面前像是什么都没有发生过一样。

"你也不要太担心，明天跟我去医院做详细检查，总会有治疗办法……"傅思远开始喋喋不休，这不像他的性格，然而此时此刻他毫无其他办法。

直到他停下，简安安才道："医生说要做全胃切除，然后以后靠打针活，我不愿意。"

傅思远面无表情地看着她："什么意思？"

"意思就是我不愿意那样苟延残喘，我决定好好过我的生活，能过多久过多久，至少每一天我都是开心的。"

一想到从今以后，再也不能享用各式各样的美食，不能吃火锅，不能吃烤肉，不能吃蛋糕……

只要想一想，就觉得好可怕。

从前一阵子起简安安的胃就不怎么舒服，总是想吐，没想到去医院检查后是这个结果，也许是她乱减肥的报应……任何辜负美食的人最终都会被美食所抛弃，所以她决定再也不作死，想吃啥就吃啥。

然而等她说完自己的决定，迎来了久久的沉默。

"那我呢？我怎么办？你的家人要怎么办？我们对你，难道都不重要吗？简安安，你能不能不要这么自私……"

简安安垂下眼皮："人都要死了，让我自私一回又怎么样……"

接下来的事情，她有些记不清了，只记得醒来的时候，枕头湿了好大一片。傅思远也刚醒，看到她的模样后愣了半秒，然后极其温柔地用手擦干了她眼角遗留的泪珠。

"这是做了什么噩梦，能把你吓成这样？"

她正想告诉他，却被一阵突如其来的恶心感给彻底打断，她迅速跑到卫生间，一边吐一边心惊胆战。难道她预言小公主的能力又提高了，噩梦成真了不成？

不要啊！她的故事都写到番外篇了，作者不会这么丧心病狂来个悲剧吧！如果真的是这样信不信她半夜吊死在作者的床头啊！

越想越伤心，于是乎，等傅思远来看简安安的时候，她已经泪流满面。

"傅总，如果我得胃癌晚期，你一定不会抛弃我的对不对？"

胃癌晚期？这脑洞开得未免也太大了吧！

看着被自己的脑补给吓得泪眼汪汪的媳妇儿，傅思远忍不住弹了一下她的脑门："小笨蛋，不要乱想。"

"可是我最近真的很容易想吐，跟那个噩梦里的情形一模一样。"

"你有没有想过另外一种可能？"

简安安吸了吸鼻子："什么可能？"

"你怀孕了。"

"咦……"

番外三
傅家西小公主

　　确认怀孕以后，简安安的心情颇为郁闷，她觉得自己的年纪还小，还没到可以负责一个比她年纪更小的生命的时候。虽然她肯定会留下孩子，但只要一想到未来即将面对的一切，就忍不住头痛起来。

　　"我不懂，你老公这么有钱，还怕找不到人照顾孩子吗？"旁观者纪曼一直觉得某人是在瞎操心。

　　"最近保姆虐婴的新闻越来越多，看得我有点儿后怕。"简安安继续忧心忡忡。

　　"就算没有保姆，孩子的爷爷奶奶外公外婆也都是可以上的啊！"

　　听起来是个不错的主意，可傅思远的父母怎么看都不是那种会看小孩儿的爷爷奶奶，而自己的父母……简安安想起母亲对麻将这项活动的痴迷，忍不住叹了口气。

　　"不说这个，我们来聊点儿开心的话题。"纪曼轻轻拍了拍她的肩膀，笑意盈盈道，"你想要个男孩儿还是女孩儿？"

　　"又不是我想要哪个就有哪个，男孩儿女孩儿都看老天爷的心情，不过不管是男孩儿还是女孩儿我都喜欢。"最好的当然就是生对儿龙凤胎啦，有男有女，要多幸福有多幸福。

　　就这样战战兢兢地过了九个月，简安安一直没去查孩子的性别，一直到要生的时候，医生才透露说可能是个女孩子。傅思远很开心，因为他觉得这个孩子将来一定会跟简安安一样可爱。某人却想，都说女孩儿生出来像爸爸，她倒不担心女儿会丑，只是性格上就……

　　万一生出来是个面瘫2.0怎么办？不过事到如今由不得她后悔，

她现在唯一的想法就是——挺大肚子的心酸日子终于要过去了,她似乎已经看到了不远处明亮的曙光……

可当孩子真正生下来了,她才发现传说中的曙光并没有到来,反而离她越来越远了。据外婆说,傅西西小朋友长得跟简安安小时候是一模一样的。

肉嘟嘟的包子脸,圆滚滚的大眼睛,又白又嫩的皮肤简直可以掐出水来。出生的时候不到六斤,小手小脚都缩在一起张不太开,叫人格外心疼。自打西西小朋友一出生,她就取代了喵星人咪咪的地位,成了家里第一萌物。

爸爸妈妈爱她,爷爷奶奶爱她,外公外婆爱她,就连微博上的网友,也都争着抢着想抱抱她。可是西西小朋友还太小,她的世界里只有睡睡睡吃吃吃,其他的事情一概不管。

按理说出生于这样的家庭,西西小朋友应该被惯得很娇气才是。偏偏她是小天使一样的性格,对任何人都笑得没心没肺,陌生人抱着也不会哭。

唯独对一个人例外,那就是任昊书家早出生半年的小子。

任中中小朋友的气势格外硬朗,他几乎不笑,总是板着一张脸,十分严肃认真的样子。若这个表情出现在成年人的脸上,会显得威严十足,可他不过两岁,脸上的婴儿肥尚未褪去,摆出一副如此严谨的表情,只会让人觉得他人小鬼大可爱至极。

任昊书是简安安曾经的老板,也是傅思远从小一起长大的好哥们。

简安安生完孩子的第二天,任昊书就抱着他家的小子过来看望,本来乖乖巧巧躺在婴儿床里的傅西西小朋友看到任中中,毫无预兆地大哭起来。后来等傅西西长大一点被接回家里,偶尔任昊书会把儿子抱来跟傅西西一起玩儿。

傅西西躺在婴儿车里,任中中被爸爸抱在怀里,傅西西不开心,哭。

傅西西小朋友还只会爬,任中中小朋友却已经开始走路,西西小朋友追不上哥哥的脚步,继续哭。

好不容易傅西西也跌跌撞撞地会走路了,任中中却怎么都不见过来找她玩儿,傅西西小朋友在妈妈的怀抱里撕心裂肺地大哭。

"哥哥……"

"哥……哥……"

简安安无奈道:"哥哥每次来你要哭,哥哥不来你也哭,你到底想干什么?"

傅西西小朋友扯着嗓子号:"要哥哥……"

简安安被她哭得脑仁疼,把她递到了傅思远的怀里:"我管不了了,你看着办。"

傅西西睁开眼看了一眼爸爸,扁了扁嘴就要继续哭,却听爸爸道:"我们现在去找哥哥玩儿好不好?"

哭声戛然而止。

爸爸说要去找哥哥玩儿,她听懂了!傅西西小朋友这个年龄,已经能听懂很多话,只是表达能力有限说不出口,大部分的时候只会用哭这么一个手段表达。

好不容易见到了哥哥,傅西西以为她终于可以跟哥哥一块玩儿了,结果任中中小朋友在小凳子上坐得端端正正,面前摆着一本幼儿读物,已经开始认真学习读书了。

傅西西凑到哥哥面前,软软糯糯地叫:"哥哥。"

任中中头也不抬地答:"嗯。"

"哥哥……玩儿……"傅西西朝着哥哥扬了扬手里的洋娃娃。

任中中继续看书不理她。

傅西西委屈得不行,要求道:"哥哥抱抱。"

任中中摇头:"不要。"

"哇……"

傅西西的泪水就像河水一样止不住地往外流,白白嫩嫩的小包子一下子变成了小泪人,任谁见了都会无比怜惜。任中中叹了口气,没办法地伸出双手,下一秒一个小肉球就扑了过来。

被最喜欢的哥哥抱着,傅西西小朋友总算开心地笑了,顺带还将鼻涕眼泪全部蹭到了哥哥的衣服上。小公主开心了,而在不远处,两位小朋友的父母不约而同地叹了口气。

这才一岁半就这样,以后长大了可怎么得了呀!

番外四
那引以为傲的自制力

　　跟骆成约好的那家餐厅在城市的东面,而倪雪的家住在城市西面。加上傍晚上下班高峰期,在拥挤的城市主干道里穿梭,一个小时都不一定能到。

　　倪雪坐在车里,打开手机消磨时间,微信还是一如既往冷冷清清,微博倒是非同寻常地热闹着。看着微博上平白无故多出的上千条@,她饶有兴趣地勾起了嘴角,露出一个玩味的笑。

　　前面开车的助理透过后视镜看到这个笑容,差点没踩住刹车闯了红灯,然后在接下来的路程中再也不敢多向后看一眼。

　　倪雪是一个作者。

　　准确点儿来说,是一个网文作者。

　　再准确点儿,她是一个专门写纯爱的网文作者。

　　寒江雪这个名字对于常看纯爱小说的读者来说可不算陌生,甚至说是鼎鼎有名也不为过。

　　刷新微博后,她的首页出现了这么一条转发——

　　@暖玉生烟:嗯,一定是被盗号了吧【微笑】@任昊书:我在#微盘#找到了一个超赞的文件"寒江雪作品大全.Zip",我已经下载啦,你也看看吧。

　　也是有些一言难尽。

　　倪雪甚至不知道该从何吐槽起,是该吐槽博主下载文包呢,还是该吐槽居然还有人犯这种低级错误?

　　写文六年,对于盗文文包这一类事情她早就司空见惯,因为随随

293

便便打开一个盗文网,几乎都能在首页看到她的文,要是为了这个生气那她早就气死了。

所以看到这个消息后,与其说是生气,倒不如说是好笑多一点。所以她并未回复,只是谈笑似的跟简安安聊了两句,待车停稳后,便按灭了手机。

骆成订下的餐厅,档次自然不会低。他不仅包下了整间餐厅的黄金时段,还事先用空运过来的新鲜玫瑰装扮了整间餐厅的外部与内部。现在这间餐厅就像是被包裹在玫瑰花的海洋中一般,散发着浓烈而又馥郁的芳香。

不用倪雪动手,立刻有人替她拉开了车门,身着名贵西装的男人正站在距离车门半米外的地毯上,朝她伸出骨节分明的右手。

"生日快乐,我的公主殿下。"

倪雪将手放在男人的手中,任由他将自己拉起。

餐桌上的食物精致美味,她身旁的男人高大英俊。

一切都很完美。

她有理由相信,骆成有本事满足女人的所有幻想。

最后送她回家的时候,他把车开向了酒店。她明白他的想法,他追了自己两年,谈恋爱也快一年,若说骆成一点儿想法都没有,那才值得怀疑。

如果两人情投意合的话,发生关系也很正常,所以她坐在副驾上眼睁睁地看着骆成把车开向与家相反的方向,算是默认了他的那点儿小心思。

从浴室里传出稀里哗啦的水声,即将到来的事情让倪雪多少有些坐立难安。她忍不住开始打量总统套房的天花板,就在这时,大床上的手机突然发出丁零一声响,她下意识地转头去看,却发现并不是她自己的手机。

"最好是在十一举办婚礼,你觉得呢?"

谁的婚礼?她不清楚,但至少可以肯定,绝对不是她跟骆成的婚礼。她比自己想象中平静,不哭不闹,安安静静地坐在床沿,反倒是骆成洗完澡出来的时候,被这个样子的她吓了一跳。

"你要结婚？"

赤着上半身的男人皱起眉头看着倪雪："你这又是从哪里听说的谣言？"

"这里——"

倪雪没有转头，只是伸出右手指了指床上的手机。

气氛突然间冷了下来。

过了足足有一分钟的沉默时间，倪雪听到背后传来一声轻笑，那笑声真的很轻，如果不是因为房间太安静，她可能根本听不到。

可她偏偏听到了，就好像她看到那条短信一样。

事情的发展有些超出骆成的控制，让他不得不重新审量情势。不过他从来不做无准备之事，以倪雪的性格会有今天这种发展，也是在意料之中的。

"我听说倪家最近情况不太妙，我手上正好有个项目，不知道你哥有没有兴趣。"他补充道。

果然，倪雪离去的脚步顿住："你威胁我？"

"是吗？"骆成贴近她的耳朵，刻意压低了声音，"我觉得这不能算是威胁，是双方互赢的合作而已……"

倪雪感觉情况有些不对劲。

一股从未有过的燥热感从身体最深处喷涌而出，其实方才就感觉有些热，只是她心绪不宁，根本没有多加注意。现在骆成一靠近，这种感觉就越发明显了。

她转过头，瞪了骆成一眼，眼神交接的瞬间，什么都懂了。

倪雪跑出酒店大门，正好有一辆黑色轿车停在门口，她拉开车门，喘着粗气对司机道："西九路117号。"

"小姐，虽然你是美女，但这不是出租车，谢谢。"

倪雪深吸一口气，捂着胸口，断断续续地开口："我……知道这不是出、出租车……"

身体的情况越来越不妙，尤其是刚才那一段狂奔让血液流动加速了好几倍，连话都说不完整，像今天这样狼狈的情形，还是第一次。

车主这时也发现了她的不对劲："你没事吧？要不要我送你去医

院？"

倪雪下意识地点了点头。其实她现在已经听不清楚车主在说些什么了，心中只有一个愿望，就是立刻离开这家酒店，越远越好。

任昊书本来是打算回酒店休息的。他爹最近心脏病复发，所以他被叫回了B市，白天替老头子上班处理文件，晚上按照老头子的心意去相亲，好不容易可以休息一会儿，没想到在酒店门口被人拦了车。

也罢，看在妹子长得漂亮的分上，他就当一回好人。

可是……

"那个妹子……不要觉得我长得帅又有钱就是个花花公子，其实我觉得自己还是挺保守的一个人。"

妹子不为所动，继续在他大腿上乱划拉。

"嗯？"

迷糊的一声轻哼，仿佛带有无限的魔力，吸引着他向罪恶的深渊堕落。

任昊书打了个寒战，然后碎碎念道："我那引以为傲的自制力，你可千万不要轻易崩溃……"